HISTOIRE DU CHEVALIER DES GRIEUX ET DE MANON LESCAUT

Dans la même collection

Histoire d'une Grecque moderne

ANTOINE-FRANÇOIS PRÉVOST D'EXILES

HISTOIRE DU CHEVALIER DES GRIEUX ET DE MANON LESCAUT

Chronologie et préface
par
Henri Coulet

GF-Flammarion

PRÉFACE

L'*Histoire du chevalier des Grieux et de Manon Lescaut* est le seul roman de l'abbé Prévost que la postérité ait reçu comme un chef-d'œuvre toujours vivant. Sa réputation exceptionnelle ne date pourtant que de la fin du XVIIIe siècle ; pour ses contemporains, Prévost fut l'auteur des *Mémoires et Aventures d'un homme de qualité* et surtout de *Cleveland*. Si l'on définit le roman comme un moyen d'expression littéraire assez récent, qui n'a pas été plié aux canons de la tradition classique, et dont l'objet est de peindre la réalité mouvementée du monde moderne et les passions qui l'animent, ces grandes œuvres en plusieurs volumes, auxquelles se joint *le Doyen de Killerine,* sont plus véritablement des romans que *Manon Lescaut* et méritent plus d'admiration : d'une part, elles couvrent un temps et un espace plus vastes, mettent en scène de plus nombreux personnages, combinent des intrigues plus compliquées et, tout en étant composées avec une sûreté ingénieuse, annoncent bien ce que devait devenir le roman aux XIXe et XXe siècles, une somme libérée de toute règle formelle, une résurrection de la vie ; d'autre part, une question morale ou métaphysique y est explicitement posée, une enquête y est méthodiquement menée, sur le rapport de la volonté et des passions dans les *Mémoires d'un homme de qualité,* sur le bonheur et les fins dernières de l'homme dans *Cleveland,* sur l'adaptation des principes absolus de la vertu aux nécessités et aux usages de la vie mondaine dans *le Doyen de Killerine*, et l'on sait que le roman, aussi bien chez d'Urfé, Mlle de Scudéry et Fénelon que chez Balzac et Proust, est voué aux démonstrations et aux analyses. Mais si, comme Paul Bourget, Albert Camus et bien d'autres, on loue particulièrement le roman français pour l'ordre, la mesure, la simplicité et l'élégance qui le caracté- risent, on trouvera dans *Manon Lescaut* ces qualités qui assurent sa supériorité sur les autres romans de Prévost.

Elles viennent en partie du fait que *Manon Lescaut* n'est pas un *roman*, mais une *histoire*, ayant l'unité et la rapidité propres à ce genre de récits, et appartenant à un ensemble plus large, les *Mémoires d'un homme de qua- lité* : il y avait des *histoires* insérées dans presque tous les romans antérieurs à *la Princesse de Clèves*, de *l'Astrée* à *Zayde* ; en 1713, *les Illustres Françaises* de Robert Chasles étaient un ensemble d'*histoires* réunies dans un même cadre ; *Manon Lescaut* tient à la fois de l'*histoire*, telle qu'on la trouve dans le long roman où elle joue le rôle de « tiroir », et de la *nouvelle*, forme de récit court, à sujet et personnages modernes, qui a remplacé le long roman à partir de 1660 ; comme l'une, elle est un épisode marginal d'une action plus importante et elle est racontée à la première personne par le héros ; comme l'autre, elle est courte et tragique.

Manon Lescaut est le plus court de tous les romans de Prévost ; non que les aventures y manquent, mais, même chargée d'événements, l'histoire devait rester dans la vraisemblance, sinon sa rapidité et les ellipses qu'elle exigeait auraient jeté la confusion et l'obscurité dans l'œuvre. Or il est remarquable que Prévost écono- mise les détails : nul pittoresque dans la traversée de l'Atlantique et l'arrivée en Louisiane, nulle péripétie surprenante, naufrage, enlèvement par des pirates, disparu retrouvé par miracle, identité mystérieuse sou- dainement révélée... Seul le malheureux Tiberge est victime d'un accident « romanesque » ; il tient en quatre lignes et s'explique par deux raisons : rendre compte du fait que des Grieux soit resté longtemps au « Nouvel Orléans » sans lien avec l'Europe, et compen- ser l'absence de toute aventure de ce genre dans

l'intrigue principale, comme si Prévost se sentait tenu
de livrer à ses lecteurs un épisode de corsaires. Les
sentiments sont aussi vraisemblables que les événements : assez amateur pourtant d'étrangetés psycho-
logiques, Prévost a donné à des Grieux une passion
d'une intensité exceptionnelle, mais non aberrante ni
aveugle ; il a rendu saisissables et vrais les mouvements
des âmes, notamment dans la scène de Saint-Sulpice
entre Manon et des Grieux, et dans la scène où des
Grieux rejoint Manon chez le jeune G... M... Des trois
autres romans courts de Prévost, les *Campagnes philosophiques*, les *Mémoires pour servir à l'histoire de l'ordre de
Malte* et l'*Histoire d'une Grecque moderne*, les deux
premiers sont remplis de violences et de bizarreries, le
troisième est trop en demi-teintes, trop habilement
énigmatique.

La signification de *Manon Lescaut* n'est pas discutée
dans de longues pages spéculatives, comme celles qui
font parfois languir l'intérêt à la lecture de *Cleveland* ou
du *Doyen de Killerine* ; elle est dans le caractère et les
actions des personnages, difficile à démêler comme la
vie elle-même : profondeur sans subtilité, moralité sans
didactisme, obscurité due à la richesse de l'intuition et
non à la faiblesse de la démonstration, telles sont les
qualités de *Manon Lescaut*. Les problèmes antiques de
la liberté et de la fatalité, les problèmes chrétiens de la
grâce et de la Providence, le problème moderne de la
valeur du sentiment non seulement ont leur écho dans
ce livre, mais sont à sa base, comme dans les autres
œuvres de Prévost ; la différence est qu'ils ne sont
jamais examinés pour eux-mêmes ; le seul passage
théorique est, dans la conversation entre Tiberge et des
Grieux à Saint-Lazare, une profession de foi vibrante,
assez équivoque pour préserver le mystère des cœurs et
contribuer à l'action.

Manon Lescaut n'est pas insérée dans les *Mémoires
d'un homme de qualité*, mais leur est rattachée comme un
appendice constituant le livre VII et n'ayant pas avec
les autres de « rapport nécessaire », ainsi que l'avoue
lui-même l'auteur. Il ne faut pourtant pas nier l'importance de cette disposition ni croire que l'Homme de

Qualité n'ait aucun rôle dans le récit que d'en fournir
l'occasion : des Grieux raconte ; il n'écrit pas ses
Mémoires, qui supposeraient une sagesse acquise, une
rétrospection à long terme ; il est encore près de
l'action, frémissant, abattu, parfois cynique ; son récit
n'est pas un bilan, mais une découverte : il réfléchit et
se juge en se racontant, il reconnaît ce qu'il n'avait pas
aperçu au moment de l'action, rougit de ce dont il
n'avait pas eu le temps d'avoir honte ; son récit est une
confession mal pénitente, et le ton de sa voix est un
élément de pathétique qui en nuance la signification ;
jamais des *Mémoires* écrits n'auraient le naturel,
l'emportement d'un passage comme celui-ci, où le
narrateur semble oublier qu'il a été puni de son amour :
« Mon cœur crevait de rage à ce discours insultant !
Enfin, je me fis violence pour lui dire, etc. » « Enfin »
est à la fois un renseignement chronologique (« après
avoir crevé de rage ») et un mouvement d'impatience
dominé par le narrateur (« il est trop tard pour faire des
vœux impuissants ; reprenons le fil de l'histoire... »).
Cette voix suppose un auditeur, et l'auditeur ici n'est
pas un indifférent ou un anonyme, c'est le marquis de
Renoncour, l'Homme de Qualité, qui nous a raconté sa
propre vie, qui a connu beaucoup de passions, auquel
des Grieux fait directement appel, et dont nous compre-
nons les réactions. Par l'intermédiaire de cet auditeur
sympathique, nous éprouvons pour des Grieux une
charité fraternelle, beaucoup plus que de l'indulgence
et de la pitié, et ce sentiment doit avoir une influence
capitale sur le jugement que nous porterons finalement
du héros. Enfin les passages où l'Homme de Qualité
parle lui-même et qui servent de cadre au récit du
chevalier nous donnent de ce dernier trois vues objec-
tives ; il nous est montré d'abord comme émigrant
accompagnant un convoi de filles et animé d'une
étrange passion pour l'une de ces créatures ; puis épave,
sauvé du naufrage total, reprenant pied parmi les
hommes après une disparition qu'on devine tragique ;
enfin, très brièvement, entre la première et la deuxième
partie, homme ayant retrouvé les rapports humains et
repris le cours normal de la vie en société. Ainsi

l'atmosphère tragique est créée dès le début et nous ne l'oublions plus jusqu'à la fin, même au cours des épisodes plaisants ou heureux : le sceau du malheur marque d'avance tous les événements, toutes les légèretés les plus innocentes ; nous pouvons même mesurer la durée de ce malheur, le travail qu'il a accompli dans le temps, car l'histoire qui nous est racontée est celle d'une ruine progressive et inévitable dont nous saisissons les effets par le rapprochement de deux moments séparés par deux années, avant d'en suivre le cheminement progressif. Et la pause au milieu du récit, au contraire, nous permet d'avoir confiance en l'avenir de des Grieux, de pressentir qu'il se relèvera de sa ruine : celui qui parle est là, il mange, il se repose, il vit, il va vers un lendemain. Les *Mémoires d'un homme de qualité* n'auraient donc rien perdu à ne pas comporter de septième livre, mais *Manon Lescaut* a beaucoup gagné a être rattachée aux *Mémoires d'un homme de qualité*.

L'architecture du récit est d'une simplicité régulière : les quatre épisodes qui la composent ne sont au fond que la reprise d'un seul et même épisode où intervient chaque fois un rival de des Grieux, successivement M. de B..., le vieux G... M..., le jeune G... M... et Synnelet. L'épisode de M. de B... est l'avertissement du destin : si Manon n'allait pas le revoir par la suite à Saint-Sulpice, des Grieux aurait pu être sauvé ; mais le destin n'avertit que pour frapper plus sûrement, comme dans le drame d'Œdipe, et dès la première rencontre à Amiens le lien entre des Grieux et Manon est noué pour toujours. L'épisode du vieux G... M... et celui du jeune G... M..., séparés par la pause du récit, sont parfaitement symétriques : dans les deux cas Manon se laisse tenter par la richesse, abandonne des Grieux en lui adressant une lettre qui exprime son inconscience, est regagnée par lui, le convainc d'escroquer le rival pour qui elle allait le trahir ; dans les deux cas les amants sont appréhendés au lit et conduits en prison ; dans les deux cas une évasion est entreprise, elle réussit dans le premier cas, elle est manquée dans le second, mais la déportation, en apparence, est encore plus libératrice. Prévost a voulu

que dans ces épisodes les rivaux de des Grieux fussent
non pas deux hommes inconnus l'un de l'autre, mais
justement le père d'abord, le fils ensuite, et que les
mêmes bijoux que le père avait offerts à Manon lui
fussent ensuite offerts par le fils ; la répétition fait que
l'aventure est pour des Grieux plus amère la seconde
fois, comme une rechute. L'épisode de Synnelet est une
transposition tragique du même schéma : un tiers puissant veut troubler l'entente des deux amants qui se
mettent d'accord pour le fuir ; mais cette fois Manon
n'a rien fait pour l'attirer ni pour se cacher de des
Grieux. Ayant épuisé tout le malheur qu'il impliquait
dans le milieu où il était né, l'amour a été transporté
dans un autre monde, et ce changement n'a pas écarté la
fatalité qui le condamne à l'agression d'autrui, à la fuite
et à l'échec. En 1753 Prévost a rompu la symétrie des
quatre épisodes par l'insertion de l'épisode du prince
italien, transposition comique, ou parodie, des aventures malheureuses que Manon avait peut-être le dessein inconscient de conjurer ou de venger : au lieu de
fuir l'amant riche, on le chasse. L'esprit de revanche est
fort chez Manon et chez des Grieux, mais en voulant
bafouer leur destin, ils le provoquent.

   L'action est rythmée par un triple mouvement : les
alternatives de fuites vers l'amour et hors de l'amour
qui chassent le couple de tous ses refuges et lui
démontrent qu'il n'y a pas de place pour lui sur la
terre ; les alternatives de hauts et de bas par lesquelles
passe l'existence de des Grieux, selon la tradition du
genre picaresque, faisant retomber chaque fois le héros
dans une situation plus difficile ; les alternatives de
violences et de repos par lesquelles l'âme de des Grieux
réagit et s'adapte à ces situations : quand Manon lui
échappe ou quand il est dans le malheur, des Grieux
entre dans des états si violents qu'il s'évanouit, que sa
colère est effrayante même pour Lescaut, qu'il se jette
sur le vieux G... M... pour l'étrangler, qu'il songe à
assassiner les deux G... M..., le lieutenant général de
police, et jusqu'à son propre père ; au contraire, à
d'autres moments il se recueille, raisonne et se résigne
aux sacrifices nécessaires : ainsi la pause pathétique

après l'incendie de Chaillot, lorsque des Grieux anxieux cherche de l'argent auprès de Tiberge et de Lescaut et s'arrête pour faire le seul « portrait » de Manon qui soit dans le livre : « Manon était une créature d'un caractère extraordinaire... » A travers ces alternatives, au long de cette décadence, l'âme de des Grieux s'accommode de son destin et gravit les degrés de son ascension spiri- tuelle : des Grieux doit successivement abandonner son estime pour Manon, le souci de son ambition per- sonnelle, ses liens avec sa famille, son honorabilité, et même son amitié pour Tiberge (ou du moins l'honneur et l'amitié ne subsistent qu'au prix de sophismes inquiétants), pour se plier aux humiliations que Manon lui impose. En même temps, il approfondit et décante son amour, fonde de mieux en mieux sur lui sa raison de vivre : après une aventure brûlante, le bon élève qu'il a été devient un brillant sulpicien, heureux de l'avoir échappé belle, mais prêt sans le savoir à se renflammer ; puis il expose à Tiberge une conception de la morale qui fait de l'amour, du plaisir d'amour, la valeur suprême, ce qu'est pour d'autres la sainteté ou la vertu ; puis il veut sanctifier cet amour en le faisant bénir par l'Église ; et enfin il est prêt à mourir pour ne pas survivre à celle qu'il a aimée. C'est par là que *Manon Lescaut* est un roman d'apprentissage. Dans son ascension, des Grieux finit par entraîner Manon elle- même.

Que faut-il penser de cette ascension ? Ce qui était indigne faiblesse est devenu un idéal auquel des Grieux s'est sacrifié, mais le ciel n'a pas accepté son sacrifice. *Manon Lescaut* est un roman d'autant plus attachant qu'on peut l'interroger sans cesse et rester incertain sur la leçon à en tirer. L'amour est un plaisir, qui semble ne pouvoir se passer d'un certain raffinement matériel : Manon ne peut pas bien aimer si elle a faim, des Grieux lui-même sait que les âmes délicates comme la sienne souffrent beaucoup plus que les autres du manque d'argent ; aussi le budget, les domestiques, les spec- tacles, les bijoux, les meubles, les carrosses tiennent-ils dans ce roman une place discrète, mais capitale. *Manon Lescaut* est peut-être le premier roman d'amour à évo-

quer les problèmes de logement, et si la personne
physique de Manon n'est jamais décrite, elle est partout
présente et le caractère sensuel de l'amour partout
discrètement exprimé. Ce plaisir de l'amour est
conforme à la nature de l'homme (« Toute notre félicité
consiste dans le plaisir »), rien n'est à mettre en balance
avec lui, ni vie, ni gloire, ni fortune ; mais sans changer
d'essence, l'amour se purifie au cours du roman en
éliminant tout ce qui n'est pas lui, et des Grieux, dans
une sorte d'extase, peut s'écrier, quand il est au comble
de la misère : « O Dieu ! je ne vous demande plus
rien. » La « délicatesse » sensible aux besoins matériels
est ainsi dépassée, des Grieux a la certitude d'être aimé
et, ce qui revient au même, la certitude que Manon
reconnaît et accepte son amour comme un absolu. Des
Grieux par une suite de renoncements, Manon par la
découverte de la charité suprême au fond de la
déchéance ont transformé l'effet d'une fatalité irrésis-
tible en l'œuvre de leur volonté. Des Grieux insiste sur
ce caractère insurmontable de la passion : il l'invoque
comme une excuse, mais s'il est dépouillé de sa liberté il
est aussi porté vers l'amour comme vers son propre
accomplissement. La « délectation victorieuse » à
laquelle il cède agit en lui comme agit la grâce divine
selon les jansénistes. Loin de se sentir victime d'une
possession démoniaque ou d'un maléfice, il assume son
destin et l'érige au niveau d'une vocation.
    A aucun moment des Grieux ne se repent d'avoir
aimé Manon ; il parle de ses faiblesses honteuses, de ses
désordres, c'est-à-dire des circonstances de son amour,
mais il ne renie pas l'amour même : « L'amour est une
passion innocente. » La même formule se lit dans
Cleveland, où son sens est assez clair : l'amour des
créatures introduit à l'amour divin, la même impulsion
du cœur conduit de l'un à l'autre ; l'amour humain de
Cleveland et de Fanny s'harmonise finalement avec
l'amour de Dieu, et l'amour aberrant de Cécile trouve
dans l'amour de Dieu sa satisfaction et sa fin légitime.
Mais quand des Grieux et Manon peuvent enfin rendre
innocentes les circonstances de leur amour, Dieu leur
refuse la consécration à laquelle ils aspiraient, il les

châtie et les sépare. Il est difficile de croire que seule la
mort pouvait les réunir et que le dénouement terrible de
leur histoire soit le commencement ou la promesse d'un
bonheur éternel. Loin de s'incliner devant la volonté de
Dieu et d'élever des actions de grâce, des Grieux
déclare qu'il passera le reste de sa vie à pleurer « un
malheur qui n'eut jamais d'exemple », et il parle de sa
maîtresse avec une vivacité passionnée qui exclut la
transmutation de l'amour charnel en amour mystique.
Est-ce pour cela qu'il est condamné, pour avoir idolâtré
la créature, et, comble de l'égarement, voulu « sanctifier » (c'est le mot dans la version de 1731 ; en 1753
Prévost n'osera plus écrire qu' « ennoblir ») cette idolâtrie par des serments échangés devant un prêtre ? Visi-
blement, Prévost ne souscrit pas à cette condamnation.
Des Grieux châtié est encore plus émouvant, et son
amour encore plus admirable. L'épreuve qui l'a fait
souffrir ne lui a pas fait dépasser sa souffrance. L'amour
a été pour lui une cause de malheur, mais d'un malheur
si total qu'il n'en peut rien conclure. Dans les derniers
mots de son récit, les variantes sont significatives :
selon le texte original, des Grieux entrait en religion, et
il pouvait paraître étrange, sinon scandaleux, qu'un
homme décidé à suivre « les voies de la pénitence » et à
se livrer « entièrement aux exercices de la piété » rappe-
lât sur un ton si enflammé les souvenirs d'une passion
coupable. En 1753 la grâce divine n'est plus nommée,
des Grieux n'est plus qu'un jeune noble qui après
quelques années de l'aventure la plus honteuse et la
plus exaltante reprend « des idées dignes de sa naissance et de son éducation ».

L'*Avis au lecteur* blâme des Grieux de se précipiter
« volontairement » à sa perte et d'être malheureux « par
choix » ; on croit entendre les leçons que l'Homme de
Qualité donnait à son élève le marquis dans les livres
précédents, et qu'il était trop souvent incapable de
pratiquer pour son propre compte : c'est notre volonté
qui est coupable, il faut savoir maîtriser à leur naissance
les dangereux penchants qui nous entraînent, nos passions ne sont invincibles que parce que nous les laissons
croître, ne nous laissons jamais détourner des prin-

cipes solides d'honneur et de vertu... Mais ce n'est pas
sans motif que Prévost a donné jusqu'au bout la parole
au héros lui-même : quand on écoute le récit de des
Grieux, ces conseils de morale et cette médecine des
passions semblent parfaitement vains. Des Grieux a
reconnu et continue à reconnaître dans l'amour le
meilleur de lui-même, il l'identifie à son être : se
condamner pour avoir aimé serait se condamner d'être
ce qu'il est. Toute confession est apologétique, il ne
peut pas ne pas se pardonner, il ne peut pas parler de
son amour sans en revivre tout le charme, quitte à
concéder à la morale un léger arrangement des faits et
quelques accents de contrition qui n'arrivent pas à
étouffer sa dramatique interrogation sans réponse sur le
sens et la valeur de son existence. La beauté de *Manon
Lescaut* vient de la poésie pénétrante avec laquelle est
évoqué le bonheur d'aimer et de l'angoisse qui
accompagne sans cesse cette poésie et sourd parfois en
cris et en plaintes. Sans effort et sans artifice, Prévost
retrouve les expressions et les inflexions du tragique
racinien.

Mais la tragédie racinienne se déroule entre des dieux
et des princes, au lieu que le roman de Prévost a pour
héros, selon les termes de Montesquieu, « un fripon »
et « une catin ». Ni l'un ni l'autre n'est tel par nature :
la société a tout fait. Manon « était droite et naturelle
dans tous ses sentiments, qualité qui dispose toujours à
la vertu » : le hasard, la naissance, l'éducation, la
faiblesse de caractère l'ont jetée dans un monde de
débauchés et de déclassés dont elle est la victime ; des
Grieux est lié à ce milieu par Manon, il en est lui aussi la
victime, alors qu'il en serait l'exploiteur, s'il consentait
à ne voir dans Manon que ce que voient dans les filles
de son genre les autres jeunes gens de bonne famille, un
instrument de plaisir ; ces gens qui vivent aux dépens
des riches, joueurs, escrocs, courtisanes, hommes de
main, sont en lutte les uns contre les autres et exposés à
l'instabilité : un coup manqué, une arrestation, l'épui-
sement de leurs ressources par la mort ou le caprice
d'un protecteur, une trahison, toutes sortes d'accidents
peuvent les perdre. Dans ceux qui accablent des Grieux

il ne faut pas voir des facilités romanesques que Prévost
se serait accordées, mais la réalité quotidienne ; la
galanterie, l' « industrie » et la violence étant les seuls
moyens d'existence, le vol, l'incendie criminel ou don-
nant occasion de pillage, l'infidélité des domestiques,
l'assassinat sont monnaie courante ; de plus, cette
société est très étroite et ce qui paraît un hasard, comme
le remplacement du père G... M... par le fils auprès de
Manon, l'amitié de M. de T... et du jeune G... M...,
l'arrivée du jeune G... M... dans l'hôtellerie où des
Grieux et Manon dînent avec M. de T..., n'est que le
résultat des relations complexes et constantes qui lient
entre eux les membres de ce petit monde. Sans avoir la
curiosité sociologique de Lesage ou l'esprit de revendi-
cation de Marivaux, Prévost a très bien noté les caractères de ce milieu, son anarchie morale, son improduc-
tivité, la complicité des riches avec les déclassés et leur
promptitude à la répression. Même au « Nouvel
Orléans », où la misère générale a produit une espèce
de justice et de solidarité sociales, dès qu'un individu
semble ne plus être en règle, et c'est le cas pour des
Grieux et Manon lorsqu'on apprend qu'ils ne sont pas
mariés, toutes les forces répressives se tournent contre
le déclassé et le rapport du riche à l'instrument de son
plaisir ressuscite entre Synnelet et Manon : le « Nouvel
Orléans » n'est que l'enfer de la société parisienne.
   Des Grieux, dira-t-on, ne pouvait pas adresser plus
mal son amour, à moins que Prévost n'ait voulu para-
doxalement prouver que le roman de la pègre, dont la
littérature anglaise lui offrait de beaux et forts
exemples, était capable de peindre des passions aussi
intenses et des sentiments aussi délicats que le roman
aristocratique ou la tragédie. Mais en fait l'amour de
des Grieux n'atteindrait pas l'intensité et la pureté
auxquelles il s'élève s'il n'avait pas à surmonter tant
d'obstacles et à essuyer tant de hontes. La société le
contraint chaque fois à un choix délibéré qui le dégrade
comme être social et fait de son amour une passion plus
parfaite. Pour être total, son sacrifice devait être ignoble
et manquer de cette compensation que les héros de
tragédies ou de romans aristocratiques trouvent dans la

grandeur et dans la gloire. Au plus bas de l'abjection,
des Grieux ne peut plus rien invoquer pour sa défense,
que son amour : que le lecteur qui en a le courage le
condamne.

Henri COULET.

HISTOIRE DU CHEVALIER DES GRIEUX ET DE MANON LESCAUT

AVIS DE L'AUTEUR

DES

Mémoires d'un homme de qualité.

Quoique j'eusse pu faire entrer dans mes Mémoires les aventures du chevalier des Grieux, il m'a semblé que n'y ayant point un rapport nécessaire, le lecteur trouverait plus de satisfaction à les voir séparément. Un récit de cette longueur aurait interrompu trop longtemps le fil de ma propre histoire. Tout éloigné que je suis de prétendre à la qualité d'écrivain exact, je n'ignore point qu'une narration doit être déchargée des circonstances qui la rendraient pesante et embarrassée. C'est le précepte d'Horace :

> Ut jam nunc dicat jam nunc debentia dici
> Pleraque differat, ac praesens in tempus omittat.

Il n'est pas même besoin d'une si grave autorité pour prouver une vérité si simple ; car le bon sens est la première source de cette règle.

Si le public a trouvé quelque chose d'agréable et d'intéressant dans l'histoire de ma vie, j'ose lui promettre qu'il ne sera pas moins satisfait de cette addition. Il verra, dans la conduite de M. des Grieux, un exemple terrible de la force des passions. J'ai à peindre un jeune aveugle, qui refuse d'être heureux, pour se précipiter volontairement dans les dernières infortunes ; qui, avec toutes les qualités dont se forme le plus brillant mérite, préfère, par choix, une vie obscure et vagabonde, à tous les avantages de la fortune et de la nature ; qui prévoit ses malheurs, sans vouloir les éviter ; qui les sent et qui en est accablé, sans profiter des remèdes qu'on lui offre sans cesse et qui peuvent à tous moments les finir ; enfin un caractère ambigu, un mélange de vertus et de vices, un contraste perpétuel de bons sentiments et d'actions mauvaises. Tel est le fond du tableau que je présente. Les personnes de bon sens ne regarderont point un ouvrage de cette nature comme un travail inutile. Outre le plaisir d'une lecture agréable, on y trouvera peu d'événements qui ne puissent servir à l'instruction des mœurs ; et c'est rendre, à mon avis, un service considérable au public, que de l'instruire en l'amusant.

On ne peut réfléchir sur les préceptes de la morale, sans être étonné de les voir tout à la fois estimés et négligés ; et l'on se demande la raison de cette bizarrerie du cœur humain, qui lui fait goûter des idées de bien et de perfection, dont il s'éloigne dans la pratique. Si les personnes d'un certain ordre d'esprit et de politesse veulent examiner quelle est la matière la plus commune de leurs conversations, ou même de leurs rêveries solitaires, il leur sera aisé de remarquer qu'elles tournent presque toujours sur quelques considérations morales. Les plus doux moments de leur vie sont ceux qu'ils passent, ou seuls, ou avec un ami, à s'entretenir à cœur ouvert des charmes de la vertu, des douceurs de l'amitié, des moyens d'arriver au bonheur, des faiblesses de la nature qui nous en éloignent, et des remèdes qui peuvent les guérir. Horace et Boileau marquent cet entretien comme un des plus beaux traits dont ils composent l'image d'une vie heureuse. Comment arrive-t-il donc qu'on tombe si facilement de ces hautes spéculations, et qu'on se retrouve sitôt au niveau du commun des hommes ? Je suis trompé si la raison que je vais en apporter n'explique bien cette contradiction de nos idées et de notre conduite ; c'est que, tous les préceptes de la morale n'étant que des principes vagues et généraux, il est très difficile d'en faire une application particulière au détail des mœurs et des actions. Mettons la chose dans un exemple. Les âmes bien nées sentent que la douceur et l'humanité sont des vertus aimables, et sont portées d'inclination à les pratiquer ; mais sont-elles au moment de l'exercice, elles demeurent souvent suspendues. En est-ce réellement l'occasion ? Sait-on bien quelle en doit être la mesure ? Ne se trompe-t-on point sur l'objet ? Cent difficultés arrêtent. On craint de devenir dupe en voulant être bienfaisant et libéral ; de passer pour faible en paraissant trop tendre et trop sensible ; en un mot, d'excéder ou de ne pas remplir assez des devoirs qui sont renfermés d'une manière trop obscure dans les notions générales d'humanité et de douceur. Dans cette incertitude, il n'y a que l'expérience ou l'exemple qui puisse déterminer raisonnablement le penchant du cœur. Or l'expérience n'est point un avantage qu'il soit libre à tout le monde de se donner ; elle dépend des situations différentes où l'on se trouve placé par la fortune. Il ne reste donc que l'exemple qui puisse servir de règle à quantité de personnes dans l'exercice de la vertu. C'est précisément pour cette sorte de lecteurs que des ouvrages tels que celui-ci peuvent être d'une extrême utilité, du moins lorsqu'ils sont écrits par une personne d'honneur et de bon sens. Chaque fait qu'on y rapporte est un degré de lumière, une instruction qui supplée à l'expérience ; chaque aventure est un modèle d'après lequel on peut se former ; il n'y manque que d'être ajusté aux circonstances où l'on se trouve. L'ouvrage entier est un traité de morale, réduit agréablement en exercice.

Un lecteur sévère s'offensera peut-être de me voir reprendre la plume, à mon âge, pour écrire des aventures de fortune et d'amour ; mais, si la réflexion que je viens de faire est solide, elle me justifie ; si elle est fausse, mon erreur sera mon excuse.

Nota. *C'est pour se rendre aux instances de ceux qui aiment ce petit ouvrage, qu'on s'est déterminé à le purger d'un grand nombre de fautes grossières qui se sont glissées dans la plupart des éditions. On y fait aussi quelques additions qui ont paru nécessaires pour la plénitude d'un des principaux caractères.*

La vignette et les figures portent en elles-mêmes leur recommandation et leur éloge.

PREMIÈRE PARTIE

Je suis obligé de faire remonter mon lecteur au temps de ma vie où je rencontrai pour la première fois le chevalier des Grieux. Ce fut environ six mois avant mon départ pour l'Espagne. Quoique je sortisse rarement de ma solitude, la complaisance que j'avais pour ma fille m'engageait quelquefois à divers petits voyages, que j'abrégeais autant qu'il m'était possible. Je revenais un jour de Rouen, où elle m'avait prié d'aller solliciter une affaire au Parlement de Normandie pour la succession de quelques terres auxquelles je lui avais laissé des prétentions du côté de mon grand-père maternel. Ayant repris mon chemin par Evreux, où je couchai la première nuit, j'arrivai le lendemain pour dîner à Pacy, qui en est éloigné de cinq ou six lieues. Je fus surpris, en entrant dans ce bourg, d'y voir tous les habitants en alarme. Ils se précipitaient de leurs maisons pour courir en foule à la porte d'une mauvaise hôtellerie, devant laquelle étaient deux chariots couverts. Les chevaux, qui étaient encore attelés et qui paraissaient fumants de fatigue et de chaleur, marquaient que ces deux voitures ne faisaient qu'arriver. Je m'arrêtai un moment pour m'informer d'où venait le tumulte ; mais je tirai peu d'éclaircissement d'une populace curieuse, qui ne faisait nulle attention à mes demandes, et qui s'avançait toujours vers l'hôtellerie, en se poussant avec beaucoup de confusion. Enfin, un archer revêtu d'une bandoulière, et le mousquet sur l'épaule, ayant paru à la porte, je lui fis signe de la main de venir à moi. Je le priai de m'apprendre le sujet de ce désordre. Ce n'est rien, monsieur, me dit-il ; c'est une douzaine de filles de joie que je conduis, avec mes compagnons, jusqu'au Havre-de-Grâce, où nous les ferons embarquer pour l'Amérique. Il y en a quelques-unes de jolies, et c'est apparemment ce qui excite la curiosité de ces bons paysans. J'aurais passé après cette explication, si je n'eusse été arrêté par les exclamations d'une vieille femme qui sortait de l'hôtellerie en joignant les mains, et criant que c'était une chose barbare, une chose qui faisait horreur et compassion. De quoi s'agit-il donc ? lui dis-je. Ah ! monsieur, entrez, répondit-elle, et voyez si ce spectacle n'est pas capable de fendre le cœur ! La curiosité me fit descendre de mon cheval, que je laissai à mon palefrenier. J'entrai avec peine, en perçant la foule, et je vis, en effet, quelque chose d'assez touchant. Parmi les douze filles qui étaient enchaînées six à six par le milieu du corps, il y en avait une dont l'air et la figure étaient si peu conformes à sa condition, qu'en tout autre état je l'eusse prise pour une personne du premier rang. Sa tristesse et la saleté de son linge et de ses habits l'enlaidissaient si peu que sa vue m'inspira du respect et de la pitié. Elle tâchait néanmoins de se tourner, autant que sa chaîne pouvait le permettre, pour dérober son visage aux yeux des spectateurs. L'effort qu'elle faisait pour se cacher était si naturel, qu'il paraissait venir d'un sentiment de modestie. Comme les six gardes qui accompagnaient cette malheureuse bande étaient aussi dans la chambre, je pris le chef en particulier et je lui demandai quelques lumières sur le sort de cette belle fille. Il ne put m'en donner que de fort générales. Nous l'avons tirée de l'Hôpital, me dit-il, par ordre de M. le Lieutenant général de Police. Il n'y a pas d'apparence qu'elle y eût été renfermée pour ses bonnes actions. Je l'ai interrogée plusieurs fois sur la route, elle s'obstine à ne me rien répondre. Mais, quoique je n'aie pas reçu ordre de la ménager plus que les autres, je ne laisse pas d'avoir quelques égards pour elle, parce qu'il me semble qu'elle vaut un peu mieux que ses compagnes. Voilà un jeune homme, ajouta l'archer, qui pourrait

vous instruire mieux que moi sur la cause de sa disgrâce ; il l'a suivie depuis Paris, sans cesser presque un
moment de pleurer. Il faut que ce soit son frère ou son
amant. Je me tournai vers le coin de la chambre où ce
jeune homme était assis. Il paraissait enseveli dans une
rêverie profonde. Je n'ai jamais vu de plus vive image
de la douleur. Il était mis fort simplement ; mais on
distingue, au premier coup d'œil, un homme qui a de la
naissance et de l'éducation. Je m'approchai de lui. Il se
leva ; et je découvris dans ses yeux, dans sa figure et
dans tous ses mouvements, un air si fin et si noble que
je me sentis porté naturellement à lui vouloir du bien.
Que je ne vous trouble point, lui dis-je, en m'asseyant
près de lui. Voulez-vous bien satisfaire la curiosité que
j'ai de connaître cette belle personne, qui ne me paraît
point faite pour le triste état où je la vois ? Il me
répondit honnêtement qu'il ne pouvait m'apprendre
qui elle était sans se faire connaître lui-même, et qu'il
avait de fortes raisons pour souhaiter de demeurer
inconnu. Je puis vous dire, néanmoins, ce que ces
misérables n'ignorent point, continua-t-il en montrant
les archers, c'est que je l'aime avec une passion si
violente qu'elle me rend le plus infortuné de tous les
hommes. J'ai tout employé, à Paris, pour obtenir sa
liberté. Les sollicitations, l'adresse et la force m'ont été
inutiles ; j'ai pris le parti de la suivre, dût-elle aller au
bout du monde. Je m'embarquerai avec elle ; je passerai
en Amérique. Mais ce qui est de la dernière inhuma-
nité, ces lâches coquins, ajouta-t-il en parlant des
archers, ne veulent pas me permettre d'approcher
d'elle. Mon dessein était de les attaquer ouvertement, à
quelques lieues de Paris. Je m'étais associé quatre
hommes qui m'avaient promis leur secours pour une
somme considérable. Les traîtres m'ont laissé seul aux
mains et sont partis avec mon argent. L'impossibilité de
réussir par la force m'a fait mettre les armes bas. J'ai
proposé aux archers de me permettre du moins de les
suivre, en leur offrant de les récompenser. Le désir du
gain les y a fait consentir. Ils ont voulu être payés
chaque fois qu'ils m'ont accordé la liberté de parler à
ma maîtresse. Ma bourse s'est épuisée en peu de temps,

et maintenant que je suis sans un sou, ils ont la barbarie de me repousser brutalement lorsque je fais un pas vers elle. Il n'y a qu'un instant, qu'ayant osé m'en approcher malgré leurs menaces, ils ont eu l'insolence de lever contre moi le bout du fusil. Je suis obligé, pour satisfaire leur avarice et pour me mettre en état de continuer la route à pied, de vendre ici un mauvais cheval qui m'a servi jusqu'à présent de monture.

Quoiqu'il parût faire assez tranquillement ce récit, il laissa tomber quelques larmes en le finissant. Cette aventure me parut des plus extraordinaires et des plus touchantes. Je ne vous presse pas, lui dis-je, de me découvrir le secret de vos affaires, mais, si je puis vous être utile à quelque chose, je m'offre volontiers à vous rendre service. Hélas ! reprit-il, je ne vois pas le moindre jour à l'espérance. Il faut que je me soumette à toute la rigueur de mon sort. J'irai en Amérique. J'y serai du moins libre avec ce que j'aime. J'ai écrit à un de mes amis qui me fera tenir quelque secours au Havre-de-Grâce. Je ne suis embarrassé que pour m'y conduire et pour procurer à cette pauvre créature, ajouta-t-il en regardant tristement sa maîtresse, quelque soulagement sur la route. Hé bien, lui dis-je, je vais finir votre embarras. Voici quelque argent que je vous prie d'accepter. Je suis fâché de ne pouvoir vous servir autrement. Je lui donnai quatre louis d'or, sans que les gardes s'en aperçussent, car je jugeais bien que, s'ils lui savaient cette somme, ils lui vendraient plus chèrement leurs secours. Il me vint même à l'esprit de faire marché avec eux pour obtenir au jeune amant la liberté de parler continuellement à sa maîtresse jusqu'au Havre. Je fis signe au chef de s'approcher, et je lui en fis la proposition. Il en parut honteux, malgré son effronterie. Ce n'est pas, monsieur, répondit-il d'un air embarrassé, que nous refusions de le laisser parler à cette fille, mais il voudrait être sans cesse auprès d'elle ; cela nous est incommode ; il est bien juste qu'il paye pour l'incommodité. Voyons donc, lui dis-je, ce qu'il faudrait pour vous empêcher de la sentir. Il eut l'audace de me demander deux louis. Je les lui donnai sur-le-champ : Mais prenez garde, lui dis-je, qu'il ne vous échappe quelque friponnerie ; car je vais laisser mon adresse à ce jeune homme, afin qu'il puisse m'en informer, et comptez que j'aurai le pouvoir de vous faire punir. Il m'en coûta six louis d'or. La bonne grâce et la vive reconnaissance avec laquelle ce jeune inconnu me remercia, achevèrent de me persuader qu'il était né quelque chose, et qu'il méritait ma libéralité. Je dis quelques mots à sa maîtresse avant que de sortir. Elle me répondit avec une modestie si douce et si charmante, que je ne pus m'empêcher de faire, en sortant, mille réflexions sur le caractère incompréhensible des femmes.

Étant retourné à ma solitude, je ne fus point informé de la suite de cette aventure. Il se passa près de deux ans, qui me la firent oublier tout à fait, jusqu'à ce que le hasard me fît renaître l'occasion d'en apprendre à fond toutes les circonstances. J'arrivais de Londres à Calais, avec le marquis de…, mon élève. Nous logeâmes, si je m'en souviens bien, au *Lion d'Or,* où quelques raisons nous obligèrent de passer le jour entier et la nuit suivante. En marchant l'après-midi dans les rues, je crus apercevoir ce même jeune homme dont j'avais fait la rencontre à Pacy. Il était en fort mauvais équipage, et beaucoup plus pâle que je ne l'avais vu la première fois. Il portait sur le bras un vieux portemanteau, ne faisant qu'arriver dans la ville. Cependant, comme il avait la physionomie trop belle pour n'être pas reconnu facilement, je le remis aussitôt. Il faut, dis-je au marquis, que nous abordions ce jeune homme. Sa joie fut plus vive que toute expression, lorsqu'il m'eut remis à son tour. Ah ! monsieur, s'écria-t-il en me baisant la main, je puis donc encore une fois vous marquer mon immortelle reconnaissance ! Je lui demandai d'où il venait. Il me répondit qu'il arrivait, par mer, du Havre-de-Grâce, où il était revenu de l'Amérique peu auparavant. Vous ne me paraissez pas fort bien en argent, lui dis-je. Allez-vous-en au *Lion d'Or,* où je suis logé. Je vous rejoindrai dans un moment. J'y retournai en effet, plein d'impatience d'apprendre le détail de son infortune et les circonstances de son voyage d'Amérique. Je lui fis mille caresses, et j'ordonnai qu'on ne le laissât manquer de rien. Il n'attendit point que je le pressasse de me raconter l'histoire de sa vie. Monsieur, me dit-il, vous en usez si noblement avec moi, que je me reprocherais, comme une basse ingratitude, d'avoir quelque chose de réservé pour vous. Je veux vous apprendre, non seulement mes malheurs et mes peines, mais encore mes désordres et mes plus honteuses faiblesses. Je suis sûr qu'en me condamnant, vous ne pourrez pas vous empêcher de me plaindre.

Je dois avertir ici le lecteur que j'écrivis son histoire presque aussitôt après l'avoir entendue, et qu'on peut s'assurer, par conséquent, que rien n'est plus exact et plus fidèle que cette narration. Je dis fidèle jusque dans la relation des réflexions et des sentiments que le jeune aventurier exprimait de la meilleure grâce du monde. Voici donc son récit, auquel je ne mêlerai, jusqu'à la fin, rien qui ne soit de lui.

J'avais dix-sept ans, et j'achevais mes études de philosophie à Amiens, où mes parents, qui sont d'une des meilleures maisons de P., m'avaient envoyé. Je menais une vie si sage et si réglée, que mes maîtres me proposaient pour l'exemple du collège. Non que je fisse des efforts extraordinaires pour mériter cet éloge, mais j'ai l'humeur naturellement douce et tranquille : je m'appliquais à l'étude par inclination, et l'on me comptait pour des vertus quelques marques d'aversion naturelle pour le vice. Ma naissance, le succès de mes études et quelques agréments extérieurs m'avaient fait connaître et estimer de tous les honnêtes gens de la ville. J'achevai mes exercices publics avec une approbation si générale, que Monsieur l'Évêque, qui y assistait, me proposa d'entrer dans l'état ecclésiastique, où je ne manquerais pas, disait-il, de m'attirer plus de distinction que dans l'ordre de Malte, auquel mes parents me destinaient. Ils me faisaient déjà porter la croix, avec le nom de chevalier des Grieux. Les vacances arrivant, je me préparais à retourner chez mon père, qui m'avait promis de m'envoyer bientôt à l'Académie. Mon seul regret, en quittant Amiens, était d'y laisser un ami avec lequel j'avais toujours été tendrement uni. Il était de quelques années plus âgé que moi. Nous avions été élevés ensemble, mais le bien de sa maison étant des plus médiocres, il était obligé de prendre l'état ecclésiastique, et de demeurer à Amiens après moi, pour y faire les études qui conviennent à cette profession. Il avait mille bonnes qualités. Vous le connaîtrez par les meilleures dans la suite de mon histoire, et surtout, par un zèle et une générosité en amitié qui surpassent les plus célèbres exemples de l'antiquité. Si j'eusse alors suivi ses conseils, j'aurais toujours été sage et heureux. Si j'avais, du moins, profité de ses reproches dans le précipice où mes passions m'ont entraîné, j'aurais sauvé quelque chose du naufrage de ma fortune et de ma réputation. Mais il n'a point recueilli d'autre fruit de ses soins que le chagrin de les voir inutiles et, quelquefois, durement récompensés par un ingrat qui s'en offensait, et qui les traitait d'importunités.

J'avais marqué le temps de mon départ d'Amiens. Hélas ! que ne le marquais-je un jour plus tôt ! j'aurais porté chez mon père toute mon innocence. La veille même de celui que je devais quitter cette ville, étant à me promener avec mon ami, qui s'appelait Tiberge, nous vîmes arriver le coche d'Arras, et nous le suivîmes jusqu'à l'hôtellerie où ces voitures descendent. Nous n'avions pas d'autre motif que la curiosité. Il en sortit quelques femmes, qui se retirèrent aussitôt. Mais il en resta une, fort jeune, qui s'arrêta seule dans la cour, pendant qu'un homme d'un âge avancé, qui paraissait lui servir de conducteur, s'empressait pour faire tirer son équipage des paniers. Elle me parut si charmante que moi, qui n'avais jamais pensé à la différence des sexes, ni regardé une fille avec un peu d'attention, moi, dis-je, dont tout le monde admirait la sagesse et la retenue, je me trouvai enflammé tout d'un coup jusqu'au transport. J'avais le défaut d'être excessivement timide et facile à déconcerter ; mais loin d'être arrêté alors par cette faiblesse, je m'avançai vers la maîtresse de mon cœur. Quoiqu'elle fût encore moins âgée que moi, elle reçut mes politesses sans paraître embarrassée. Je lui demandai ce qui l'amenait à Amiens et si elle y avait quelques personnes de connaissance.

Elle me répondit ingénument qu'elle y était envoyée par
ses parents pour être religieuse. L'amour me rendait
déjà si éclairé, depuis un moment qu'il était dans mon
cœur, que je regardai ce dessein comme un coup mortel
pour mes désirs. Je lui parlai d'une manière qui lui fit
comprendre mes sentiments, car elle était bien plus
expérimentée que moi. C'était malgré elle qu'on
l'envoyait au couvent, pour arrêter sans doute son
penchant au plaisir, qui s'était déjà déclaré et qui a
causé, dans la suite, tous ses malheurs et les miens. Je
combattis la cruelle intention de ses parents par toutes
les raisons que mon amour naissant et mon éloquence
scolastique purent me suggérer. Elle n'affecta ni
rigueur ni dédain. Elle me dit, après un moment de
silence, qu'elle ne prévoyait que trop qu'elle allait être
malheureuse, mais que c'était apparemment la volonté
du Ciel, puisqu'il ne lui laissait nul moyen de l'éviter.
La douceur de ses regards, un air charmant de tristesse
en prononçant ces paroles, ou plutôt, l'ascendant de ma
destinée qui m'entraînait à ma perte, ne me permirent
pas de balancer un moment sur ma réponse. Je l'assurai
que, si elle voulait faire quelque fond sur mon honneur
et sur la tendresse infinie qu'elle m'inspirait déjà,
j'emploierais ma vie pour la délivrer de la tyrannie de
ses parents, et pour la rendre heureuse. Je me suis
étonné mille fois, en y réfléchissant, d'où me venait
alors tant de hardiesse et de facilité à m'exprimer ; mais
on ne ferait pas une divinité de l'amour, s'il n'opérait
souvent des prodiges. J'ajoutai mille choses pressantes.
Ma belle inconnue savait bien qu'on n'est point trom-
peur à mon âge ; elle me confessa que, si je voyais
quelque jour à la pouvoir mettre en liberté, elle croirait
m'être redevable de quelque chose de plus cher que la
vie. Je lui répétai que j'étais prêt à tout entreprendre,
mais, n'ayant point assez d'expérience pour imaginer
tout d'un coup les moyens de la servir, je m'en tenais à
cette assurance générale, qui ne pouvait être d'un grand
secours pour elle et pour moi. Son vieil Argus étant
venu nous rejoindre, mes espérances allaient échouer si
elle n'eût eu assez d'esprit pour suppléer à la stérilité du
mien. Je fus surpris, à l'arrivée de son conducteur,

qu'elle m'appelât son cousin et que, sans paraître déconcertée le moins du monde, elle me dît que, puisqu'elle était assez heureuse pour me rencontrer à Amiens, elle remettait au lendemain son entrée dans le couvent, afin de se procurer le plaisir de souper avec moi. J'entrai fort bien dans le sens de cette ruse. Je lui proposai de se loger dans une hôtellerie, dont le maître, qui s'était établi à Amiens, après avoir été longtemps cocher de mon père, était dévoué entièrement à mes ordres. Je l'y conduisis moi-même, tandis que le vieux conducteur paraissait un peu murmurer, et que mon ami Tiberge, qui ne comprenait rien à cette scène, me suivait sans prononcer une parole. Il n'avait point entendu notre entretien. Il était demeuré à se promener dans la cour pendant que je parlais d'amour à ma belle maîtresse. Comme je redoutais sa sagesse, je me défis de lui par une commission dont je le priai de se charger. Ainsi j'eus le plaisir, en arrivant à l'auberge, d'entretenir seul la souveraine de mon cœur. Je reconnus bientôt que j'étais moins enfant que je ne le croyais. Mon cœur s'ouvrit à mille sentiments de plaisir dont je n'avais jamais eu l'idée. Une douce chaleur se répandit dans toutes mes veines. J'étais dans une espèce de transport, qui m'ôta pour quelque temps la liberté de la voix et qui ne s'exprimait que par mes yeux. Mademoiselle Manon Lescaut, c'est ainsi qu'elle me dit qu'on la nommait, parut fort satisfaite de cet effet de ses charmes. Je crus apercevoir qu'elle n'était pas moins émue que moi. Elle me confessa qu'elle me trouvait aimable et qu'elle serait ravie de m'avoir obligation de sa liberté. Elle voulut savoir qui j'étais, et cette connaissance augmenta son affection, parce qu'étant d'une naissance commune, elle se trouva flattée d'avoir fait la conquête d'un amant tel que moi. Nous nous entretînmes des moyens d'être l'un à l'autre. Après quantité de réflexions, nous ne trouvâmes point d'autre voie que celle de la fuite. Il fallait tromper la vigilance du conducteur, qui était un homme à ménager, quoiqu'il ne fût qu'un domestique. Nous réglâmes que je ferais préparer pendant la nuit une chaise de poste, et que je reviendrais de grand matin à l'auberge avant qu'il fût éveillé ; que nous nous

déroberions secrètement, et que nous irions droit à
Paris, où nous nous ferions marier en arrivant. J'avais
environ cinquante écus, qui étaient le fruit de mes
petites épargnes ; elle en avait à peu près le double.
Nous nous imaginâmes, comme des enfants sans expérience, que cette somme ne finirait jamais, et nous ne
comptâmes pas moins sur le succès de nos autres
mesures.

Après avoir soupé avec plus de satisfaction que je
n'en avais jamais ressenti, je me retirai pour exécuter
notre projet. Mes arrangements furent d'autant plus
faciles, qu'ayant eu dessein de retourner le lendemain
chez mon père, mon petit équipage était déjà préparé.
Je n'eus donc nulle peine à faire transporter ma malle,
et à faire tenir une chaise prête pour cinq heures du
matin, qui étaient le temps où les portes de la ville
devaient être ouvertes ; mais je trouvai un obstacle dont
je ne me défiais point, et qui faillit de rompre entièrement mon dessein.

Tiberge, quoique âgé seulement de trois ans plus que
moi, était un garçon d'un sens mûr et d'une conduite
fort réglée. Il m'aimait avec une tendresse extraordinaire. La vue d'une aussi jolie fille que Mademoiselle
Manon, mon empressement à la conduire, et le soin que
j'avais eu de me défaire de lui en l'éloignant, lui firent
naître quelques soupçons de mon amour. Il n'avait osé
revenir à l'auberge, où il m'avait laissé, de peur de
m'offenser par son retour ; mais il était allé m'attendre à
mon logis, où je le trouvai en arrivant, quoiqu'il fût dix
heures du soir. Sa présence me chagrina. Il s'aperçut
facilement de la contrainte qu'elle me causait. Je suis
sûr, me dit-il sans déguisement, que vous méditez
quelque dessein que vous me voulez cacher ; je le vois à
votre air. Je lui répondis assez brusquement que je
n'étais pas obligé de lui rendre compte de tous mes
desseins. Non, reprit-il, mais vous m'avez toujours
traité en ami, et cette qualité suppose un peu de
confiance et d'ouverture. Il me pressa si fort et si
longtemps de lui découvrir mon secret, que, n'ayant
jamais eu de réserve avec lui, je lui fis l'entière confidence de ma passion. Il la reçut avec une apparence de

mécontentement qui me fit frémir. Je me repentis
surtout de l'indiscrétion avec laquelle je lui avais découvert le dessein de ma fuite. Il me dit qu'il était trop
parfaitement mon ami pour ne pas s'y opposer de tout
son pouvoir ; qu'il voulait me représenter d'abord tout
ce qu'il croyait capable de m'en détourner, mais que, si
je ne renonçais pas ensuite à cette misérable résolution,
il avertirait des personnes qui pourraient l'arrêter à
coup sûr. Il me tint là-dessus un discours sérieux qui
dura plus d'un quart d'heure, et qui finit encore par la
menace de me dénoncer, si je ne lui donnais ma parole
de me conduire avec plus de sagesse et de raison. J'étais
au désespoir de m'être trahi si mal à propos. Cependant, l'amour m'ayant ouvert extrêmement l'esprit
depuis deux ou trois heures, je fis attention que je ne lui
avais pas découvert que mon dessein devait s'exécuter
le lendemain, et je résolus de le tromper en faveur d'une
équivoque : Tiberge, lui dis-je, j'ai cru jusqu'à présent
que vous étiez mon ami, et j'ai voulu vous éprouver par
cette confidence. Il est vrai que j'aime, je ne vous ai pas
trompé, mais, pour ce qui regarde ma fuite, ce n'est
point une entreprise à former au hasard. Venez me
prendre demain à neuf heures ; je vous ferai voir, s'il se
peut, ma maîtresse, et vous jugerez si elle mérite que je
fasse cette démarche pour elle. Il me laissa seul, après
mille protestations d'amitié. J'employai la nuit à mettre
ordre à mes affaires, et m'étant rendu à l'hôtellerie de
Mademoiselle Manon vers la pointe du jour, je la
trouvai qui m'attendait. Elle était à sa fenêtre, qui
donnait sur la rue, de sorte que, m'ayant aperçu, elle
vint m'ouvrir elle-même. Nous sortîmes sans bruit.
Elle n'avait point d'autre équipage que son linge, dont
je me chargeai moi-même. La chaise était en état de
partir ; nous nous éloignâmes aussitôt de la ville. Je
rapporterai, dans la suite, quelle fut la conduite de
Tiberge, lorsqu'il s'aperçut que je l'avais trompé. Son
zèle n'en devint pas moins ardent. Vous verrez à quel
excès il le porta, et combien je devrais verser de larmes
en songeant quelle en a toujours été la récompense.
    Nous nous hâtâmes tellement d'avancer que nous
arrivâmes à Saint-Denis avant la nuit. J'avais couru à

cheval à côté de la chaise, ce qui ne nous avait guère permis de nous entretenir qu'en changeant de chevaux ; mais lorsque nous nous vîmes si proche de Paris, c'est-à-dire presque en sûreté, nous prîmes le temps de nous rafraîchir, n'ayant rien mangé depuis notre départ d'Amiens. Quelque passionné que je fusse pour Manon, elle sut me persuader qu'elle ne l'était pas moins pour moi. Nous étions si peu réservés dans nos caresses, que nous n'avions pas la patience d'attendre que nous fussions seuls. Nos postillons et nos hôtes nous regardaient avec admiration, et je remarquais qu'ils étaient surpris de voir deux enfants de notre âge, qui paraissaient s'aimer jusqu'à la fureur. Nos projets de mariage furent oubliés à Saint-Denis ; nous fraudâmes les droits de l'Église, et nous nous trouvâmes époux sans y avoir fait réflexion. Il est sûr que, du naturel tendre et constant dont je suis, j'étais heureux pour toute ma vie, si Manon m'eût été fidèle. Plus je la connaissais, plus je découvrais en elle de nouvelles qualités aimables. Son esprit, son cœur, sa douceur et sa beauté formaient une chaîne si forte et si charmante, que j'aurais mis tout mon bonheur à n'en sortir jamais. Terrible changement ! Ce qui fait mon désespoir a pu faire ma félicité. Je me trouve le plus malheureux de tous les hommes, par cette même constance dont je devais attendre le plus doux de tous les sorts, et les plus parfaites récompenses de l'amour.

Nous prîmes un appartement meublé à Paris. Ce fut dans la rue V... et, pour mon malheur, auprès de la maison de M. de B..., célèbre fermier général. Trois semaines se passèrent, pendant lesquelles j'avais été si rempli de ma passion que j'avais peu songé à ma famille et au chagrin que mon père avait dû ressentir de mon absence. Cependant, comme la débauche n'avait nulle part à ma conduite, et que Manon se comportait aussi avec beaucoup de retenue, la tranquillité où nous vivions servit à me faire rappeler peu à peu l'idée de mon devoir. Je résolus de me réconcilier, s'il était possible, avec mon père. Ma maîtresse était si aimable que je ne doutai point qu'elle ne pût lui plaire, si je trouvais moyen de lui faire connaître sa sagesse et son

mérite : en un mot, je me flattai d'obtenir de lui la
liberté de l'épouser, ayant été désabusé de l'espérance
de le pouvoir sans son consentement. Je communiquai
ce projet à Manon, et je lui fis entendre qu'outre les
motifs de l'amour et du devoir, celui de la nécessité
pouvait y entrer aussi pour quelque chose, car nos
fonds étaient extrêmement altérés, et je commençais à
revenir de l'opinion qu'ils étaient inépuisables. Manon
reçut froidement cette proposition. Cependant, les difficultés qu'elle y opposa n'étant prises que de sa tendresse même et de la crainte de me perdre, si mon père
n'entrait point dans notre dessein après avoir connu le
lieu de notre retraite, je n'eus pas le moindre soupçon
du coup cruel qu'on se préparait à me porter. A
l'objection de la nécessité, elle répondit qu'il nous
restait encore de quoi vivre quelques semaines, et
qu'elle trouverait, après cela, des ressources dans
l'affection de quelques parents à qui elle écrirait en
province. Elle adoucit son refus par des caresses si
tendres et si passionnées, que moi, qui ne vivais que
dans elle, et qui n'avais pas la moindre défiance de son
cœur, j'applaudis à toutes ses réponses et à toutes ses
résolutions. Je lui avais laissé la disposition de notre
bourse, et le soin de payer notre dépense ordinaire. Je
m'aperçus, peu après, que notre table était mieux
servie, et qu'elle s'était donné quelques ajustements
d'un prix considérable. Comme je n'ignorais pas qu'il
devait nous rester à peine douze ou quinze pistoles, je
lui marquai mon étonnement de cette augmentation
apparente de notre opulence. Elle me pria, en riant,
d'être sans embarras. Ne vous ai-je pas promis, me
dit-elle, que je trouverais des ressources ? Je l'aimais
avec trop de simplicité pour m'alarmer facilement.

   Un jour que j'étais sorti l'après-midi, et que je l'avais
avertie que je serais dehors plus longtemps qu'à l'ordinaire, je fus étonné qu'à mon retour on me fît attendre
deux ou trois minutes à la porte. Nous n'étions servis
que par une petite fille qui était à peu près de notre âge.
Étant venue m'ouvrir, je lui demandai pourquoi elle
avait tardé si longtemps. Elle me répondit, d'un air
embarrassé, qu'elle ne m'avait point entendu frapper.

Je n'avais frappé qu'une fois ; je lui dis : Mais, si vous ne m'avez pas entendu, pourquoi êtes-vous donc venue m'ouvrir ? Cette question la déconcerta si fort, que, n'ayant point assez de présence d'esprit pour y répondre, elle se mit à pleurer, en m'assurant que ce n'était point sa faute, et que madame lui avait défendu d'ouvrir la porte jusqu'à ce que M. de B... fût sorti par l'autre escalier, qui répondait au cabinet. Je demeurai si confus, que je n'eus point la force d'entrer dans l'appartement. Je pris le parti de descendre sous prétexte d'une affaire, et j'ordonnai à cet enfant de dire à sa maîtresse que je retournerais dans le moment, mais de ne pas faire connaître qu'elle m'eût parlé de M. de B...

Ma consternation fut si grande, que je versais des larmes en descendant l'escalier, sans savoir encore de quel sentiment elles partaient. J'entrai dans le premier café et m'y étant assis près d'une table, j'appuyai la tête sur mes deux mains pour y développer ce qui se passait dans mon cœur. Je n'osais rappeler ce que je venais d'entendre. Je voulais le considérer comme une illusion, et je fus prêt deux ou trois fois de retourner au logis, sans marquer que j'y eusse fait attention. Il me paraissait si impossible que Manon m'eût trahi, que je craignais de lui faire injure en la soupçonnant. Je l'adorais, cela était sûr ; je ne lui avais pas donné plus de preuves d'amour que je n'en avais reçu d'elle ; pourquoi l'aurais-je accusée d'être moins sincère et moins constante que moi ? Quelle raison aurait-elle eue de me tromper ? Il n'y avait que trois heures qu'elle m'avait accablé de ses plus tendres caresses et qu'elle avait reçu les miennes avec transport ; je ne connaissais pas mieux mon cœur que le sien. Non, non, repris-je, il n'est pas possible que Manon me trahisse. Elle n'ignore pas que je ne vis que pour elle. Elle sait trop bien que je l'adore. Ce n'est pas là un sujet de me haïr.

Cependant la visite et la sortie furtive de M. de B... me causaient de l'embarras. Je rappelais aussi les petites acquisitions de Manon, qui me semblaient surpasser nos richesses présentes. Cela paraissait sentir les libéralités d'un nouvel amant. Et cette confiance qu'elle m'avait marquée pour des ressources qui m'étaient

inconnues ! J'avais peine à donner à tant d'énigmes un
sens aussi favorable que mon cœur le souhaitait. D'un
autre côté, je ne l'avais presque pas perdue de vue
depuis que nous étions à Paris. Occupations, prome-
nades, divertissements, nous avions toujours été l'un à
côté de l'autre ; mon Dieu ! un instant de séparation
nous aurait trop affligés. Il fallait nous dire sans cesse
que nous nous aimions ; nous serions morts d'inquiétude sans cela. Je ne pouvais donc m'imaginer presque
un seul moment où Manon pût s'être occupée d'un
autre que moi. A la fin, je crus avoir trouvé le dénouement de ce mystère. M. de B..., dis-je en moi-même,
est un homme qui fait de grosses affaires, et qui a de
grandes relations ; les parents de Manon se seront servis
de cet homme pour lui faire tenir quelque argent. Elle
en a peut-être déjà reçu de lui ; il est venu aujourd'hui
lui en apporter encore. Elle s'est fait sans doute un jeu
de me le cacher, pour me surprendre agréablement.
Peut-être m'en aurait-elle parlé si j'étais rentré à l'ordinaire, au lieu de venir ici m'affliger ; elle ne me le
cachera pas, du moins, lorsque je lui en parlerai moi-
même.

Je me remplis si fortement de cette opinion, qu'elle
eut la force de diminuer beaucoup ma tristesse. Je
retournai sur-le-champ au logis. J'embrassai Manon
avec ma tendresse ordinaire. Elle me reçut fort bien.
J'étais tenté d'abord de lui découvrir mes conjectures,
que je regardais plus que jamais comme certaines ; je
me retins, dans l'espérance qu'il lui arriverait peut-être
de me prévenir, en m'apprenant tout ce qui s'était
passé. On nous servit à souper. Je me mis à table d'un
air fort gai ; mais à la lumière de la chandelle qui était
entre elle et moi, je crus apercevoir de la tristesse sur le
visage et dans les yeux de ma chère maîtresse. Cette
pensée m'en inspira aussi. Je remarquai que ses regards
s'attachaient sur moi d'une autre façon qu'ils n'avaient
accoutumé. Je ne pouvais démêler si c'était de l'amour
ou de la compassion, quoiqu'il me parût que c'était un
sentiment doux et languissant. Je la regardai avec la
même attention ; et peut-être n'avait-elle pas moins de
peine à juger de la situation de mon cœur par mes

regards. Nous ne pensions ni à parler, ni à manger. Enfin, je vis tomber des larmes de ses beaux yeux : perfides larmes ! Ah Dieux ! m'écriai-je, vous pleurez, ma chère Manon ; vous êtes affligée jusqu'à pleurer, et vous ne me dites pas un seul mot de vos peines. Elle ne me répondit que par quelques soupirs qui augmentèrent mon inquiétude. Je me levai en tremblant. Je la conjurai, avec tous les empressements de l'amour, de me découvrir le sujet de ses pleurs ; j'en versai moi-même en essuyant les siens ; j'étais plus mort que vif. Un barbare aurait été attendri des témoignages de ma douleur et de ma crainte. Dans le temps que j'étais ainsi tout occupé d'elle, j'entendis le bruit de plusieurs personnes qui montaient l'escalier. On frappa doucement à la porte. Manon me donna un baiser, et s'échappant de mes bras, elle entra rapidement dans le cabinet, qu'elle ferma aussitôt sur elle. Je me figurai qu'étant un peu en désordre, elle voulait se cacher aux yeux des étrangers qui avaient frappé. J'allai leur ouvrir moi-même. A peine avais-je ouvert, que je me vis saisir par trois hommes, que je reconnus pour les laquais de mon père. Ils ne me firent point de violence ; mais deux d'entre eux m'ayant pris par les bras, le troisième visita mes poches, dont il tira un petit couteau qui était le seul fer que j'eusse sur moi. Ils me demandèrent pardon de la nécessité où ils étaient de me manquer de respect ; ils me dirent naturellement qu'ils agissaient par l'ordre de mon père, et que mon frère aîné m'attendait en bas dans un carrosse. J'étais si troublé, que je me laissai conduire sans résister et sans répondre. Mon frère était effective-ment à m'attendre. On me mit dans le carrosse, auprès de lui, et le cocher, qui avait ses ordres, nous conduisit à grand train jusqu'à Saint-Denis. Mon frère m'embrassa tendrement, mais il ne me parla point, de sorte que j'eus tout le loisir dont j'avais besoin, pour rêver à mon infortune.

J'y trouvai d'abord tant d'obscurité que je ne voyais pas de jour à la moindre conjecture. J'étais trahi cruellement. Mais par qui ? Tiberge fut le premier qui me vint à l'esprit. Traître ! disais-je, c'est fait de ta vie si mes soupçons se trouvent justes. Cependant je fis réflexion qu'il ignorait le lieu de ma demeure, et qu'on ne pouvait, par conséquent, l'avoir appris de lui. Accuser Manon, c'est de quoi mon cœur n'osait se rendre coupable. Cette tristesse extraordinaire dont je l'avais vue comme accablée, ses larmes, le tendre baiser qu'elle m'avait donné en se retirant, me paraissaient bien une énigme ; mais je me sentais porté à l'expliquer comme un pressentiment de notre malheur commun, et dans le temps que je me désespérais de l'accident qui m'arrachait à elle, j'avais la crédulité de m'imaginer qu'elle était encore plus à plaindre que moi. Le résultat de ma méditation fut de me persuader que j'avais été aperçu dans les rues de Paris par quelques personnes de connaissance, qui en avaient donné avis à mon père. Cette pensée me consola. Je comptais d'en être quitte pour des reproches ou pour quelques mauvais traitements, qu'il me faudrait essuyer de l'autorité paternelle. Je résolus de les souffrir avec patience, et de promettre tout ce qu'on exigerait de moi, pour me faciliter l'occasion de retourner plus promptement à Paris, et d'aller rendre la vie et la joie à ma chère Manon.

Nous arrivâmes, en peu de temps, à Saint-Denis. Mon frère, surpris de mon silence, s'imagina que c'était un effet de ma crainte. Il entreprit de me consoler, en m'assurant que je n'avais rien à redouter de la sévérité de mon père, pourvu que je fusse disposé à rentrer doucement dans le devoir, et à mériter l'affection qu'il avait pour moi. Il me fit passer la nuit à Saint-Denis, avec la précaution de faire coucher les trois laquais dans ma chambre. Ce qui me causa une peine sensible, fut de me voir dans la même hôtellerie où je m'étais arrêté avec Manon, en venant d'Amiens à Paris. L'hôte et les domestiques me reconnurent, et devinèrent en même temps la vérité de mon histoire. J'entendis dire à l'hôte : Ah ! c'est ce joli monsieur qui passait, il y a six semaines, avec une petite demoiselle qu'il aimait si fort. Qu'elle était charmante ! Les pauvres enfants, comme ils se caressaient ! Pardi, c'est dommage qu'on les ait séparés. Je feignais de ne rien entendre, et je me laissais voir le moins qu'il m'était possible. Mon frère avait, à

Saint-Denis, une chaise à deux, dans laquelle nous
partîmes de grand matin, et nous arrivâmes chez nous
le lendemain au soir. Il vit mon père avant moi, pour le
prévenir en ma faveur en lui apprenant avec quelle
douceur je m'étais laissé conduire, de sorte que j'en fus
reçu moins durement que je ne m'y étais attendu. Il se
contenta de me faire quelques reproches généraux sur
la faute que j'avais commise en m'absentant sans sa
permission. Pour ce qui regardait ma maîtresse, il me
dit que j'avais bien mérité ce qui venait de m'arriver, en
me livrant à une inconnue ; qu'il avait eu meilleure
opinion de ma prudence, mais qu'il espérait que cette
petite aventure me rendrait plus sage. Je ne pris ce
discours que dans le sens qui s'accordait avec mes
idées. Je remerciai mon père de la bonté qu'il avait de
me pardonner, et je lui promis de prendre une conduite
plus soumise et plus réglée. Je triomphais au fond du
cœur, car de la manière dont les choses s'arrangeaient,
je ne doutais point que je n'eusse la liberté de me
dérober de la maison, même avant la fin de nuit.

On se mit à table pour souper ; on me railla sur ma
conquête d'Amiens, et sur ma fuite avec cette fidèle
maîtresse. Je reçus les coups de bonne grâce. J'étais
même charmé qu'il me fût permis de m'entretenir de ce
qui m'occupait continuellement l'esprit. Mais quelques
mots lâchés par mon père me firent prêter l'oreille avec
la dernière attention : il parla de perfidie et de service
intéressé, rendu par Monsieur B... Je demeurai interdit
en lui entendant prononcer ce nom, et je le priai
humblement de s'expliquer davantage. Il se tourna vers
mon frère, pour lui demander s'il ne m'avait pas
raconté toute l'histoire. Mon frère lui répondit que je
lui avais paru si tranquille sur la route, qu'il n'avait pas
cru que j'eusse besoin de ce remède pour me guérir de
ma folie. Je remarquai que mon père balançait s'il
achèverait de s'expliquer. Je l'en suppliai si instamment, qu'il me satisfit, ou plutôt, qu'il m'assassina
cruellement par le plus horrible de tous les récits.

Il me demanda d'abord si j'avais toujours eu la
simplicité de croire que je fusse aimé de ma maîtresse.
Je lui dis hardiment que j'en étais si sûr que rien ne

pouvait m'en donner la moindre défiance. Ha ! ha ! ha !
s'écria-t-il en riant de toute sa force, cela est excellent !
Tu es une jolie dupe, et j'aime à te voir dans ces
sentiments-là. C'est grand dommage, mon pauvre Chevalier, de te faire entrer dans l'ordre de Malte, puisque
tu as tant de disposition à faire un mari patient et
commode. Il ajouta mille railleries de cette force, sur ce
qu'il appelait ma sottise et ma crédulité. Enfin, comme
je demeurais dans le silence, il continua de me dire que,
suivant le calcul qu'il pouvait faire du temps depuis
mon départ d'Amiens, Manon m'avait aimé environ
douze jours : car, ajouta-t-il, je sais que tu partis
d'Amiens le 28 de l'autre mois ; nous sommes au 29 du
présent ; il y en a onze que Monsieur B... m'a écrit ; je
suppose qu'il lui en ait fallu huit pour lier une parfaite
connaissance avec ta maîtresse ; ainsi, qui ôte onze et
huit de trente-un jours qu'il y a depuis le 28 d'un mois
jusqu'au 29 de l'autre, reste douze, un peu plus ou
moins. Là-dessus, les éclats de rire recommencèrent.
J'écoutais tout avec un saisissement de cœur auquel
j'appréhendais de ne pouvoir résister jusqu'à la fin de
cette triste comédie. Tu sauras donc, reprit mon père,
puisque tu l'ignores, que Monsieur B... a gagné le cœur
de ta princesse, car il se moque de moi, de prétendre me
persuader que c'est par un zèle désintéressé pour mon
service qu'il a voulu te l'enlever. C'est bien d'un
homme tel que lui, de qui, d'ailleurs, je ne suis pas
connu, qu'il faut attendre des sentiments si nobles ! Il a
su d'elle que tu es mon fils, et pour se délivrer de tes
importunités, il m'a écrit le lieu de ta demeure et le
désordre où tu vivais, en me faisant entendre qu'il
fallait main-forte pour s'assurer de toi. Il s'est offert de
me faciliter les moyens de te saisir au collet, et c'est par
sa direction et celle de ta maîtresse même que ton frère a
trouvé le moment de te prendre sans vert. Félicite-toi
maintenant de la durée de ton triomphe. Tu sais vaincre
assez rapidement, Chevalier ; mais tu ne sais pas
conserver tes conquêtes.

   Je n'eus pas la force de soutenir plus longtemps un
discours dont chaque mot m'avait percé le cœur. Je me
levai de table, et je n'avais pas fait quatre pas pour sortir

de la salle, que je tombai sur le plancher, sans sentiment
et sans connaissance. On me les rappela par de prompts
secours. J'ouvris les yeux pour verser un torrent de
pleurs, et la bouche pour proférer les plaintes les plus
tristes et les plus touchantes. Mon père, qui m'a toujours aimé tendrement, s'employa avec toute son affection pour me consoler. Je l'écoutais, mais sans
l'entendre. Je me jetai à ses genoux, je le conjurai, en
joignant les mains, de me laisser retourner à Paris pour
aller poignarder B... Non, disais-je, il n'a pas gagné le
cœur de Manon, il lui a fait violence ; il l'a séduite par
un charme ou par un poison ; il l'a peut-être forcée
brutalement. Manon m'aime. Ne le sais-je pas bien ? Il
l'aura menacée, le poignard à la main, pour la
contraindre de m'abandonner. Que n'aura-t-il pas fait
pour me ravir une si charmante maîtresse ! O dieux !
dieux ! serait-il possible que Manon m'eût trahi, et
qu'elle eût cessé de m'aimer !

Comme je parlais toujours de retourner promptement à Paris, et que je me levais même à tous moments
pour cela, mon père vit bien que, dans le transport où
j'étais, rien ne serait capable de m'arrêter. Il me conduisit dans une chambre haute, où il laissa deux domestiques avec moi pour me garder à vue. Je ne me
possédais point. J'aurais donné mille vies pour être
seulement un quart d'heure à Paris. Je compris que,
m'étant déclaré si ouvertement, on ne me permettrait
pas aisément de sortir de ma chambre. Je mesurai des
yeux la hauteur des fenêtres ; ne voyant nulle possibilité
de m'échapper par cette voie, je m'adressai doucement
à mes deux domestiques. Je m'engageai, par mille
serments, à faire un jour leur fortune, s'ils voulaient
consentir à mon évasion. Je les pressai, je les caressai, je
les menaçai ; mais cette tentative fut encore inutile. Je
perdis alors toute espérance. Je résolus de mourir, et je
me jetai sur un lit, avec le dessein de ne le quitter
qu'avec la vie. Je passai la nuit et le jour suivant dans
cette situation. Je refusai la nourriture qu'on m'apporta
le lendemain. Mon père vint me voir l'après-midi. Il eut
la bonté de flatter mes peines par les plus douces
consolations. Il m'ordonna si absolument de manger

quelque chose, que je le fis par respect pour ses ordres. Quelques jours se passèrent, pendant lesquels je ne pris rien qu'en sa présence et pour lui obéir. Il continuait toujours de m'apporter les raisons qui pouvaient me ramener au bon sens et m'inspirer du mépris pour l'infidèle Manon. Il est certain que je ne l'estimais plus ; comment aurais-je estimé la plus volage et la plus perfide de toutes les créatures ? Mais son image, ses traits charmants que je portais au fond du cœur, y subsistaient toujours. Je le sentais bien. Je puis mourir, disais-je ; je le devrais même, après tant de honte et de douleur ; mais je souffrirais mille morts sans pouvoir oublier l'ingrate Manon.

Mon père était surpris de me voir toujours si fortement touché. Il me connaissait des principes d'honneur, et ne pouvant douter que sa trahison ne me la fît mépriser, il s'imagina que ma constance venait moins de cette passion en particulier que d'un penchant général pour les femmes. Il s'attacha tellement à cette pensée que, ne consultant que sa tendre affection, il vint un jour m'en faire l'ouverture. Chevalier, me dit-il, j'ai eu dessein, jusqu'à présent, de te faire porter la croix de Malte ; mais je vois que tes inclinations ne sont point tournées de ce côté-là. Tu aimes les jolies femmes. Je suis d'avis de t'en chercher une qui te plaise. Explique-moi naturellement ce que tu penses là-dessus. Je lui répondis que je ne mettais plus de distinction entre les femmes, et qu'après le malheur qui venait de m'arriver je les détestais toutes également. Je t'en chercherai une, reprit mon père en souriant, qui ressemblera à Manon, et qui sera plus fidèle. Ah ! si vous avez quelque bonté pour moi, lui dis-je, c'est elle qu'il faut me rendre. Soyez sûr, mon cher père, qu'elle ne m'a point trahi ; elle n'est pas capable d'une si noire et si cruelle lâcheté. C'est le perfide B... qui nous trompe, vous, elle et moi. Si vous saviez combien elle est tendre et sincère, si vous la connaissiez, vous l'aimeriez vous-même. Vous êtes un enfant, repartit mon père. Comment pouvez-vous vous aveugler jusqu'à ce point, après ce que je vous ai raconté d'elle ? C'est elle-même qui vous a livré à votre frère. Vous devriez oublier jusqu'à son nom, et profiter, si vous ête sage, de l'indulgence que j'ai pour vous. Je reconnaissais trop clairement qu'il avait raison. C'était un mouvement involontaire qui me faisait prendre ainsi le parti de mon infidèle. Hélas ! repris-je, après un moment de silence, il n'est que trop vrai que je suis le malheureux objet de la plus lâche de toutes les perfidies. Oui, continuai-je, en versant des larmes de dépit, je vois bien que je ne suis qu'un enfant. Ma crédulité ne leur coûtait guère à tromper. Mais je sais bien ce que j'ai à faire pour me venger. Mon père voulut savoir quel était mon dessein. J'irai à Paris, lui dis-je, je mettrai le feu à la maison de B..., et je le brûlerai tout vif avec la perfide Manon. Cet emportement fit rire mon père et ne servit qu'à me faire garder plus étroitement dans ma prison.

J'y passai six mois entiers, pendant le premier desquels il y eut peu de changement dans mes dispositions. Tous mes sentiments n'étaient qu'une alternative perpétuelle de haine et d'amour, d'espérance ou de désespoir, selon l'idée sous laquelle Manon s'offrait à mon esprit. Tantôt je ne considérais en elle que la plus aimable de toutes les filles, et je languissais du désir de la revoir ; tantôt je n'y apercevais qu'une lâche et perfide maîtresse, et je faisais mille serments de ne la chercher que pour la punir. On me donna des livres, qui servirent à rendre un peu de tranquillité à mon âme. Je relus tous mes auteurs ; j'acquis de nouvelles connaissances ; je repris un goût infini pour l'étude. Vous verrez de quelle utilité il me fut dans la suite. Les lumières que je devais à l'amour me firent trouver de la clarté dans quantité d'endroits d'Horace et de Virgile, qui m'avaient paru obscurs auparavant. Je fis un commentaire amoureux sur le quatrième livre de *l'Enéide* ; je le destine à voir le jour, et je me flatte que le public en sera satisfait. Hélas ! disais-je en le faisant, c'était un cœur tel que le mien qu'il fallait à la fidèle Didon.

Tiberge vint me voir un jour dans ma prison. Je fus surpris du transport avec lequel il m'embrassa. Je n'avais point encore eu de preuves de son affection qui pussent me la faire regarder autrement que comme une simple amitié de collège, telle qu'elle se forme entre de

jeunes gens qui sont à peu près du même âge. Je le
trouvai si changé et si formé, depuis cinq ou six mois
que j'avais passés sans le voir, que sa figure et le ton de
son discours m'inspirèrent du respect. Il me parla en
conseiller sage, plutôt qu'en ami d'école. Il plaignit
l'égarement où j'étais tombé. Il me félicita de ma
guérison, qu'il croyait avancée ; enfin il m'exhorta à
profiter de cette erreur de jeunesse pour ouvrir les yeux
sur la vanité des plaisirs. Je le regardai avec étonnement. Il s'en aperçut. Mon cher Chevalier, me dit-il, je
ne vous dis rien qui ne soit solidement vrai, et dont je ne
me sois convaincu par un sérieux examen. J'avais
autant de penchant que vous vers la volupté, mais le
Ciel m'avait donné, en même temps, du goût pour la
vertu. Je me suis servi de ma raison pour comparer les
fruits de l'une et de l'autre et je n'ai pas tardé longtemps
à découvrir leurs différences. Le secours du Ciel s'est
joint à mes réflexions. J'ai conçu pour le monde un
mépris auquel il n'y a rien d'égal. Devineriez-vous ce
qui m'y retient, ajouta-t-il, et ce qui m'empêche de
courir à la solitude ? C'est uniquement la tendre amitié
que j'ai pour vous. Je connais l'excellence de votre cœur
et de votre esprit ; il n'y a rien de bon dont vous ne
puissiez vous rendre capable. Le poison du plaisir vous
a fait écarter du chemin. Quelle perte pour la vertu !
Votre fuite d'Amiens m'a causé tant de douleur, que je
n'ai pas goûté, depuis, un seul moment de satisfaction.
Jugez-en par les démarches qu'elle m'a fait faire. Il me
raconta qu'après s'être aperçu que je l'avais trompé et
que j'étais parti avec ma maîtresse, il était monté à
cheval pour me suivre ; mais qu'ayant sur lui quatre ou
cinq heures d'avance, il lui avait été impossible de me
joindre ; qu'il était arrivé néanmoins à Saint-Denis une
demi-heure après mon départ ; qu'étant bien certain
que je me serais arrêté à Paris, il y avait passé six
semaines à me chercher inutilement ; qu'il allait dans
tous les lieux où il se flattait de pouvoir me trouver, et
qu'un jour enfin il avait reconnu ma maîtresse à la
Comédie ; qu'elle y était dans une parure si éclatante
qu'il s'était imaginé qu'elle devait cette fortune à un
nouvel amant ; qu'il avait suivi son carrosse jusqu'à sa

maison, et qu'il avait appris d'un domestique qu'elle
était entretenue par les libéralités de Monsieur B... Je
ne m'arrêtai point là, continua-t-il. J'y retournai le
lendemain, pour apprendre d'elle-même ce que vous
étiez devenu ; elle me quitta brusquement, lorsqu'elle
m'entendit parler de vous, et je fus obligé de revenir en
province sans aucun autre éclaircissement. J'y appris
votre aventure et la consternation extrême qu'elle vous
a causée ; mais je n'ai pas voulu vous voir, sans être
assuré de vous trouver plus tranquille.

Vous avez donc vu Manon, lui répondis-je en soupirant. Hélas ! vous êtes plus heureux que moi, qui suis
condamné à ne la revoir jamais. Il me fit des reproches
de ce soupir, qui marquait encore de la faiblesse pour
elle. Il me flatta si adroitement sur la bonté de mon
caractère et sur mes inclinations, qu'il me fit naître, dès
cette première visite, une forte envie de renoncer
comme lui à tous les plaisirs du siècle pour entrer dans
l'état ecclésiastique.

Je goûtai tellement cette idée que, lorsque je me
trouvai seul, je ne m'occupai plus d'autre chose. Je me
rappelai les discours de M. l'Évêque d'Amiens, qui
m'avait donné le même conseil, et les présages heureux
qu'il avait formés en ma faveur, s'il m'arrivait
d'embrasser ce parti. La piété se mêla aussi dans mes
considérations. Je mènerai une vie sage et chrétienne,
disais-je ; je m'occuperai de l'étude et de la religion, qui
ne me permettront point de penser aux dangereux
plaisirs de l'amour. Je mépriserai ce que le commun des
hommes admire ; et comme je sens assez que mon cœur
ne désirera que ce qu'il estime, j'aurai aussi peu
d'inquiétudes que de désirs. Je formai là-dessus,
d'avance, un système de vie paisible et solitaire. J'y
faisais entrer une maison écartée, avec un petit bois et
un ruisseau d'eau douce au bout du jardin, une biblio-
thèque composée de livres choisis, un petit nombre
d'amis vertueux et de bon sens, une table propre, mais
frugale et modérée. J'y joignais un commerce de lettres
avec un ami qui ferait son séjour à Paris, et qui
m'informerait des nouvelles publiques, moins pour
satisfaire ma curiosité que pour me faire un divertisse-

ment des folles agitations des hommes. Ne serai-je pas
heureux ? ajoutais-je ; toutes mes prétentions ne seront-
elles point remplies ? Il est certain que ce projet flattait
extrêmement mes inclinations. Mais, à la fin d'un si
sage arrangement, je sentais que mon cœur attendait
encore quelque chose, et que, pour n'avoir rien à
désirer dans la plus charmante solitude, il y fallait être
avec Manon.

Cependant, Tiberge continuant de me rendre de
fréquentes visites, dans le dessein qu'il m'avait inspiré,
je pris l'occasion d'en faire l'ouverture à mon père. Il
me déclara que son intention était de laisser ses enfants
libres dans le choix de leur condition et que, de quelque
manière que je voulusse disposer de moi, il ne se
réserverait que le droit de m'aider de ses conseils. Il
m'en donna de fort sages, qui tendaient moins à me
dégoûter de mon projet, qu'à me le faire embrasser avec
connaissance. Le renouvellement de l'année scolastique
approchait. Je convins avec Tiberge de nous mettre
ensemble au séminaire de Saint-Sulpice, lui pour achever ses études de théologie, et moi pour commencer les
miennes. Son mérite, qui était connu de l'évêque du
diocèse, lui fit obtenir de ce prélat un bénéfice considérable avant notre départ.

Mon père, me croyant tout à fait revenu de ma
passion, ne fit aucune difficulté de me laisser partir.
Nous arrivâmes à Paris. L'habit ecclésiastique prit la
place de la croix de Malte, et le nom d'abbé des Grieux
celle de chevalier. Je m'attachai à l'étude avec tant
d'application, que je fis des progrès extraordinaires en
peu de mois. J'y employais une partie de la nuit, et je ne
perdais pas un moment du jour. Ma réputation eut tant
d'éclat, qu'on me félicitait déjà sur les dignités que je ne
pouvais manquer d'obtenir, et sans l'avoir sollicité,
mon nom fut couché sur la feuille des bénéfices. La
piété n'était pas plus négligée ; j'avais de la ferveur pour
tous les exercices. Tiberge était charmé de ce qu'il
regardait comme son ouvrage, et je l'ai vu plusieurs fois
répandre des larmes, en s'applaudissant de ce qu'il
nommait ma conversion. Que les résolutions humaines
soient sujettes à changer, c'est ce qui ne m'a jamais

causé d'étonnement ; une passion les fait naître, une autre passion peut les détruire ; mais quand je pense à la sainteté de celles qui m'avaient conduit à Saint-Sulpice et à la joie intérieure que le Ciel m'y faisait goûter en les exécutant, je suis effrayé de la facilité avec laquelle j'ai pu les rompre. S'il est vrai que les secours célestes sont à tous moments d'une force égale à celle des passions, qu'on m'explique donc par quel funeste ascendant on se trouve emporté tout d'un coup loin de son devoir, sans se trouver capable de la moindre résistance, et sans ressentir le moindre remords. Je me croyais absolument délivré des faiblesses de l'amour. Il me semblait que j'aurais préféré la lecture d'une page de saint Augustin, ou un quart d'heure de méditation chrétienne, à tous les plaisirs des sens, sans excepter ceux qui m'auraient été offerts par Manon. Cependant, un instant malheureux me fit retomber dans le précipice, et ma chute fut d'autant plus irréparable, que me trouvant tout d'un coup au même degré de profondeur d'où j'étais sorti, les nouveaux désordres où je tombai me portèrent bien plus loin vers le fond de l'abîme.

J'avais passé près d'un an à Paris, sans m'informer des affaires de Manon. Il m'en avait d'abord coûté beaucoup pour me faire cette violence ; mais les conseils toujours présents de Tiberge, et mes propres réflexions, m'avaient fait obtenir la victoire. Les derniers mois s'étaient écoulés si tranquillement que je me croyais sur le point d'oublier éternellement cette charmante et perfide créature. Le temps arriva auquel je devais soutenir un exercice public dans l'École de Théologie. Je fis prier plusieurs personnes de considération de m'honorer de leur présence. Mon nom fut ainsi répandu dans tous les quartiers de Paris : il alla jusqu'aux oreilles de mon infidèle. Elle ne le reconnut pas avec certitude sous le titre d'abbé ; mais un reste de curiosité, ou peut-être quelque repentir de m'avoir trahi (je n'ai jamais pu démêler lequel de ces deux sentiments) lui fit prendre intérêt à un nom si semblable au mien ; elle vint en Sorbonne avec quelques autres dames. Elle fut présente à mon exercice, et sans doute qu'elle eut peu de peine à me remettre.

Je n'eus pas la moindre connaissance de cette visite. On sait qu'il y a, dans ces lieux, des cabinets particuliers pour les dames, où elles sont cachées derrière une jalousie. Je retournai à Saint-Sulpice, couvert de gloire et chargé de compliments. Il était six heures du soir. On vint m'avertir, un moment après mon retour, qu'une dame demandait à me voir. J'allai au parloir sur-le-champ. Dieux ! quelle apparition surprenante ! j'y trouvai Manon. C'était elle, mais plus aimable et plus brillante que je ne l'avais jamais vue. Elle était dans sa dix-huitième année. Ses charmes surpassaient tout ce qu'on peut décrire. C'était un air si fin, si doux, si engageant, l'air de l'Amour même. Toute sa figure me parut un enchantement.

Je demeurai interdit à sa vue, et ne pouvant conjecturer quel était le dessein de cette visite, j'attendais, les yeux baissés et avec tremblement, qu'elle s'expliquât. Son embarras fut, pendant quelque temps, égal au mien, mais, voyant que mon silence continuait, elle mit la main devant ses yeux, pour cacher quelques larmes. Elle me dit, d'un ton timide, qu'elle confessait que son infidélité méritait ma haine ; mais que, s'il était vrai que j'eusse jamais eu quelque tendresse pour elle, il y avait eu, aussi, bien de la dureté à laisser passer deux ans sans prendre soin de m'informer de son sort, et qu'il y en avait beaucoup encore à la voir dans l'état où elle était en ma présence, sans lui dire une parole. Le désordre de mon âme, en l'écoutant, ne saurait être exprimé.

Elle s'assit. Je demeurai debout, le corps à demi tourné, n'osant l'envisager directement. Je commençai plusieurs fois une réponse, que je n'eus pas la force d'achever. Enfin, je fis un effort pour m'écrier douloureusement : Perfide Manon ! Ah ! perfide ! perfide ! Elle me répéta, en pleurant à chaudes larmes, qu'elle ne prétendait point justifier sa perfidie. Que prétendez-vous donc ? m'écriai-je encore. Je prétends mourir, répondit-elle, si vous ne me rendez votre cœur, sans lequel il est impossible que je vive. Demande donc ma vie, infidèle ! repris-je en versant moi-même des pleurs, que je m'efforçai en vain de retenir. Demande ma vie, qui est l'unique chose qui me reste à te sacrifier ; car

mon cœur n'a jamais cessé d'être à toi. A peine eus-je
achevé ces derniers mots, qu'elle se leva avec transport
pour venir m'embrasser. Elle m'accabla de mille
caresses passionnées. Elle m'appela par tous les noms
que l'amour invente pour exprimer ses plus vives
tendresses. Je n'y répondais encore qu'avec langueur.
Quel passage, en effet, de la situation tranquille où
j'avais été, aux mouvements tumultueux que je sentais
renaître ! J'en étais épouvanté. Je frémissais, comme il
arrive lorsqu'on se trouve la nuit dans une campagne
écartée : on se croit transporté dans un nouvel ordre de
choses ; on y est saisi d'une horreur secrète, dont on ne
se remet qu'après avoir considéré longtemps tous les
environs.

Nous nous assîmes l'un près de l'autre. Je pris ses
mains dans les miennes. Ah ! Manon, lui dis-je en la
regardant d'un œil triste, je ne m'étais pas attendu à la
noire trahison dont vous avez payé mon amour. Il vous
était bien facile de tromper un cœur dont vous étiez la
souveraine absolue, et qui mettait toute sa félicité à vous
plaire et à vous obéir. Dites-moi maintenant si vous en
avez trouvé d'aussi tendres et d'aussi soumis. Non,
non, la Nature n'en fait guère de la même trempe que le
mien. Dites-moi, du moins, si vous l'avez quelquefois
regretté. Quel fond dois-je faire sur ce retour de bonté
qui vous ramène aujourd'hui pour le consoler ? Je ne
vois que trop que vous êtes plus charmante que jamais ;
mais au nom de toutes les peines que j'ai souffertes pour
vous, belle Manon, dites-moi si vous serez plus fidèle.

Elle me répondit des choses si touchantes sur son
repentir, et elle s'engagea à la fidélité par tant de
protestations et de serments, qu'elle m'attendrit à un
degré inexprimable. Chère Manon ! lui dis-je, avec un
mélange profane d'expressions amoureuses et théolo-
giques, tu es trop adorable pour une créature. Je me
sens le cœur emporté par une délectation victorieuse.
Tout ce qu'on dit de la liberté à Saint-Sulpice est une
chimère. Je vais perdre ma fortune et ma réputation
pour toi, je le prévois bien ; je lis ma destinée dans tes
beaux yeux ; mais de quelles pertes ne serai-je pas
consolé par ton amour ! Les faveurs de la fortune ne me

touchent point ; la gloire me paraît une fumée ; tous mes projets de vie ecclésiastique étaient de folles imaginations ; enfin tous les biens différents de ceux que j'espère avec toi sont des biens méprisables, puisqu'ils ne sauraient tenir un moment, dans mon cœur, contre un seul de tes regards.

En lui promettant néanmoins un oubli général de ses fautes, je voulus être informé de quelle manière elle s'était laissé séduire par B... Elle m'apprit que, l'ayant vue à sa fenêtre, il était devenu passionné pour elle ; qu'il avait fait sa déclaration en fermier général, c'est-à-dire en lui marquant dans une lettre que le payement serait proportionné aux faveurs ; qu'elle avait capitulé d'abord, mais sans autre dessein que de tirer de lui quelque somme considérable qui pût servir à nous faire vivre commodément ; qu'il l'avait éblouie par de si magnifiques promesses, qu'elle s'était laissé ébranler par degrés ; que je devais juger pourtant de ses remords par la douleur dont elle m'avait laissé voir des témoignages, la veille de notre séparation ; que, malgré l'opulence dans laquelle il l'avait entretenue, elle n'avait jamais goûté de bonheur avec lui, non seulement parce qu'elle n'y trouvait point, me dit-elle, la délicatesse de mes sentiments et l'agrément de mes manières, mais parce qu'au milieu même des plaisirs qu'il lui procurait sans cesse, elle portait, au fond du cœur, le souvenir de mon amour, et le remords de son infidélité. Elle me parla de Tiberge et de la confusion extrême que sa visite lui avait causée. Un coup d'épée dans le cœur, ajouta-t-elle, m'aurait moins ému le sang. Je lui tournai le dos, sans pouvoir soutenir un moment sa présence. Elle continua de me raconter par quels moyens elle avait été instruite de mon séjour à Paris, du changement de ma condition, et de mes exercices de Sorbonne. Elle m'assura qu'elle avait été si agitée, pendant la dispute, qu'elle avait eu beaucoup de peine, non seulement à retenir ses larmes, mais ses gémissements mêmes et ses cris, qui avaient été plus d'une fois sur le point d'éclater. Enfin, elle me dit qu'elle était sortie de ce lieu la dernière, pour cacher son désordre, et que, ne suivant que le mouvement de son cœur et l'impétuosité de ses désirs, elle était venue droit au séminaire, avec la résolution d'y mourir si elle ne me trouvait pas disposé à lui pardonner.

Où trouver un barbare qu'un repentir si vif et si tendre n'eût pas touché ? Pour moi, je sentis, dans ce moment, que j'aurais sacrifié pour Manon tous les évêchés du monde chrétien. Je lui demandai quel nouvel ordre elle jugeait à propos de mettre dans nos affaires. Elle me dit qu'il fallait sur-le-champ sortir du séminaire, et remettre à nous arranger dans un lieu plus sûr. Je consentis à toutes ses volontés sans réplique. Elle entra dans son carrosse, pour aller m'attendre au coin de la rue. Je m'échappai un moment après, sans être aperçu du portier. Je montai avec elle. Nous passâmes à la friperie. Je repris les galons et l'épée. Manon fournit aux frais, car j'étais sans un sou ; et dans la crainte que je ne trouvasse de l'obstacle à ma sortie de Saint-Sulpice, elle n'avait pas voulu que je retournasse un moment à ma chambre pour y prendre mon argent. Mon trésor, d'ailleurs, était médiocre, et elle assez riche des libéralités de B... pour mépriser ce qu'elle me faisait abandonner. Nous conférâmes, chez le fripier même, sur le parti que nous allions prendre. Pour me faire valoir davantage le sacrifice qu'elle me faisait de B..., elle résolut de ne pas garder avec lui le moindre ménagement. Je veux lui laisser ses meubles, me dit-elle, ils sont à lui ; mais j'emporterai, comme de justice, les bijoux et près de soixante mille francs que j'ai tirés de lui depuis deux ans. Je ne lui ai donné nul pouvoir sur moi, ajouta-t-elle ; ainsi nous pouvons demeurer sans crainte à Paris, en prenant une maison commode où nous vivrons heureusement. Je lui répliquai que, s'il n'y avait point de péril pour elle, il y en avait beaucoup pour moi, qui ne manquerais point tôt ou tard d'être reconnu, et qui serais continuellement exposé au malheur que j'avais déjà essuyé. Elle me fit entendre qu'elle aurait du regret à quitter Paris. Je craignais tant de la chagriner, qu'il n'y avait point de hasards que je ne méprisasse pour lui plaire ; cependant, nous trouvâmes un tempérament raisonnable, qui fut de louer une maison dans quelque village voisin de Paris, d'où il

nous serait aisé d'aller à la ville lorsque le plaisir ou le
besoin nous y appellerait. Nous choisîmes Chaillot, qui
n'en est pas éloigné. Manon retourna sur-le-champ
chez elle. J'allai l'attendre à la petite porte du jardin des
Tuileries. Elle revint une heure après, dans un carrosse
de louage, avec une fille qui la servait, et quelques
malles où ses habits et tout ce qu'elle avait de précieux
était renfermé.

Nous ne tardâmes point à gagner Chaillot. Nous
logeâmes la première nuit à l'auberge, pour nous donner le temps de chercher une maison, ou du moins un
appartement commode. Nous en trouvâmes, dès le
lendemain, un de notre goût.

Mon bonheur me parut d'abord établi d'une manière
inébranlable. Manon était la douceur et la complaisance
même. Elle avait pour moi des attentions si délicates,
que je me crus trop parfaitement dédommagé de toutes
mes peines. Comme nous avions acquis tous deux un
peu d'expérience, nous raisonnâmes sur la solidité de
notre fortune. Soixante mille francs, qui faisaient le
fonds de nos richesses, n'étaient pas une somme qui pût
s'étendre autant que le cours d'une longue vie. Nous
n'étions pas disposés d'ailleurs à resserrer trop notre
dépense. La première vertu de Manon, non plus que la
mienne, n'était pas l'économie. Voici le plan que je me
proposai : Soixante mille francs, lui dis-je, peuvent
nous soutenir pendant dix ans. Deux mille écus nous
suffiront chaque année, si nous continuons de vivre à
Chaillot. Nous y mènerons une vie honnête, mais
simple. Notre unique dépense sera pour l'entretien
d'un carrosse, et pour les spectacles. Nous nous régle-
rons. Vous aimez l'Opéra : nous irons deux fois la
semaine. Pour le jeu, nous nous bornerons tellement
que nos pertes ne passeront jamais deux pistoles. Il est
impossible que, dans l'espace de dix ans, il n'arrive
point de changement dans ma famille ; mon père est
âgé, il peut mourir. Je me trouverai du bien, et nous
serons alors au-dessus de toutes nos autres craintes.

Cet arrangement n'eût pas été la plus folle action de
ma vie, si nous eussions été assez sages pour nous y
assujettir constamment. Mais nos résolutions ne

durèrent guère plus d'un mois. Manon était passionnée
pour le plaisir ; je l'étais pour elle. Il nous naissait, à
tous moments, de nouvelles occasions de dépense ; et
loin de regretter les sommes qu'elle employait quelquefois avec profusion, je fus le premier à lui procurer
tout ce que je croyais propre à lui plaire. Notre demeure
de Chaillot commença même à lui devenir à charge.
L'hiver approchait ; tout le monde retournait à la ville,
et la campagne devenait déserte. Elle me proposa de
reprendre une maison à Paris. Je n'y consentis point ;
mais, pour la satisfaire en quelque chose, je lui dis que
nous pouvions y louer un appartement meublé, et que
nous y passerions la nuit lorsqu'il nous arriverait de
quitter trop tard l'assemblée où nous allions plusieurs
fois la semaine ; car l'incommodité de revenir si tard à
Chaillot était le prétexte qu'elle apportait pour le vouloir quitter. Nous nous donnâmes ainsi deux loge-
ments, l'un à la ville, et l'autre à la campagne. Ce
changement mit bientôt le dernier désordre dans nos
affaires, en faisant naître deux aventures qui causèrent
notre ruine.

   Manon avait un frère, qui était garde du corps. Il se
trouva malheureusement logé, à Paris, dans la même
rue que nous. Il reconnut sa sœur, en la voyant le matin
à sa fenêtre. Il accourut aussitôt chez nous. C'était un
homme brutal et sans principes d'honneur. Il entra
dans notre chambre en jurant horriblement, et comme
il savait une partie des aventures de sa sœur, il l'accabla
d'injures et de reproches. J'étais sorti un moment
auparavant, ce qui fut sans doute un bonheur pour lui
ou pour moi, qui n'étais rien moins que disposé à
souffrir une insulte. Je ne retournai au logis qu'après
son départ. La tristesse de Manon me fit juger qu'il
s'était passé quelque chose d'extraordinaire. Elle me
raconta la scène fâcheuse qu'elle venait d'essuyer, et les
menaces brutales de son frère. J'en eus tant de ressentiment, que j'eusse couru sur-le-champ à la vengeance si
elle ne m'eût arrêté par ses larmes. Pendant que je
m'entretenais avec elle de cette aventure, le garde du
corps rentra dans la chambre où nous étions, sans s'être
fait annoncer. Je ne l'aurais pas reçu aussi civilement

que je fis si je l'eusse connu ; mais, nous ayant salués
d'un air riant, il eut le temps de dire à Manon qu'il
venait lui faire des excuses de son emportement ; qu'il
l'avait crue dans le désordre, et que cette opinion avait
allumé sa colère ; mais que, s'étant informé qui j'étais,
d'un de nos domestiques, il avait appris de moi des
choses si avantageuses, qu'elles lui faisaient désirer de
bien vivre avec nous. Quoique cette information, qui
lui venait d'un de mes laquais, eût quelque chose de
bizarre et de choquant, je reçus son compliment avec
honnêteté. Je crus faire plaisir à Manon. Elle paraissait
charmée de le voir porté à se réconcilier. Nous le
retînmes à dîner. Il se rendit, en peu de moments, si
familier, que nous ayant entendus parler de notre
retour à Chaillot, il voulut absolument nous tenir
compagnie. Il fallut lui donner une place dans notre
carrosse. Ce fut une prise de possession, car il s'accou-
tuma bientôt à nous voir avec tant de plaisir, qu'il fit sa
maison de la nôtre et qu'il se rendit le maître, en
quelque sorte, de tout ce qui nous appartenait. Il
m'appelait son frère, et sous prétexte de la liberté
fraternelle, il se mit sur le pied d'amener tous ses amis
dans notre maison de Chaillot, et de les y traiter à nos
dépens. Il se fit habiller magnifiquement à nos frais. Il
nous engagea même à payer toutes ses dettes. Je fermais
les yeux sur cette tyrannie, pour ne pas déplaire à
Manon, jusqu'à feindre de ne pas m'apercevoir qu'il
tirait d'elle, de temps en temps, des sommes considérables. Il est vrai, qu'étant grand joueur, il avait la
fidélité de lui en remettre une partie lorsque la fortune
le favorisait ; mais la nôtre était trop médiocre pour
fournir longtemps à des dépenses si peu modérées.
J'étais sur le point de m'expliquer fortement avec lui,
pour nous délivrer de ses importunités, lorsqu'un
funeste accident m'épargna cette peine, en nous en
causant une autre qui nous abîma sans ressource.

Nous étions demeurés un jour à Paris, pour y coucher, comme il nous arrivait fort souvent. La servante,
qui restait seule à Chaillot dans ces occasions, vint
m'avertir, le matin, que le feu avait pris, pendant la
nuit, dans ma maison, et qu'on avait eu beaucoup de

difficulté à l'éteindre. Je lui demandai si nos meubles avaient souffert quelque dommage ; elle me répondit qu'il y avait eu une si grande confusion, causée par la multitude d'étrangers qui étaient venus au secours, qu'elle ne pouvait être assurée de rien. Je tremblai pour notre argent, qui était renfermé dans une petite caisse. Je me rendis promptement à Chaillot. Diligence inutile ; la caisse avait déjà disparu. J'éprouvai alors qu'on peut aimer l'argent sans être avare. Cette perte me pénétra d'une si vive douleur que j'en pensai perdre la raison. Je compris tout d'un coup à quels nouveaux malheurs j'allais me trouver exposé ; l'indigence était le moindre. Je connaissais Manon ; je n'avais déjà que trop éprouvé que, quelque fidèle et quelque attachée qu'elle me fût dans la bonne fortune, il ne fallait pas compter sur elle dans la misère. Elle aimait trop l'abondance et les plaisirs pour me les sacrifier : Je la perdrai, m'écriai-je. Malheureux Chevalier, tu vas donc perdre encore tout ce que tu aimes ! Cette pensée me jeta dans un trouble si affreux, que je balançai, pendant quelques moments, si je ne ferais pas mieux de finir tous mes maux par la mort. Cependant, je conservai assez de présence d'esprit pour vouloir examiner auparavant s'il ne me restait nulle ressource. Le Ciel me fit naître une idée, qui arrêta mon désespoir. Je crus qu'il ne me serait pas impossible de cacher notre perte à Manon, et que, par industrie ou par quelque faveur du hasard, je pourrais fournir assez honnêtement à son entretien pour l'empêcher de sentir la nécessité. J'ai compté, disais-je pour me consoler, que vingt mille écus nous suffiraient pendant dix ans. Supposons que les dix ans soient écoulés, et que nul des changements que j'espérais ne soit arrivé dans ma famille. Quel parti prendrais-je ? Je ne le sais pas trop bien, mais, ce que je ferais alors, qui m'empêche de le faire aujourd'hui ? Combien de personnes vivent à Paris, qui n'ont ni mon esprit, ni mes qualités naturelles, et qui doivent néanmoins leur entretien à leurs talents, tels qu'ils les ont ! La Providence, ajoutais-je, en réfléchissant sur les différents états de la vie, n'a-t-elle pas arrangé les choses fort sagement ? La plupart des grands et des riches sont des sots : cela est clair à qui connaît un peu le monde. Or il y a là-dedans une justice admirable : s'ils joignaient l'esprit aux richesses, ils seraient trop heureux, et le reste des hommes trop misérable. Les qualités du corps et de l'âme sont accordées à ceux-ci, comme des moyens pour se tirer de la misère et de la pauvreté. Les uns prennent part aux richesses des grands en servant à leurs plaisirs : ils en font des dupes ; d'autres servent à leur instruction : ils tâchent d'en faire d'honnêtes gens ; il est rare, à la vérité, qu'ils y réussissent, mais ce n'est pas là le but de la divine Sagesse : ils tirent toujours un fruit de leurs soins, qui est de vivre aux dépens de ceux qu'ils instruisent ; et de quelque façon qu'on le prenne, c'est un fonds excellent de revenu pour les petits, que la sottise des riches et des grands.

Ces pensées me remirent un peu le cœur et la tête. Je résolus d'abord d'aller consulter M. Lescaut, frère de Manon. Il connaissait parfaitement Paris, et je n'avais eu que trop d'occasions de reconnaître que ce n'était ni de son bien ni de la paye du roi qu'il tirait son plus clair revenu. Il me restait à peine vingt pistoles qui s'étaient trouvées heureusement dans ma poche. Je lui montrai ma bourse, en lui expliquant mon malheur et mes craintes, et je lui demandais s'il y avait pour moi un parti à choisir entre celui de mourir de faim, ou de me casser la tête de désespoir. Il me répondit que se casser la tête était la ressource des sots ; pour mourir de faim, qu'il y avait quantité de gens d'esprit qui s'y voyaient réduits, quand ils ne voulaient pas faire usage de leurs talents ; que c'était à moi d'examiner de quoi j'étais capable ; qu'il m'assurait de son secours et de ses conseils dans toutes mes entreprises.

Cela est bien vague, monsieur Lescaut, lui dis-je ; mes besoins demanderaient un remède plus présent, car que voulez-vous que je dise à Manon ? A propos de Manon, reprit-il, qu'est-ce qui vous embarrasse ? N'avez-vous pas toujours, avec elle, de quoi finir vos inquiétudes quand vous le voudrez ? Une fille comme elle devrait nous entretenir, vous, elle et moi. Il me coupa la réponse que cette impertinence méritait, pour continuer de me dire qu'il me garantissait avant le soir

mille écus à partager entre nous, si je voulais suivre son
conseil ; qu'il connaissait un seigneur, si libéral sur le
chapitre des plaisirs, qu'il était sûr que mille écus ne lui
coûteraient rien pour obtenir les faveurs d'une fille telle
que Manon. Je l'arrêtai. J'avais meilleure opinion de
vous, lui répondis-je ; je m'étais figuré que le motif que
vous aviez eu, pour m'accorder votre amitié, était un
sentiment tout opposé à celui où vous êtes maintenant.
Il me confessa impudemment qu'il avait toujours pensé
de même, et que, sa sœur ayant une fois violé les lois de
son sexe, quoique en faveur de l'homme qu'il aimait le
plus, il ne s'était réconcilié avec elle que dans l'espérance de tirer parti de sa mauvaise conduite. Il me fut
aisé de juger que jusqu'alors nous avions été ses dupes.
Quelque émotion néanmoins que ce discours m'eût
causée, le besoin que j'avais de lui m'obligea de
répondre, en riant, que son conseil était une dernière
ressource qu'il fallait remettre à l'extrémité. Je le priai
de m'ouvrir quelque autre voie. Il me proposa de
profiter de ma jeunesse et de la figure avantageuse que
j'avais reçue de la nature, pour me mettre en liaison
avec quelque dame vieille et libérale. Je ne goûtai pas
non plus ce parti, qui m'aurait rendu infidèle à Manon.
Je lui parlai du jeu, comme du moyen le plus facile, et le
plus convenable à ma situation. Il me dit que le jeu, à la
vérité, était une ressource, mais que cela demandait
d'être expliqué ; qu'entreprendre de jouer simplement,
avec les espérances communes, c'était le vrai moyen
d'achever ma perte ; que de prétendre exercer seul, et
sans être soutenu, les petits moyens qu'un habile
homme emploie pour corriger la fortune, était un
métier trop dangereux ; qu'il y avait une troisième voie,
qui était celle de l'association, mais que ma jeunesse lui
faisait craindre que messieurs les Confédérés ne me
jugeassent point encore les qualités propres à la Ligue.
Il me promit néanmoins ses bons offices auprès d'eux ;
et ce que je n'aurais pas attendu de lui, il m'offrit
quelque argent, lorsque je me trouverais pressé du
besoin. L'unique grâce que je lui demandai, dans les
circonstances, fut de ne rien apprendre à Manon de la
perte que j'avais faite, et du sujet de notre conversation.

Je sortis de chez lui, moins satisfait encore que je n'y étais entré ; je me repentis même de lui avoir confié mon secret. Il n'avait rien fait, pour moi, que je n'eusse pu obtenir de même sans cette ouverture, et je craignais mortellement qu'il ne manquât à la promesse qu'il m'avait faite de ne rien découvrir à Manon. J'avais lieu d'appréhender aussi, par la déclaration de ses senti-ments, qu'il ne formât le dessein de tirer parti d'elle, suivant ses propres termes, en l'enlevant de mes mains, ou, du moins, en lui conseillant de me quitter pour s'attacher à quelque amant plus riche et plus heureux. Je fis là-dessus mille réflexions, qui n'aboutirent qu'à me tourmenter et à renouveler le désespoir où j'avais été le matin. Il me vint plusieurs fois à l'esprit d'écrire à mon père, et de feindre une nouvelle conversion, pour obtenir de lui quelque secours d'argent ; mais je me rappelai aussitôt que, malgré toute sa bonté, il m'avait resserré six mois dans une étroite prison, pour ma première faute ; j'étais bien sûr qu'après un éclat tel que l'avait dû causer ma fuite de Saint-Sulpice, il me traiterait beaucoup plus rigoureusement. Enfin, cette confusion de pensées en produisit une qui remit le calme tout d'un coup dans mon esprit, et que je m'étonnai de n'avoir pas eue plus tôt, ce fut de recourir à mon ami Tiberge, dans lequel j'étais bien certain de retrouver toujours le même fond de zèle et d'amitié. Rien n'est plus admirable, et ne fait plus d'honneur à la vertu, que la confiance avec laquelle on s'adresse aux personnes dont on connaît parfaitement la probité. On sent qu'il n'y a point de risque à courir. Si elles ne sont pas toujours en état d'offrir du secours, on est sûr qu'on en obtiendra du moins de la bonté et de la compassion. Le cœur, qui se ferme avec tant de soin au reste des hommes, s'ouvre naturellement en leur présence, comme une fleur s'épanouit à la lumière du soleil, dont elle n'attend qu'une douce influence.

Je regardai comme un effet de la protection du Ciel de m'être souvenu si à propos de Tiberge, et je résolus de chercher les moyens de le voir avant la fin du jour. Je retournai sur-le-champ au logis, pour lui écrire un mot, et lui marquer un lieu propre à notre entretien. Je lui recommandais le silence et la discrétion, comme un des plus importants services qu'il pût me rendre dans la situation de mes affaires. La joie que l'espérance de le voir m'inspirait effaça les traces du chagrin que Manon n'aurait pas manqué d'apercevoir sur mon visage. Je lui parlai de notre malheur de Chaillot comme d'une bagatelle qui ne devait pas l'alarmer ; et Paris étant le lieu du monde où elle se voyait avec le plus de plaisir, elle ne fut pas fâchée de m'entendre dire qu'il était à propos d'y demeurer, jusqu'à ce qu'on eût réparé à Chaillot quelques légers effets de l'incendie. Une heure après, je reçus la réponse de Tiberge, qui me promettait de se rendre au lieu de l'assignation. J'y courus avec impatience. Je sentais néanmoins quelque honte d'aller paraître aux yeux d'un ami, dont la seule présence devait être un reproche de mes désordres, mais l'opinion que j'avais de la bonté de son cœur et l'intérêt de Manon soutinrent ma hardiesse.

Je l'avais prié de se trouver au jardin du Palais-Royal. Il y était avant moi. Il vint m'embrasser, aussitôt qu'il m'eut aperçu. Il me tint serré longtemps entre ses bras, et je sentis mon visage mouillé de ses larmes. Je lui dis que je ne me présentais à lui qu'avec confusion, et que je portais dans le cœur un vif sentiment de mon ingratitude ; que la première chose dont je le conjurais était de m'apprendre s'il m'était encore permis de le regarder comme mon ami, après avoir mérité si justement de perdre son estime et son affection. Il me répondit, du ton le plus tendre, que rien n'était capable de le faire renoncer à cette qualité ; que mes malheurs mêmes, et si je lui permettais de le dire, mes fautes et mes désordres, avaient redoublé sa tendresse pour moi ; mais que c'était une tendresse mêlée de la plus vive douleur, telle qu'on la sent pour une personne chère, qu'on voit toucher à sa perte sans pouvoir la secourir.

Nous nous assîmes sur un banc. Hélas ! lui dis-je, avec un soupir parti du fond du cœur, votre compassion doit être excessive, mon cher Tiberge, si vous m'assurez qu'elle est égale à mes peines. J'ai honte de vous les laisser voir, car je confesse que la cause n'en est pas glorieuse, mais l'effet en est si triste qu'il n'est pas

besoin de m'aimer autant que vous faites pour en être
attendri. Il me demanda, comme une marque d'amitié,
de lui raconter sans déguisement ce qui m'était arrivé
depuis mon départ de Saint-Sulpice. Je le satisfis ; et
loin d'altérer quelque chose à la vérité, ou de diminuer
mes fautes pour les faire trouver plus excusables, je lui
parlai de ma passion avec toute la force qu'elle m'inspirait. Je la lui représentai comme un de ces coups
particuliers du destin qui s'attache à la ruine d'un
misérable, et dont il est aussi impossible à la vertu de se
défendre qu'il l'a été à la sagesse de les prévoir. Je lui fis
une vive peinture de mes agitations, de mes craintes, du
désespoir où j'étais deux heures avant que de le voir, et
de celui dans lequel j'allais retomber, si j'étais abandonné par mes amis aussi impitoyablement que par la
fortune ; enfin, j'attendris tellement le bon Tiberge,
que je le vis aussi affligé par la compassion que je l'étais
par le sentiment de mes peines. Il ne se lassait point de
m'embrasser, et de m'exhorter à prendre du courage et
de la consolation, mais, comme il supposait toujours
qu'il fallait me séparer de Manon, je lui fis entendre
nettement que c'était cette séparation même que je
regardais comme la plus grande de mes infortunes, et
que j'étais disposé à souffrir, non seulement le dernier
excès de la misère, mais la mort la plus cruelle, avant
que de recevoir un remède plus insupportable que tous
mes maux ensemble.

Expliquez-vous donc, me dit-il : quelle espèce de
secours suis-je capable de vous donner, si vous vous
révoltez contre toutes mes propositions ? Je n'osais lui
déclarer que c'était de sa bourse que j'avais besoin. Il le
comprit pourtant à la fin, et m'ayant confessé qu'il
croyait l'entendre, il demeura quelque temps suspendu, avec l'air d'une personne qui balance. Ne
croyez pas, reprit-il bientôt, que ma rêverie vienne d'un
refroidissement de zèle et d'amitié. Mais à quelle alternative me réduisez-vous, s'il faut que je vous refuse le
seul secours que vous voulez accepter, ou que je blesse
mon devoir en vous l'accordant ? car n'est-ce pas
prendre part à votre désordre, que de vous y faire
persévérer ? Cependant, continua-t-il après avoir réflé-

chi un moment, je m'imagine que c'est peut-être l'état
violent où l'indigence vous jette, qui ne vous laisse pas
assez de liberté pour choisir le meilleur parti ; il faut un
esprit tranquille pour goûter la sagesse et la vérité. Je
trouverai le moyen de vous faire avoir quelque argent.
Permettez-moi, mon cher Chevalier, ajouta-t-il en
m'embrassant, d'y mettre seulement une condition :
c'est que vous m'apprendrez le lieu de votre demeure,
et que vous souffrirez que je fasse du moins mes efforts
pour vous ramener à la vertu, que je sais que vous
aimez, et dont il n'y a que la violence de vos passions
qui vous écarte. Je lui accordai sincèrement tout ce qu'il
souhaitait, et je le priai de plaindre la malignité de mon
sort, qui me faisait profiter si mal des conseils d'un ami
si vertueux. Il me mena aussitôt chez un banquier de sa
connaissance, qui m'avança cent pistoles sur son billet,
car il n'était rien moins qu'en argent comptant. J'ai déjà
dit qu'il n'était pas riche. Son bénéfice valait mille écus,
mais, comme c'était la première année qu'il le possé-
dait, il n'avait encore rien touché du revenu : c'était sur
les fruits futurs qu'il me faisait cette avance.

Je sentis tout le prix de sa générosité. J'en fus touché,
jusqu'au point de déplorer l'aveuglement d'un amour
fatal qui me faisait violer tous les devoirs. La vertu eut
assez de force pendant quelques moments pour s'élever
dans mon cœur contre ma passion, et j'aperçus du
moins, dans cet instant de lumière, la honte et l'indignité de mes chaînes. Mais ce combat fut léger et dura
peu. La vue de Manon m'aurait fait précipiter du ciel,
et je m'étonnai, en me retrouvant près d'elle, que
j'eusse pu traiter un moment de honteuse une tendresse
si juste pour un objet si charmant.

Manon était une créature d'un caractère extraordinaire. Jamais fille n'eut moins d'attachement qu'elle
pour l'argent, mais elle ne pouvait être tranquille un
moment, avec la crainte d'en manquer. C'était du
plaisir et des passe-temps qu'il lui fallait. Elle n'eût
jamais voulu toucher un sou, si l'on pouvait se divertir
sans qu'il en coûte. Elle ne s'informait pas même quel
était le fonds de nos richesses, pourvu qu'elle pût passer
agréablement la journée, de sorte que, n'étant ni exces-

sivement livrée au jeu ni capable d'être éblouie par le
faste des grandes dépenses, rien n'était plus facile que
de la satisfaire, en lui faisant naître tous les jours des
amusements de son goût. Mais c'était une chose si
nécessaire pour elle, d'être ainsi occupée par le plaisir,
qu'il n'y avait pas le moindre fond à faire, sans cela, sur
son humeur et sur ses inclinations. Quoiqu'elle m'aimât
tendrement, et que je fusse le seul, comme elle en
convenait volontiers, qui pût lui faire goûter parfaitement les douceurs de l'amour, j'étais presque certain
que sa tendresse ne tiendrait point contre de certaines
craintes. Elle m'aurait préféré à toute la terre avec une
fortune médiocre ; mais je ne doutais nullement qu'elle
ne m'abandonnât pour quelque nouveau B... lorsqu'il
ne me resterait que de la constance et de la fidélité à lui
offrir. Je résolus donc de régler si bien ma dépense
particulière que je fusse toujours en état de fournir aux
siennes, et de me priver plutôt de mille choses nécessaires que de la borner même pour le superflu. Le
carrosse m'effrayait plus que tout le reste ; car il n'y
avait point d'apparence de pouvoir entretenir des chevaux et un cocher. Je découvris ma peine à M. Lescaut.
Je ne lui avais point caché que j'eusse reçu cent pistoles
d'un ami. Il me répéta que, si je voulais tenter le hasard
du jeu, il ne désespérait point qu'en sacrifiant de bonne
grâce une centaine de francs pour traiter ses associés, je
ne pusse être admis, à sa recommandation, dans la
Ligue de l'Industrie. Quelque répugnance que j'eusse à
tromper, je me laissai entraîner par une cruelle nécessité.

M. Lescaut me présenta, le soir même, comme un de
ses parents ; il ajouta que j'étais d'autant mieux disposé
à réussir, que j'avais besoin des plus grandes faveurs de
la fortune. Cependant, pour faire connaître que ma
misère n'était pas celle d'un homme de néant, il leur dit
que j'étais dans le dessein de leur donner à souper.
L'offre fut acceptée. Je les traitai magnifiquement. On
s'entretint longtemps de la gentillesse de ma figure et de
mes heureuses dispositions. On prétendit qu'il y avait
beaucoup à espérer de moi, parce qu'ayant quelque
chose dans la physionomie qui sentait l'honnête

homme, personne ne se défierait de mes artifices.
Enfin, on rendit grâce à M. Lescaut d'avoir procuré à
l'Ordre un novice de mon mérite, et l'on chargea un des
chevaliers de me donner, pendant quelques jours, les
instructions nécessaires. Le principal théâtre de mes
exploits devait être l'hôtel de Transylvanie, où il y avait
une table de pharaon dans une salle et divers autres jeux
de cartes et de dés dans la galerie. Cette académie se
tenait au profit de M. le prince de R..., qui demeurait
alors à Clagny, et la plupart de ses officiers étaient de
notre société. Le dirai-je à ma honte ? Je profitai en peu
de temps des leçons de mon maître. J'acquis surtout
beaucoup d'habileté à faire une volte-face, à filer la
carte, et l'aidant fort bien d'une longue paire de man-
chettes, j'escamotais assez légèrement pour tromper les
yeux des plus habiles, et ruiner sans affectation quantité
d'honnêtes joueurs. Cette adresse extraordinaire hâta si
fort les progrès de ma fortune, que je me trouvai en peu
de semaines des sommes considérables, outre celles que
je partageais de bonne foi avec mes associés. Je ne
craignis plus, alors, de découvrir à Manon notre perte
de Chaillot, et, pour la consoler, en lui apprenant cette
fâcheuse nouvelle, je louai une maison garnie, où nous
nous établîmes avec un air d'opulence et de sécurité.
    Tiberge n'avait pas manqué, pendant ce temps-là, de
me rendre de fréquentes visites. Sa morale ne finissait
point. Il recommençait sans cesse à me représenter le
tort que je faisais à ma conscience, à mon honneur et à
ma fortune. Je recevais ses avis avec amitié, et quoique
je n'eusse pas la moindre disposition à les suivre, je lui
savais bon gré de son zèle, parce que j'en connaissais la
source. Quelquefois je le raillais agréablement, dans la
présence même de Manon, et je l'exhortais à n'être pas
plus scrupuleux qu'un grand nombre d'évêques et
d'autres prêtres, qui savent accorder fort bien une
maîtresse avec un bénéfice. Voyez, lui disais-je, en lui
montrant les yeux de la mienne, et dites-moi s'il y a des
fautes qui ne soient pas justifiées par une si belle cause.
Il prenait patience. Il la poussa même assez loin ; mais
lorsqu'il vit que mes richesses augmentaient, et que non
seulement je lui avais restitué ses cent pistoles, mais

qu'ayant loué une nouvelle maison et doublé ma dépense, j'allais me replonger plus que jamais dans les plaisirs, il changea entièrement de ton et de manières. Il se plaignit de mon endurcissement ; il me menaça des châtiments du Ciel, et il me prédit une partie des malheurs qui ne tardèrent guère à m'arriver. Il est impossible, me dit-il, que les richesses qui servent à l'entretien de vos désordres vous soient venues par des voies légitimes. Vous les avez acquises injustement ; elles vous seront ravies de même. La plus terrible punition de Dieu serait de vous en laisser jouir tranquillement. Tous mes conseils, ajouta-t-il, vous ont été inutiles ; je ne prévois que trop qu'ils vous seraient bientôt importuns. Adieu, ingrat et faible ami. Puissent vos criminels plaisirs s'évanouir comme une ombre ! Puissent votre fortune et votre argent périr sans ressource, et vous rester seul et nu, pour sentir la vanité des biens qui vous ont follement enivré ! C'est alors que vous me trouverez disposé à vous aimer et à vous servir, mais je romps aujourd'hui tout commerce avec vous, et je déteste la vie que vous menez. Ce fut dans ma chambre, aux yeux de Manon, qu'il me fit cette harangue apostolique. Il se leva pour se retirer. Je voulus le retenir, mais je fus arrêté par Manon, qui me dit que c'était un fou qu'il fallait laisser sortir.

Son discours ne laissa pas de faire quelque impression sur moi. Je remarque ainsi les diverses occasions où mon cœur sentit un retour vers le bien, parce que c'est à ce souvenir que j'ai dû ensuite une partie de ma force dans les plus malheureuses circonstances de ma vie. Les caresses de Manon dissipèrent, en un moment, le chagrin que cette scène m'avait causé. Nous continuâmes de mener une vie toute composée de plaisir et d'amour. L'augmentation de nos richesses redoubla notre affection ; Vénus et la Fortune n'avaient point d'esclaves plus heureux et plus tendres. Dieux ! pourquoi nommer le monde un lieu de misères, puisqu'on y peut goûter de si charmantes délices ? Mais, hélas ! leur faible est de passer trop vite. Quelle autre félicité voudrait-on se proposer, si elles étaient de nature à durer toujours ? Les nôtres eurent le sort commun,

c'est-à-dire de durer peu, et d'être suivies par des
regrets amers. J'avais fait, au jeu, des gains si considérables, que je pensais à placer une partie de mon argent.
Mes domestiques n'ignoraient pas mes succès, surtout
mon valet de chambre et la suivante de Manon, devant
lesquels nous nous entretenions souvent sans défiance.
Cette fille était jolie ; mon valet en était amoureux. Ils
avaient affaire à des maîtres jeunes et faciles, qu'ils
s'imaginèrent pouvoir tromper aisément. Ils en
conçurent le dessein, et ils l'exécutèrent si malheureusement pour nous, qu'ils nous mirent dans un état
dont il ne nous a jamais été possible de nous relever.
    M. Lescaut nous ayant un jour donné à souper, il
était environ minuit lorsque nous retournâmes au logis.
J'appelai mon valet, et Manon sa femme de chambre ;
ni l'un ni l'autre ne parurent. On nous dit qu'ils
n'avaient point été vus dans la maison depuis huit
heures, et qu'ils étaient sortis après avoir fait transporter quelques caisses, suivant les ordres qu'ils disaient
avoir reçus de moi. Je pressentis une partie de la vérité,
mais je ne formai point de soupçons qui ne fussent
surpassés par ce que j'aperçus en entrant dans ma
chambre. La serrure de mon cabinet avait été forcée, et
mon argent enlevé, avec tous mes habits. Dans le temps
que je réfléchissais, seul, sur cet accident, Manon vint,
tout effrayée, m'apprendre qu'on avait fait le même
ravage dans son appartement. Le coup me parut si cruel
qu'il n'y eut qu'un effort extraordinaire de raison qui
m'empêcha de me livrer aux cris et aux pleurs. La
crainte de communiquer mon désespoir à Manon me fit
affecter de prendre un visage tranquille. Je lui dis, en
badinant, que je me vengerais sur quelque dupe à
l'hôtel de Transylvanie. Cependant, elle me sembla si
sensible à notre malheur, que sa tristesse eut bien plus
de force pour m'affliger, que ma joie feinte n'en avait eu
pour l'empêcher d'être trop abattue. Nous sommes
perdus ! me dit-elle, les larmes aux yeux. Je m'efforçai
en vain de la consoler, par mes caresses ; mes propres
pleurs trahissaient mon désespoir et ma consternation.
En effet, nous étions ruinés si absolument, qu'il ne
nous restait pas une chemise.

Je pris le parti d'envoyer chercher sur-le-champ
M. Lescaut. Il me conseilla d'aller, à l'heure même,
chez M. le Lieutenant de Police et M. le Grand Prévôt
de Paris. J'y allai, mais ce fut pour mon plus grand
malheur ; car outre que cette démarche et celles que je
fis faire à ces deux officiers de justice ne produisirent
rien, je donnai le temps à Lescaut d'entretenir sa sœur,
et de lui inspirer, pendant mon absence, une horrible
résolution. Il parla de M. de G... M..., vieux volup-
tueux, qui payait prodiguement les plaisirs, et il lui fit
envisager tant d'avantages à se mettre à sa solde, que,
troublée comme elle était par notre disgrâce, elle entra
dans tout ce qu'il entreprit de lui persuader. Cet honorable marché fut conclu avant mon retour, et l'exécution remise au lendemain, après que Lescaut aurait
prévenu M. de G... M... Je le trouvai qui m'attendait
au logis ; mais Manon s'était couchée dans son appartement, et elle avait donné ordre à son laquais de me dire
qu'ayant besoin d'un peu de repos, elle me priait de la
laisser seule pendant cette nuit. Lescaut me quitta,
après m'avoir offert quelques pistoles que j'acceptai. Il
était près de quatre heures, lorsque je me mis au lit, et
m'y étant encore occupé longtemps des moyens de
rétablir ma fortune, je m'endormis si tard, que je ne pus
me réveiller que vers onze heures ou midi. Je me levai
promptement pour aller m'informer de la santé de
Manon ; on me dit qu'elle était sortie, une heure
auparavant, avec son frère, qui l'était venu prendre
dans un carrosse de louage. Quoiqu'une telle partie,
faite avec Lescaut, me parût mystérieuse, je me fis
violence pour suspendre mes soupçons. Je laissai couler
quelques heures, que je passai à lire. Enfin, n'étant plus
le maître de mon inquiétude, je me promenai à grands
pas dans nos appartements. J'aperçus, dans celui de
Manon, une lettre cachetée qui était sur sa table.
L'adresse était à moi, et l'écriture de sa main. Je l'ouvris
avec un frisson mortel ; elle était dans ces termes :

Je te jure, mon cher Chevalier, que tu es l'idole de
mon cœur, et qu'il n'y a que toi au monde que je puisse
aimer de la façon dont je t'aime ; mais ne vois-tu pas,
ma pauvre chère âme, que, dans l'état où nous sommes

réduits, c'est une sotte vertu que la fidélité ? Crois-tu
qu'on puisse être bien tendre lorsqu'on manque de
pain ? La faim me causerait quelque méprise fatale ; je
rendrais quelque jour le dernier soupir, en croyant en
pousser un d'amour. Je t'adore, compte là-dessus ;
mais laisse-moi, pour quelque temps, le ménagement
de notre fortune. Malheur à qui va tomber dans mes
filets ! Je travaille pour rendre mon Chevalier riche et
heureux. Mon frère t'apprendra des nouvelles de ta
Manon, et qu'elle a pleuré de la nécessité de te quitter.

Je demeurai, après cette lecture, dans un état qui me
serait difficile à décrire car j'ignore encore aujourd'hui
par quelle espèce de sentiments je fus alors agité. Ce fut
une de ces situations uniques auxquelles on n'a rien
éprouvé qui soit semblable. On ne saurait les expliquer
aux autres, parce qu'ils n'en ont pas l'idée ; et l'on a
peine à se les bien démêler à soi-même, parce qu'étant
seules de leur espèce, cela ne se lie à rien dans la
mémoire, et ne peut même être rapproché d'aucun
sentiment connu. Cependant, de quelque nature que
fussent les miens, il est certain qu'il devait y entrer de la
douleur, du dépit, de la jalousie et de la honte. Heureux
s'il n'y fût pas entré encore plus d'amour ! Elle m'aime,
je le veux croire ; mais ne faudrait-il pas, m'écriai-je,
qu'elle fût un monstre pour me haïr ? Quels droits
eut-on jamais sur un cœur que je n'aie pas sur le sien ?
Que me reste-t-il à faire pour elle, après tout ce que je
lui ai sacrifié ? Cependant elle m'abandonne ! et
l'ingrate se croit à couvert de mes reproches en me
disant qu'elle ne cesse pas de m'aimer ! Elle appréhende la faim. Dieu d'amour ! quelle grossièreté de
sentiments ! et que c'est répondre mal à ma délicatesse !
Je ne l'ai pas appréhendée, moi qui m'y expose si
volontiers pour elle en renonçant à ma fortune et aux
douceurs de la maison de mon père ; moi qui me suis
retranché jusqu'au nécessaire pour satisfaire ses petites
humeurs et ses caprices. Elle m'adore, dit-elle. Si tu
m'adorais, ingrate, je sais bien de qui tu aurais pris des
conseils ; tu ne m'aurais pas quitté, du moins, sans me
dire adieu. C'est à moi qu'il faut demander quelles
peines cruelles on sent à se séparer de ce qu'on adore. Il

faudrait avoir perdu l'esprit pour s'y exposer volontairement.

Mes plaintes furent interrompues par une visite à laquelle je ne m'attendais pas. Ce fut celle de Lescaut. Bourreau ! lui dis-je en mettant l'épée à la main, où est Manon ? qu'en as-tu fait ? Ce mouvement l'effraya ; il me répondit que, si c'était ainsi que je le recevais lorsqu'il venait me rendre compte du service le plus considérable qu'il eût pu me rendre, il allait se retirer, et ne remettrait jamais le pied chez moi. Je courus à la porte de la chambre, que je fermai soigneusement. Ne t'imagine pas, lui dis-je en me tournant vers lui, que tu puisses me prendre encore une fois pour dupe et me tromper par des fables. Il faut défendre ta vie, ou me faire retrouver Manon. Là ! que vous êtes vif ! repartit-il ; c'est l'unique sujet qui m'amène. Je viens vous annoncer un bonheur auquel vous ne pensez pas, et pour lequel vous reconnaîtrez peut-être que vous m'avez quelque obligation. Je voulus être éclairci sur-le-champ.

Il me raconta que Manon, ne pouvant soutenir la crainte de la misère, et surtout l'idée d'être obligée tout d'un coup à la réforme de notre équipage, l'avait prié de lui procurer la connaissance de M. de G... M..., qui passait pour un homme généreux. Il n'eut garde de me dire que le conseil était venu de lui, ni qu'il eût préparé les voies, avant que de l'y conduire. Je l'y ai menée ce matin, continua-t-il, et cet honnête homme a été si charmé de son mérite, qu'il l'a invitée d'abord à lui tenir compagnie à sa maison de campagne, où il est allé passer quelques jours. Moi, ajouta Lescaut, qui ai pénétré tout d'un coup de quel avantage cela pouvait être pour vous, je lui ai fait entendre adroitement que Manon avait essuyé des pertes considérables, et j'ai tellement piqué sa générosité, qu'il a commencé par lui faire un présent de deux cents pistoles. Je lui ai dit que cela était honnête pour le présent, mais que l'avenir amènerait à ma sœur de grands besoins ; qu'elle s'était chargée, d'ailleurs, du soin d'un jeune frère, qui nous était resté sur les bras après la mort de nos père et mère, et que, s'il la croyait digne de son estime, il ne la laisserait pas souffrir dans ce pauvre enfant qu'elle regardait comme la moitié d'elle-même. Ce récit n'a pas manqué de l'attendrir. Il s'est engagé à louer une maison commode, pour vous et pour Manon, car c'est vous-même qui êtes ce pauvre petit frère orphelin. Il a promis de vous meubler proprement, et de vous fournir, tous les mois, quatre cents bonnes livres qui en feront, si je compte bien, quatre mille huit cents à la fin de chaque année. Il a laissé ordre à son intendant, avant que de partir pour sa campagne, de chercher une maison, et de la tenir prête pour son retour. Vous reverrez alors Manon, qui m'a chargé de vous embrasser mille fois pour elle, et de vous assurer qu'elle vous aime plus que jamais.

Je m'assis, en rêvant à cette bizarre disposition de mon sort. Je me trouvai dans un partage de sentiments, et par conséquent dans une incertitude si difficile à terminer, que je demeurai longtemps sans répondre à quantité de questions que Lescaut me faisait l'une sur l'autre. Ce fut, dans ce moment, que l'honneur et la vertu me firent sentir encore les pointes du remords, et que je jetai les yeux, en soupirant, vers Amiens, vers la maison de mon père, vers Saint-Sulpice et vers tous les lieux où j'avais vécu dans l'innocence. Par quel immense espace n'étais-je pas séparé de cet heureux état ! Je ne le voyais plus que de loin, comme une ombre qui s'attirait encore mes regrets et mes désirs, mais trop faible pour exciter mes efforts. Par quelle fatalité, disais-je, suis-je devenu si criminel ? L'amour est une passion innocente ; comment s'est-il changé, pour moi, en une source de misères et de désordres ? Qui m'empêchait de vivre tranquille et vertueux avec Manon ? Pourquoi ne l'épousais-je point, avant que d'obtenir rien de son amour ? Mon père, qui m'aimait si tendrement, n'y aurait-il pas consenti si je l'en eusse pressé avec des instances légitimes ? Ah ! mon père l'aurait chérie lui-même, comme une fille charmante, trop digne d'être la femme de son fils ; je serais heureux avec l'amour de Manon, avec l'affection de mon père, avec l'estime des honnêtes gens, avec les biens de la fortune et la tranquillité de la vertu. Revers funeste !

Quel est l'infâme personnage qu'on vient ici me proposer ? Quoi ! j'irai partager... Mais y a-t-il à balancer, si
c'est Manon qui l'a réglé, et si je la perds sans cette
complaisance ? Monsieur Lescaut, m'écriai-je en fermant les yeux, comme pour écarter de si chagrinantes
réflexions, si vous avez eu dessein de me servir, je vous
rends grâces. Vous auriez pu prendre une voie plus
honnête ; mais c'est une chose finie, n'est-ce pas ? Ne
pensons donc plus qu'à profiter de vos soins et à
remplir votre projet. Lescaut, à qui ma colère, suivie
d'un fort long silence, avait causé de l'embarras, fut
ravi de me voir prendre un parti tout différent de celui
qu'il avait appréhendé sans doute ; il n'était rien moins
que brave, et j'en eus de meilleures preuves dans la
suite. Oui, oui, se hâta-t-il de me répondre, c'est un fort
bon service que je vous ai rendu, et vous verrez que
nous en tirerons plus d'avantage que vous ne vous y
attendez. Nous concertâmes de quelle manière nous
pourrions prévenir les défiances que M. de G... M...
pouvait concevoir de notre fraternité, en me voyant
plus grand et un peu plus âgé peut-être qu'il ne se
l'imaginait. Nous ne trouvâmes point d'autre moyen,
que de prendre devant lui un air simple et provincial, et
de lui faire croire que j'étais dans le dessein d'entrer
dans l'état ecclésiastique, et que j'allais pour cela tous
les jours au collège. Nous résolûmes aussi que je me
mettrais fort mal, la première fois que je serais admis à
l'honneur de le saluer. Il revint à la ville trois ou quatre
jours après ; il conduisit lui-même Manon dans la
maison que son intendant avait eu soin de préparer.
Elle fit avertir aussitôt Lescaut de son retour ; et celui-ci
m'en ayant donné avis, nous nous rendîmes tous deux
chez elle. Le vieil amant en était déjà sorti.

   Malgré la résignation avec laquelle je m'étais soumis
à ses volontés, je ne pus réprimer le murmure de mon
cœur en la revoyant. Je lui parus triste et languissant.
La joie de la retrouver ne l'emportait pas tout à fait sur
le chagrin de son infidélité. Elle, au contraire, paraissait
transportée du plaisir de me revoir. Elle me fit des
reproches de ma froideur. Je ne pus m'empêcher de
laisser échapper les noms de perfide et d'infidèle, que

j'accompagnai d'autant de soupirs. Elle me railla
d'abord de ma simplicité ; mais, lorsqu'elle vit mes
regards s'attacher toujours tristement sur elle, et la
peine que j'avais à digérer un changement si contraire à
mon humeur et à mes désirs, elle passa seule dans son
cabinet. Je la suivis un moment après. Je l'y trouvai
tout en pleurs ; je lui demandai ce qui les causait. Il t'est
bien aisé de le voir, me dit-elle, comment veux-tu que je
vive, si ma vue n'est plus propre qu'à te causer un air
sombre et chagrin ? Tu ne m'as pas fait une seule
caresse, depuis une heure que tu es ici, et tu as reçu les
miennes avec la majesté du Grand Turc au Sérail.

Écoutez, Manon, lui répondis-je en l'embrassant, je
ne puis vous cacher que j'ai le cœur mortellement
affligé. Je ne parle point à présent des alarmes où votre
fuite imprévue m'a jeté, ni de la cruauté que vous avez
eue de m'abandonner sans un mot de consolation, après
avoir passé la nuit dans un autre lit que moi. Le charme
de votre présence m'en ferait bien oublier davantage.
Mais croyez-vous que je puisse penser sans soupirs, et
même sans larmes, continuai-je en en versant quelques-
unes, à la triste et malheureuse vie que vous voulez que
je mène dans cette maison ? Laissons ma naissance et
mon honneur à part : ce ne sont plus des raisons si
faibles qui doivent entrer en concurrence avec un
amour tel que le mien ; mais cet amour même, ne vous
imaginez-vous pas qu'il gémit de se voir si mal
récompensé, ou plutôt traité si cruellement par une
ingrate et dure maîtresse ?... Elle m'interrompit :
tenez, dit-elle, mon Chevalier, il est inutile de me
tourmenter par des reproches qui me percent le cœur,
lorsqu'ils viennent de vous. Je vois ce qui vous blesse.
J'avais espéré que vous consentiriez au projet que
j'avais fait pour rétablir un peu notre fortune, et c'était
pour ménager votre délicatesse que j'avais commencé à
l'exécuter sans votre participation ; mais j'y renonce,
puisque vous ne l'approuvez pas. Elle ajouta qu'elle ne
me demandait qu'un peu de complaisance, pour le reste
du jour ; qu'elle avait déjà reçu deux cents pistoles de
son vieil amant, et qu'il lui avait promis de lui apporter
le soir un beau collier de perles, avec d'autres bijoux, et

par-dessus cela, la moitié de la pension annuelle qu'il lui avait promise. Laissez-moi seulement le temps, me dit-elle, de recevoir ses présents ; je vous jure qu'il ne pourra se vanter des avantages que je lui ai donnés sur moi, car je l'ai remis jusqu'à présent à la ville. Il est vrai qu'il m'a baisé plus d'un million de fois les mains ; il est juste qu'il paye ce plaisir, et ce ne sera point trop que cinq ou six mille francs, en proportionnant le prix à ses richesses et à son âge.

Sa résolution me fut beaucoup plus agréable que l'espérance des cinq mille livres. J'eus lieu de reconnaître que mon cœur n'avait point encore perdu tout sentiment d'honneur, puisqu'il était si satisfait d'échapper à l'infamie. Mais j'étais né pour les courtes joies et les longues douleurs. La Fortune ne me délivra d'un précipice que pour me faire tomber dans un autre. Lorsque j'eus marqué à Manon, par mille caresses, combien je me croyais heureux de son changement, je lui dis qu'il fallait en instruire M. Lescaut, afin que nos mesures se prissent de concert. Il en murmura d'abord ; mais les quatre ou cinq mille livres d'argent comptant le firent entrer gaîment dans nos vues. Il fut donc réglé que nous nous trouverions tous à souper avec M. de G... M..., et cela pour deux raisons : l'une, pour nous donner le plaisir d'une scène agréable en me faisant passer pour un écolier, frère de Manon ; l'autre, pour empêcher ce vieux libertin de s'émanciper trop avec ma maîtresse, par le droit qu'il croirait s'être acquis en payant si libéralement d'avance. Nous devions nous retirer, Lescaut et moi, lorsqu'il monte-rait à la chambre où il comptait de passer la nuit ; et Manon, au lieu de le suivre, nous promit de sortir, et de la venir passer avec moi. Lescaut se chargea du soin d'avoir exactement un carrosse à la porte.

L'heure du souper étant venue, M. de G... M... ne se fit pas attendre longtemps. Lescaut était avec sa sœur, dans la salle. Le premier compliment du vieillard fut d'offrir à sa belle un collier, des bracelets et des pendants de perles, qui valaient au moins mille écus. Il lui compta ensuite, en beaux louis d'or, la somme de deux mille quatre cents livres, qui faisaient la moitié de la pension. Il assaisonna son présent de quantité de douceurs dans le goût de la vieille cour. Manon ne put lui refuser quelques baisers ; c'était autant de droits qu'elle acquérait sur l'argent qu'il lui mettait entre les mains. J'étais à la porte, où je prêtais l'oreille, en attendant que Lescaut m'avertît d'entrer.

Il vint me prendre par la main, lorsque Manon eut serré l'argent et les bijoux, et me conduisant vers M. de G… M…, il m'ordonna de lui faire la révérence. J'en fis deux ou trois des plus profondes. Excusez, monsieur, lui dit Lescaut, c'est un enfant fort neuf. Il est bien éloigné, comme vous voyez, d'avoir les airs de Paris ; mais nous espérons qu'un peu d'usage le façonnera. Vous aurez l'honneur de voir ici souvent monsieur, ajouta-t-il en se tournant vers moi ; faites bien votre profit d'un si bon modèle. Le vieil amant parut prendre plaisir à me voir. Il me donna deux ou trois petits coups sur la joue, en me disant que j'étais un joli garçon, mais qu'il fallait être sur mes gardes à Paris, où les jeunes gens se laissent aller facilement à la débauche. Lescaut l'assura que j'étais naturellement si sage, que je ne parlais que de me faire prêtre, et que tout mon plaisir était à faire de petites chapelles. Je lui trouve de l'air de Manon, reprit le vieillard en me haussant le menton avec la main. Je répondis d'un air niais : Monsieur, c'est que nos deux chairs se touchent de bien proche ; aussi, j'aime ma sœur Manon comme un autre moi-même. L'entendez-vous ? dit-il à Lescaut, il a de l'esprit. C'est dommage que cet enfant-là n'ait pas un peu plus de monde. Oh ! monsieur, repris-je, j'en ai vu beaucoup chez nous dans les églises, et je crois bien que j'en trouverai, à Paris, de plus sots que moi. Voyez, ajouta-t-il, cela est admirable pour un enfant de province. Toute notre conversation fut à peu près du même goût, pendant le souper. Manon, qui était badine, fut sur le point, plusieurs fois, de gâter tout par ses éclats de rire. Je trouvai l'occasion, en soupant, de lui raconter sa propre histoire, et le mauvais sort qui le menaçait. Lescaut et Manon tremblaient pendant mon récit, surtout lorsque je faisais son portrait au naturel ; mais l'amour-propre l'empêcha de s'y reconnaître, et je

l'achevai si adroitement, qu'il fut le premier à le trouver
fort risible. Vous verrez que ce n'est pas sans raison que
je me suis étendu sur cette ridicule scène. Enfin, l'heure
du sommeil étant arrivée, il parla d'amour et d'impatience. Nous nous retirâmes, Lescaut et moi ; on le
conduisit à sa chambre, et Manon, étant sortie sous
prétexte d'un besoin, nous vint joindre à la porte. Le
carrosse, qui nous attendait trois ou quatre maisons
plus bas, s'avança pour nous recevoir. Nous nous
éloignâmes en un instant du quartier.

Quoiqu'à mes propres yeux cette action fût une
véritable friponnerie, ce n'était pas la plus injuste que je
crusse avoir à me reprocher. J'avais plus de scrupule
sur l'argent que j'avais acquis au jeu. Cependant nous
profitâmes aussi peu de l'un que de l'autre, et le Ciel
permit que la plus légère de ces deux injustices fût la
plus rigoureusement punie.

M. de G... M... ne tarda pas longtemps à s'apercevoir qu'il était dupé. Je ne sais s'il fit, dès le soir même,
quelques démarches pour nous découvrir, mais il eut
assez de crédit pour n'en pas faire longtemps d'inutiles,
et nous assez d'imprudence pour compter trop sur la
grandeur de Paris et sur l'éloignement qu'il y avait de
notre quartier au sien. Non seulement il fut informé de
notre demeure et de nos affaires présentes, mais il
apprit aussi qui j'étais, la vie que j'avais menée à Paris,
l'ancienne liaison de Manon avec B..., la tromperie
qu'elle lui avait faite, en un mot, toutes les parties
scandaleuses de notre histoire. Il prit là-dessus la résolution de nous faire arrêter, et de nous traiter moins
comme des criminels que comme de fieffés libertins.
Nous étions encore au lit, lorsqu'un exempt de police
entra dans notre chambre avec une demi-douzaine de
gardes. Ils se saisirent d'abord de notre argent, ou
plutôt de celui de M. de G... M..., et nous ayant fait
lever brusquement, ils nous conduisirent à la porte, où
nous trouvâmes deux carrosses, dans l'un desquels la
pauvre Manon fut enlevée sans explication, et moi
traîné dans l'autre à Saint-Lazare. Il faut avoir éprouvé
de tels revers, pour juger du désespoir qu'ils peuvent
causer. Nos gardes eurent la dureté de ne me pas

permettre d'embrasser Manon, ni de lui dire une parole. J'ignorai longtemps ce qu'elle était devenue. Ce fut sans doute un bonheur pour moi de ne l'avoir pas su d'abord, car une catastrophe si terrible m'aurait fait perdre le sens et, peut-être, la vie.

Ma malheureuse maîtresse fut donc enlevée, à mes yeux, et menée dans une retraite que j'ai horreur de nommer. Quel sort pour une créature toute charmante, qui eût occupé le premier trône du monde, si tous les hommes eussent eu mes yeux et mon cœur ! On ne l'y traita pas barbarement ; mais elle fut resserrée dans une étroite prison, seule, et condamnée à remplir tous les jours une certaine tâche de travail, comme une condition nécessaire pour obtenir quelque dégoûtante nourriture. Je n'appris ce triste détail que longtemps après, lorsque j'eus essuyé moi-même plusieurs mois d'une rude et ennuyeuse pénitence. Mes gardes ne m'ayant point averti non plus du lieu où ils avaient ordre de me conduire, je ne connus mon destin qu'à la porte de Saint-Lazare. J'aurais préféré la mort, dans ce moment, à l'état où je me crus prêt de tomber. J'avais de terribles idées de cette maison. Ma frayeur augmenta lorsqu'en entrant les gardes visitèrent une seconde fois mes poches, pour s'assurer qu'il ne me restait ni armes, ni moyen de défense. Le supérieur parut à l'instant ; il était prévenu sur mon arrivée ; il me salua avec beaucoup de douceur. Mon Père, lui dis-je, point d'indignités. Je perdrai mille vies avant que d'en souffrir une. Non, non, monsieur, me répondit-il ; vous prendrez une conduite sage, et nous serons contents l'un de l'autre. Il me pria de monter dans une chambre haute. Je le suivis sans résistance. Les archers nous accompagnèrent jusqu'à la porte, et le supérieur, y étant entré avec moi, leur fit signe de se retirer.

Je suis donc votre prisonnier ! lui dis-je. Eh bien, mon Père, que prétendez-vous faire de moi ? Il me dit qu'il était charmé de me voir prendre un ton raisonnable ; que son devoir serait de travailler à m'inspirer le goût de la vertu et de la religion, et le mien, de profiter de ses exhortations et de ses conseils ; que, pour peu que je voulusse répondre aux attentions qu'il aurait

pour moi, je ne trouverais que du plaisir dans ma
solitude. Ah ! du plaisir ! repris-je ; vous ne savez pas,
mon Père, l'unique chose qui est capable de m'en faire
goûter ! Je le sais, reprit-il ; mais j'espère que votre
inclination changera. Sa réponse me fit comprendre
qu'il était instruit de mes aventures, et peut-être de
mon nom. Je le priai de m'éclaircir. Il me dit naturellement qu'on l'avait informé de tout.

Cette connaissance fut le plus rude de tous mes
châtiments. Je me mis à verser un ruisseau de larmes,
avec toutes les marques d'un affreux désespoir. Je ne
pouvais me consoler d'une humiliation qui allait me
rendre la fable de toutes les personnes de ma connaissance, et la honte de ma famille. Je passai ainsi huit
jours dans le plus profond abattement sans être capable
de rien entendre, ni de m'occuper d'autre chose que de
mon opprobre. Le souvenir même de Manon n'ajoutait
rien à ma douleur. Il n'y entrait, du moins, que comme
un sentiment qui avait précédé cette nouvelle peine, et
la passion dominante de mon âme était la honte et la
confusion. Il y a peu de personnes qui connaissent la
force de ces mouvements particuliers du cœur. Le
commun des hommes n'est sensible qu'à cinq ou six
passions, dans le cercle desquelles leur vie se passe, et
où toutes leurs agitations se réduisent. Otez-leur
l'amour et la haine, le plaisir et la douleur, l'espérance
et la crainte, ils ne sentent plus rien. Mais les personnes
d'un caractère plus noble peuvent être remuées de mille
façons différentes ; il semble qu'elles aient plus de cinq
sens, et qu'elles puissent recevoir des idées et des
sensations qui passent les bornes ordinaires de la
nature ; et comme elles ont un sentiment de cette
grandeur qui les élève au-dessus du vulgaire, il n'y a
rien dont elles soient plus jalouses. De là vient qu'elles
souffrent si impatiemment le mépris et la risée, et que la
honte est une de leurs plus violentes passions.

J'avais ce triste avantage à Saint-Lazare. Ma tristesse
parut si excessive au supérieur, qu'en appréhendant les
suites, il crut devoir me traiter avec beaucoup de
douceur et d'indulgence. Il me visitait deux ou trois fois
le jour. Il me prenait souvent avec lui, pour faire un

tour de jardin, et son zèle s'épuisait en exhortations et
en avis salutaires. Je les recevais avec douceur ; je lui
marquais même de la reconnaissance. Il en tirait
l'espoir de ma conversion. Vous êtes d'un naturel si
doux et si aimable, me dit-il un jour, que je ne puis
comprendre les désordres dont on vous accuse. Deux
choses m'étonnent : l'une, comment, avec de si bonnes
qualités, vous avez pu vous livrer à l'excès du libertinage ; et l'autre que j'admire encore plus, comment
vous recevez si volontiers mes conseils et mes instructions, après avoir vécu plusieurs années dans l'habitude
du désordre. Si c'est repentir, vous êtes un exemple
signalé des miséricordes du Ciel ; si c'est bonté naturelle, vous avez du moins un excellent fonds de caractère, qui me fait espérer que nous n'aurons pas besoin
de vous retenir ici longtemps, pour vous ramener à une
vie honnête et réglée. Je fus ravi de lui voir cette
opinion de moi. Je résolus de l'augmenter par une
conduite qui pût le satisfaire entièrement, persuadé que
c'était le plus sûr moyen d'abréger ma prison. Je lui
demandai des livres. Il fut surpris que, m'ayant laissé le
choix de ceux que je voulais lire, je me déterminai pour
quelques auteurs sérieux. Je feignis de m'appliquer à
l'étude avec le dernier attachement, et je lui donnai
ainsi, dans toutes les occasions, des preuves du changement qu'il désirait.

Cependant il n'était qu'extérieur. Je dois le confesser
à ma honte, je jouai, à Saint-Lazare, un personnage
d'hypocrite. Au lieu d'étudier, quand j'étais seul, je ne
m'occupais qu'à gémir de ma destinée ; je maudissais
ma prison et la tyrannie qui m'y retenait. Je n'eus pas
plutôt quelque relâche du côté de cet accablement où
m'avait jeté la confusion, que je retombai dans les
tourments de l'amour. L'absence de Manon, l'incertitude de son sort, la crainte de ne la revoir jamais étaient
l'unique objet de mes tristes méditations. Je me la
figurais dans les bras de G… M…, car c'était la pensée
que j'avais eue d'abord ; et, loin de m'imaginer qu'il lui
eût fait le même traitement qu'à moi, j'étais persuadé
qu'il ne m'avait fait éloigner que pour la posséder
tranquillement. Je passais ainsi des jours et des nuits

dont la longueur me paraissait éternelle. Je n'avais
d'espérance que dans le succès de mon hypocrisie.
J'observais soigneusement le visage et les discours du
supérieur, pour m'assurer de ce qu'il pensait de moi, et
je me faisais une étude de lui plaire, comme à l'arbitre
de ma destinée. Il me fut aisé de reconnaître que j'étais
parfaitement dans ses bonnes grâces. Je ne doutai plus
qu'il ne fût disposé à me rendre service. Je pris un jour
la hardiesse de lui demander si c'était de lui que mon
élargissement dépendait. Il me dit qu'il n'en était pas
absolument le maître, mais que, sur son témoignage, il
espérait que M. de G... M..., à la sollicitation duquel
M. le Lieutenant général de Police m'avait fait enfermer, consentirait à me rendre la liberté. Puis-je me
flatter, repris-je doucement, que deux mois de prison,
que j'ai déjà essuyés, lui paraîtront une expiation suffi-
sante ? Il me promit de lui en parler, si je le souhaitais.
Je le priai instamment de me rendre ce bon office. Il
m'apprit, deux jours après, que G... M... avait été si
touché du bien qu'il avait entendu de moi, que non
seulement il paraissait être dans le dessein de me laisser
voir le jour, mais qu'il avait même marqué beaucoup
d'envie de me connaître plus particulièrement, et qu'il
se proposait de me rendre une visite dans ma prison.
Quoique sa présence ne pût m'être agréable, je la
regardai comme un acheminement prochain à ma
liberté.

Il vint effectivement à Saint-Lazare. Je lui trouvai
l'air plus grave et moins sot qu'il ne l'avait eu dans la
maison de Manon. Il me tint quelques discours de bon
sens sur ma mauvaise conduite. Il ajouta, pour justifier
apparemment ses propres désordres, qu'il était permis
à la faiblesse des hommes de se procurer certains
plaisirs que la nature exige, mais que la friponnerie et
les artifices honteux méritaient d'être punis. Je l'écoutai
avec un air de soumission dont il parut satisfait. Je ne
m'offensai pas même de lui entendre lâcher quelques
railleries sur ma fraternité avec Lescaut et Manon, et
sur les petites chapelles dont il supposait, me dit-il, que
j'avais dû faire un grand nombre à Saint-Lazare,
puisque je trouvais tant de plaisir à cette pieuse occupa-

tion. Mais il lui échappa, malheureusement pour lui et
pour moi-même, de me dire que Manon en aurait fait
aussi, sans doute, de fort jolies à l'Hôpital. Malgré le
frémissement que le nom d'Hôpital me causa, j'eus
encore le pouvoir de le prier, avec douceur, de s'expliquer. Hé oui ! reprit-il, il y a deux mois qu'elle apprend
la sagesse à l'Hôpital général, et je souhaite qu'elle en
ait tiré autant de profit que vous à Saint-Lazare.

Quand j'aurais eu une prison éternelle, ou la mort
même présente à mes yeux, je n'aurais pas été le maître
de mon transport, à cette affreuse nouvelle. Je me jetai
sur lui avec une si furieuse rage que j'en perdis la moitié
de mes forces. J'en eus assez néanmoins pour le renverser par terre, et pour le prendre à la gorge. Je l'étran-
glais, lorsque le bruit de sa chute, et quelques cris
aigus, que je lui laissais à peine la liberté de pousser,
attirèrent le supérieur et plusieurs religieux dans ma
chambre. On le délivra de mes mains. J'avais presque
perdu moi-même la force et la respiration. O Dieu !
m'écriai-je, en poussant mille soupirs ; justice du Ciel !
faut-il que je vive un moment, après une telle infamie ?
Je voulus me jeter encore sur le barbare qui venait de
m'assassiner. On m'arrêta. Mon désespoir, mes cris et
mes larmes passaient toute imagination. Je fis des
choses si étonnantes, que tous les assistants, qui en
ignoraient la cause, se regardaient les uns les autres avec
autant de frayeur que de surprise. M. de G... M...
rajustait pendant ce temps-là sa perruque et sa cravate,
et dans le dépit d'avoir été si maltraité, il ordonnait au
supérieur de me resserrer plus étroitement que jamais,
et de me punir par tous les châtiments qu'on sait être
propres à Saint-Lazare. Non, monsieur, lui dit le supérieur ; ce n'est point avec une personne de la naissance
de M. le Chevalier que nous en usons de cette manière.
Il est si doux, d'ailleurs, et si honnête, que j'ai peine à
comprendre qu'il se soit porté à cet excès sans de fortes
raisons. Il sortit en disant qu'il saurait faire plier et le
supérieur, et moi, et tous ceux qui oseraient lui résister.

Le supérieur, ayant ordonné à ses religieux de le
conduire, demeura seul avec moi. Il me conjura de lui
apprendre promptement d'où venait ce désordre. O

mon Père, lui dis-je, en continuant de pleurer comme
un enfant, figurez-vous la plus horrible cruauté, imaginez-vous la plus détestable de toutes les barbaries, c'est
l'action que l'indigne G... M... a eu la lâcheté de
commettre. Oh ! il m'a percé le cœur. Je n'en reviendrai
jamais. Je veux vous raconter tout, ajoutai-je en sanglo-
tant. Vous êtes bon, vous aurez pitié de moi. Je lui fis
un récit abrégé de la longue et insurmontable passion
que j'avais pour Manon, de la situation florissante de
notre fortune avant que nous eussions été dépouillés par
nos propres domestiques, des offres que G... M... avait
faites à ma maîtresse, de la conclusion de leur marché,
et de la manière dont il avait été rompu. Je lui représentai les choses, à la vérité, du côté le plus favorable pour
nous : Voilà, continuai-je, de quelle source est venu le
zèle de M. de G... M... pour ma conversion. Il a eu le
crédit de me faire ici renfermer, par un pur motif de
vengeance. Je lui pardonne, mais, mon Père, ce n'est
pas tout : il a fait enlever cruellement la plus chère
moitié de moi-même, il l'a fait mettre honteusement à
l'Hôpital, il a eu l'impudence de me l'annoncer
aujourd'hui de sa propre bouche. A l'Hôpital, mon
Père ! O Ciel ! ma charmante maîtresse, ma chère reine
à l'Hôpital, comme la plus infâme de toutes les créatures ! Où trouverai-je assez de force pour ne pas
mourir de douleur et de honte ? Le bon Père, me voyant
dans cet excès d'affliction, entreprit de me consoler. Il
me dit qu'il n'avait jamais compris mon aventure de la
manière dont je la racontais ; qu'il avait su, à la vérité,
que je vivais dans le désordre, mais qu'il s'était figuré
que ce qui avait obligé M. de G... M... d'y prendre
intérêt, était quelque liaison d'estime et d'amitié avec
ma famille ; qu'il ne s'en était expliqué à lui-même que
sur ce pied ; que ce que je venais de lui apprendre
mettrait beaucoup de changement dans mes affaires, et
qu'il ne doutait point que le récit fidèle qu'il avait
dessein d'en faire à M. le Lieutenant général de Police
ne pût contribuer à ma liberté. Il me demanda ensuite
pourquoi je n'avais pas encore pensé à donner de mes
nouvelles à ma famille, puisqu'elle n'avait point eu de
part à ma captivité. Je satisfis à cette objection par

quelques raisons prises de la douleur que j'avais appréhendé de causer à mon père, et de la honte que j'en
aurais ressentie moi-même. Enfin il me promit d'aller
de ce pas chez le Lieutenant de Police, ne fût-ce, ajouta-
t-il, que pour prévenir quelque chose de pis, de la part
de M. de G... M..., qui est sorti de cette maison fort
mal satisfait, et qui est assez considéré pour se faire
redouter.

J'attendis le retour du Père avec toutes les agitations
d'un malheureux qui touche au moment de sa sentence.
C'était pour moi un supplice inexprimable de me représenter Manon à l'Hôpital. Outre l'infamie de cette
demeure, j'ignorais de quelle manière elle y était trai-
tée, et le souvenir de quelques particularités que j'avais
entendues de cette maison d'horreur renouvelait à tous
moments mes transports. J'étais tellement résolu de la
secourir, à quelque prix et par quelque moyen que ce
pût être, que j'aurais mis le feu à Saint-Lazare, s'il
m'eût été impossible d'en sortir autrement. Je réfléchis
donc sur les voies que j'avais à prendre, s'il arrivait que
le Lieutenant général de Police continuât de m'y retenir
malgré moi. Je mis mon industrie à toutes les épreuves ;
je parcourus toutes les possibilités. Je ne vis rien qui pût
m'assurer d'une évasion certaine, et je craignais d'être
renfermé plus étroitement si je faisais une tentative
malheureuse. Je me rappelai le nom de quelques amis,
de qui je pouvais espérer du secours ; mais quel moyen
de leur faire savoir ma situation ? Enfin, je crus avoir
formé un plan si adroit qu'il pourrait réussir, et je remis
à l'arranger encore mieux après le retour du Père
supérieur, si l'inutilité de sa démarche me le rendait
nécessaire. Il ne tarda point à revenir. Je ne vis pas, sur
son visage, les marques de joie qui accompagnent une
bonne nouvelle. J'ai parlé, me dit-il, à M. le Lieutenant
général de Police, mais je lui ai parlé trop tard. M. de
G... M... l'est allé voir en sortant d'ici, et l'a si fort
prévenu contre vous, qu'il était sur le point de
m'envoyer de nouveaux ordres pour vous resserrer
davantage.

Cependant, lorsque je lui ai appris le fond de vos
affaires, il a paru s'adoucir beaucoup, et riant un peu de

l'incontinence du vieux M. de G... M..., il m'a dit qu'il
fallait vous laisser ici six mois pour le satisfaire ;
d'autant mieux, a-t-il dit, que cette demeure ne saurait
vous être inutile. Il m'a recommandé de vous traiter
honnêtement, et je vous réponds que vous ne vous
plaindrez point de mes manières.

Cette explication du bon supérieur fut assez longue
pour me donner le temps de faire une sage réflexion. Je
conçus que je m'exposerais à renverser mes desseins si
je lui marquais trop d'empressement pour ma liberté.
Je lui témoignai, au contraire, que dans la nécessité de
demeurer, c'était une douce consolation pour moi
d'avoir quelque part à son estime. Je le priai ensuite,
sans affectation, de m'accorder une grâce, qui n'était de
nulle importance pour personne, et qui servirait beaucoup à ma tranquillité ; c'était de faire avertir un de mes
amis, un saint ecclésiastique qui demeurait à Saint-
Sulpice, que j'étais à Saint-Lazare, et de permettre que
je reçusse quelquefois sa visite. Cette faveur me fut
accordée sans délibérer. C'était mon ami Tiberge dont
il était question ; non que j'espérasse de lui les secours
nécessaires pour ma liberté, mais je voulais l'y faire
servir comme un instrument éloigné, sans qu'il en eût
même connaissance. En un mot, voici mon projet : je
voulais écrire à Lescaut et le charger, lui et nos amis
communs, du soin de me délivrer. La première difficulté était de lui faire tenir ma lettre ; ce devait être
l'office de Tiberge. Cependant, comme il le connaissait
pour le frère de ma maîtresse, je craignais qu'il n'eût
peine à se charger de cette commission. Mon dessein
était de renfermer ma lettre à Lescaut dans une autre
lettre que je devais adresser à un honnête homme de ma
connaissance, en le priant de rendre promptement la
première à son adresse, et comme il était nécessaire que
je visse Lescaut pour nous accorder dans nos mesures,
je voulais lui marquer de venir à Saint-Lazare, et de
demander à me voir sous le nom de mon frère aîné, qui
était venu exprès à Paris pour prendre connaissance de
mes affaires. Je remettais à convenir avec lui des
moyens qui nous paraîtraient les plus expéditifs et les
plus sûrs. Le Père supérieur fit avertir Tiberge du désir

que j'avais de l'entretenir. Ce fidèle ami ne m'avait pas
tellement perdu de vue qu'il ignorât mon aventure ; il
savait que j'étais à Saint-Lazare, et peut-être n'avait-il
pas été fâché de cette disgrâce qu'il croyait capable de
me ramener au devoir. Il accourut aussitôt à ma
chambre.

Notre entretien fut plein d'amitié. Il voulut être
informé de mes dispositions. Je lui ouvris mon cœur
sans réserve, excepté sur le dessein de ma fuite. Ce n'est
pas à vos yeux, cher ami, lui dis-je, que je veux paraître
ce que je ne suis point. Si vous avez cru trouver ici un
ami sage et réglé dans ses désirs, un libertin réveillé par
les châtiments du Ciel, en un mot un cœur dégagé de
l'amour et revenu des charmes de sa Manon, vous avez
jugé trop favorablement de moi. Vous me revoyez tel
que vous me laissâtes il y a quatre mois : toujours
tendre, et toujours malheureux par cette fatale tendresse dans laquelle je ne me lasse point de chercher
mon bonheur.

Il me répondit que l'aveu que je faisais me rendait
inexcusable ; qu'on voyait bien des pécheurs qui s'eni-
vraient du faux bonheur du vice jusqu'à le préférer
hautement à celui de la vertu ; mais que c'était, du
moins, à des images de bonheur qu'ils s'attachaient, et
qu'ils étaient les dupes de l'apparence ; mais que, de
reconnaître, comme je le faisais, que l'objet de mes
attachements n'était propre qu'à me rendre coupable et
malheureux, et de continuer à me précipiter volontairement dans l'infortune et dans le crime, c'était une
contradiction d'idées et de conduite qui ne faisait pas
honneur à ma raison.

Tiberge, repris-je, qu'il vous est aisé de vaincre,
lorsqu'on n'oppose rien à vos armes ! Laissez-moi raisonner à mon tour. Pouvez-vous prétendre que ce que
vous appelez le bonheur de la vertu soit exempt de
peines, de traverses et d'inquiétudes ? Quel nom don-
nerez-vous à la prison, aux croix, aux supplices et aux
tortures des tyrans ? Direz-vous, comme font les mys-
tiques, que ce qui tourmente le corps est un bonheur
pour l'âme ? Vous n'oseriez le dire ; c'est un paradoxe
insoutenable. Ce bonheur, que vous relevez tant, est

donc mêlé de mille peines, ou pour parler plus juste, ce n'est qu'un tissu de malheurs au travers desquels on tend à la félicité. Or si la force de l'imagination fait trouver du plaisir dans ces maux mêmes, parce qu'ils peuvent conduire à un terme heureux qu'on espère, pourquoi traitez-vous de contradictoire et d'insensée, dans ma conduite, une disposition toute semblable ? J'aime Manon ; je tends au travers de mille douleurs à vivre heureux et tranquille auprès d'elle. La voie par où je marche est malheureuse ; mais l'espérance d'arriver à mon terme y répand toujours de la douceur, et je me croirai trop bien payé, par un moment passé avec elle, de tous les chagrins que j'essuie pour l'obtenir. Toutes choses me paraissent donc égales de votre côté et du mien ; ou s'il y a quelque différence, elle est encore à mon avantage, car le bonheur que j'espère est proche, et l'autre est éloigné ; le mien est de la nature des peines, c'est-à-dire sensible au corps, et l'autre est d'une nature inconnue, qui n'est certaine que par la foi.

Tiberge parut effrayé de ce raisonnement. Il recula de deux pas, en me disant, de l'air le plus sérieux, que, non seulement ce que je venais de dire blessait le bon sens, mais que c'était un malheureux sophisme d'impiété et d'irréligion : car cette comparaison, ajouta-t-il, du terme de vos peines avec celui qui est proposé par la religion, est une idée des plus libertines et des plus monstrueuses.

J'avoue, repris-je, qu'elle n'est pas juste ; mais prenez-y garde, ce n'est pas sur elle que porte mon raisonnement. J'ai eu dessein d'expliquer ce que vous regardez comme une contradiction, dans la persévérance d'un amour malheureux, et je crois avoir fort bien prouvé que, si c'en est une, vous ne sauriez vous en sauver plus que moi. C'est à cet égard seulement que j'ai traité les choses d'égales, et je soutiens encore qu'elles le sont. Répondrez-vous que le terme de la vertu est infiniment supérieur à celui de l'amour ? Qui refuse d'en convenir ? Mais est-ce de quoi il est question ? Ne s'agit-il pas de la force qu'ils ont, l'un et l'autre, pour faire supporter les peines ? Jugeons-en par l'effet. Combien trouve-t-on de déserteurs de la sévère vertu, et combien en trouverez-vous peu de l'amour ? Répondrez-vous encore que, s'il y a des peines dans l'exercice du bien, elles ne sont pas infaillibles et nécessaires ; qu'on ne trouve plus de tyrans ni de croix, et qu'on voit quantité de personnes vertueuses mener une vie douce et tranquille ? Je vous dirai de même qu'il y a des amours paisibles et fortunés, et, ce qui fait encore une différence qui m'est extrêmement avanta-geuse, j'ajouterai que l'amour, quoiqu'il trompe assez souvent, ne promet du moins que des satisfactions et des joies, au lieu que la religion veut qu'on s'attende à une pratique triste et mortifiante. Ne vous alarmez pas, ajoutai-je en voyant son zèle prêt à se chagriner. L'unique chose que je veux conclure ici, c'est qu'il n'y a point de plus mauvaise méthode pour dégoûter un cœur de l'amour, que de lui en décrier les douceurs et de lui promettre plus de bonheur dans l'exercice de la vertu. De la manière dont nous sommes faits, il est certain que notre félicité consiste dans le plaisir ; je défie qu'on s'en forme une autre idée ; or le cœur n'a pas besoin de se consulter longtemps pour sentir que, de tous les plai-sirs, les plus doux sont ceux de l'amour. Il s'aperçoit bientôt qu'on le trompe lorsqu'on lui en promet ailleurs de plus charmants, et cette tromperie le dispose à se défier des promesses les plus solides. Prédicateurs, qui voulez me ramener à la vertu, dites-moi qu'elle est indispensablement nécessaire, mais ne me déguisez pas qu'elle est sévère et pénible. Établissez bien que les délices de l'amour sont passagères, qu'elles sont défen-dues, qu'elles seront suivies par d'éternelles peines, et ce qui fera peut-être encore plus d'impression sur moi, que, plus elles sont douces et charmantes, plus le Ciel sera magnifique à récompenser un si grand sacrifice, mais confessez qu'avec des cœurs tels que nous les avons, elles sont ici-bas nos plus parfaites félicités.

Cette fin de mon discours rendit sa bonne humeur à Tiberge. Il convint qu'il y avait quelque chose de raisonnable dans mes pensées. La seule objection qu'il ajouta fut de me demander pourquoi je n'entrais pas du moins dans mes propres principes, en sacrifiant mon amour à l'espérance de cette rémunération dont je me

faisais une si grande idée. O cher ami ! lui répondis-je,
c'est ici que je reconnais ma misère et ma faiblesse.
Hélas ! oui, c'est mon devoir d'agir comme je raisonne !
mais l'action est-elle en mon pouvoir ? De quels secours
n'aurais-je pas besoin pour oublier les charmes de
Manon ? Dieu me pardonne, reprit Tiberge, je pense
que voici encore un de nos jansénistes. Je ne sais ce que
je suis, répliquai-je, et je ne vois pas trop clairement ce
qu'il faut être ; mais je n'éprouve que trop la vérité de
ce qu'ils disent.

Cette conversation servit du moins à renouveler la
pitié de mon ami. Il comprit qu'il y avait plus de
faiblesse que de malignité dans mes désordres. Son
amitié en fut plus disposée, dans la suite, à me donner
des secours, sans lesquels j'aurais péri infailliblement
de misère. Cependant, je ne lui fis pas la moindre
ouverture du dessein que j'avais de m'échapper de
Saint-Lazare. Je le priai seulement de se charger de ma
lettre. Je l'avais préparée, avant qu'il fût venu, et je ne
manquai point de prétextes pour colorer la nécessité où
j'étais d'écrire. Il eut la fidélité de la porter exactement,
et Lescaut reçut, avant la fin du jour, celle qui était pour
lui.

Il me vint voir le lendemain, et il passa heureusement
sous le nom de mon frère. Ma joie fut extrême en
l'apercevant dans ma chambre. J'en fermai la porte avec
soin. Ne perdons pas un seul moment, lui dis-je ;
apprenez-moi d'abord des nouvelles de Manon, et
donnez-moi ensuite un bon conseil pour rompre mes
fers. Il m'assura qu'il n'avait pas vu sa sœur depuis le
jour qui avait précédé mon emprisonnement, qu'il
n'avait appris son sort et le mien qu'à force d'informations et de soins ; que, s'étant présenté deux ou trois
fois à l'Hôpital, on lui avait refusé la liberté de lui
parler. Malheureux G... M... ! m'écriai-je, que tu me le
paieras cher !

Pour ce qui regarde votre délivrance, continua Lescaut, c'est une entreprise moins facile que vous ne
pensez. Nous passâmes hier la soirée, deux de mes amis
et moi, à observer toutes les parties extérieures de cette
maison, et nous jugeâmes que, vos fenêtres étant sur

une cour entourée de bâtiments, comme vous nous
l'aviez marqué, il y aurait bien de la difficulté à vous
tirer de là. Vous êtes d'ailleurs au troisième étage, et
nous ne pouvons introduire ici ni cordes ni échelles. Je
ne vois donc nulle ressource du côté du dehors. C'est
dans la maison même qu'il faudrait imaginer quelque
artifice. Non, repris-je ; j'ai tout examiné, surtout
depuis que ma clôture est un peu moins rigoureuse, par
l'indulgence du supérieur. La porte de ma chambre ne
se ferme plus avec la clef, j'ai la liberté de me promener
dans les galeries des religieux ; mais tous les escaliers
sont bouchés par des portes épaisses, qu'on a soin de
tenir fermées la nuit et le jour, de sorte qu'il est
impossible que la seule adresse puisse me sauver.
Attendez, repris-je, après avoir un peu réfléchi sur une
idée qui me parut excellente, pourriez-vous m'apporter
un pistolet ? Aisément, me dit Lescaut ; mais voulez-
vous tuer quelqu'un ? Je l'assurai que j'avais si peu
dessein de tuer qu'il n'était pas même nécessaire que le
pistolet fût chargé. Apportez-le-moi demain, ajoutai-je,
et ne manquez pas de vous trouver le soir, à onze
heures, vis-à-vis de la porte de cette maison, avec deux
ou trois de nos amis. J'espère que je pourrai vous y
rejoindre. Il me pressa en vain de lui en apprendre
davantage. Je lui dis qu'une entreprise, telle que je la
méditais, ne pouvait paraître raisonnable qu'après avoir
réussi. Je le priai d'abréger sa visite, afin qu'il trouvât
plus de facilité à me revoir le lendemain. Il fut admis
avec aussi peu de peine que la première fois. Son air
était grave, il n'y a personne qui ne l'eût pris pour un
homme d'honneur.

  Lorsque je me trouvai muni de l'instrument de ma
liberté, je ne doutai presque plus du succès de mon
projet. Il était bizarre et hardi ; mais de quoi n'étais-je
pas capable, avec les motifs qui m'animaient ? J'avais
remarqué, depuis qu'il m'était permis de sortir de ma
chambre et de me promener dans les galeries, que le
portier apportait chaque jour au soir les clefs de toutes
les portes au supérieur, et qu'il régnait ensuite un
profond silence dans la maison, qui marquait que tout
le monde était retiré. Je pouvais aller sans obstacle, par

une galerie de communication, de ma chambre à celle
de ce Père. Ma résolution était de lui prendre ses clefs,
en l'épouvantant avec mon pistolet s'il faisait difficulté
de me les donner, et de m'en servir pour gagner la rue.
J'en attendis le temps avec impatience. Le portier vint à
l'heure ordinaire, c'est-à-dire un peu après neuf heures.
J'en laissai passer encore une, pour m'assurer que tous
les religieux et les domestiques étaient endormis. Je
partis enfin, avec mon arme et une chandelle allumée.
Je frappai d'abord doucement à la porte du Père, pour
l'éveiller sans bruit. Il m'entendit au second coup, et
s'imaginant, sans doute, que c'était quelque religieux
qui se trouvait mal et qui avait besoin de secours, il se
leva pour m'ouvrir. Il eut, néanmoins, la précaution de
demander, au travers de la porte, qui c'était et ce qu'on
voulait de lui. Je fus obligé de me nommer ; mais
j'affectai un ton plaintif, pour lui faire comprendre que
je ne me trouvais pas bien. Ah ! c'est vous, mon cher
fils, me dit-il, en ouvrant la porte ; qu'est-ce donc qui
vous amène si tard ? J'entrai dans sa chambre, et l'ayant
tiré à l'autre bout opposé à la porte, je lui déclarai qu'il
m'était impossible de demeurer plus longtemps à Saint-
Lazare ; que la nuit était un temps commode pour sortir
sans être aperçu, et que j'attendais de son amitié qu'il
consentirait à m'ouvrir les portes, ou à me prêter ses
clefs pour les ouvrir moi-même.
    Ce compliment devait le surprendre. Il demeura
quelque temps à me considérer, sans me répondre.
Comme je n'en avais pas à perdre, je repris la parole
pour lui dire que j'étais fort touché de toutes ses bontés,
mais que, la liberté étant le plus cher de tous les biens,
surtout pour moi à qui on la ravissait injustement,
j'étais résolu de me la procurer cette nuit même, à
quelque prix que ce fût ; et de peur qu'il ne lui prît
envie d'élever la voix pour appeler du secours, je lui fis
voir une honnête raison de silence, que je tenais sous
mon juste-au-corps. Un pistolet ! me dit-il. Quoi ! mon
fils, vous voulez m'ôtez la vie, pour reconnaître la
considération que j'ai eue pour vous ? A Dieu ne plaise,
lui répondis-je. Vous avez trop d'esprit et de raison
pour me mettre dans cette nécessité ; mais je veux être

libre, et j'y suis si résolu que, si mon projet manque par votre faute, c'est fait de vous absolument. Mais, mon cher fils, reprit-il d'un air pâle et effrayé, que vous ai-je fait ? quelle raison avez-vous de vouloir ma mort ? Eh non ! répliquai-je avec impatience. Je n'ai pas dessein de vous tuer, si vous voulez vivre. Ouvrez-moi la porte, et je suis le meilleur de vos amis. J'aperçus les clefs qui étaient sur sa table. Je les pris et je le priai de me suivre, en faisant le moins de bruit qu'il pourrait. Il fut obligé de s'y résoudre. A mesure que nous avancions et qu'il ouvrait une porte, il me répétait avec un soupir : Ah ! mon fils, ah ! qui l'aurait cru ? Point de bruit, mon Père, répétais-je de mon côté à tout moment. Enfin nous arrivâmes à une espèce de barrière, qui est avant la grande porte de la rue. Je me croyais déjà libre, et j'étais derrière le Père, avec ma chandelle dans une main et mon pistolet dans l'autre. Pendant qu'il s'empressait d'ouvrir, un domestique, qui couchait dans une petite chambre voisine, entendant le bruit de quelques verrous, se lève et met la tête à sa porte. Le bon Père le crut apparemment capable de m'arrêter. Il lui ordonna, avec beaucoup d'imprudence, de venir à son secours. C'était un puissant coquin, qui s'élança sur moi sans balancer. Je ne le marchandai point ; je lui lâchai le coup au milieu de la poitrine. Voilà de quoi vous êtes cause, mon Père, dis-je assez fièrement à mon guide. Mais que cela ne vous empêche point d'achever, ajoutai-je en le poussant vers la dernière porte. Il n'osa refuser de l'ouvrir. Je sortis heureusement et je trouvai, à quatre pas, Lescaut qui m'attendait avec deux amis, suivant sa promesse.

Nous nous éloignâmes. Lescaut me demanda s'il n'avait pas entendu tirer un pistolet. C'est votre faute, lui dis-je ; pourquoi me l'apportiez-vous chargé ? Cependant je le remerciai d'avoir eu cette précaution, sans laquelle j'étais sans doute à Saint-Lazare pour longtemps. Nous allâmes passer la nuit chez un traiteur, où je me remis un peu de la mauvaise chère que j'avais faite depuis près de trois mois. Je ne pus néanmoins m'y livrer au plaisir. Je souffrais mortellement dans Manon. Il faut la délivrer, dis-je à mes trois amis.

Je n'ai souhaité la liberté que dans cette vue. Je vous demande le secours de votre adresse ; pour moi, j'y emploierai jusqu'à ma vie. Lescaut, qui ne manquait pas d'esprit et de prudence, me représenta qu'il fallait aller bride en main ; que mon évasion de Saint-Lazare, et le malheur qui m'était arrivé en sortant, causeraient infailliblement du bruit ; que le Lieutenant général de Police me ferait chercher, et qu'il avait les bras longs ; enfin, que si je ne voulais pas être exposé à quelque chose de pis que S[aint]-Lazare, il était à propos de me tenir couvert et renfermé pendant quelques jours, pour laisser au premier feu de mes ennemis le temps de s'éteindre. Son conseil était sage, mais il aurait fallu l'être aussi pour le suivre. Tant de lenteur et de ménagement ne s'accordait pas avec ma passion. Toute ma complaisance se réduisit à lui promettre que je passerais le jour suivant à dormir. Il m'enferma dans sa chambre, où je demeurai jusqu'au soir.

J'employai une partie de ce temps à former des projets et des expédients pour secourir Manon. J'étais bien persuadé que sa prison était encore plus impénétrable que n'avait été la mienne. Il n'était pas question de force et de violence, il fallait de l'artifice ; mais la déesse même de l'invention n'aurait pas su par où commencer. J'y vis si peu de jour, que je remis à considérer mieux les choses lorsque j'aurais pris quelques informations sur l'arrangement intérieur de l'Hôpital.

Aussitôt que la nuit m'eut rendu la liberté, je priai Lescaut de m'accompagner. Nous liâmes conversation avec un des portiers, qui nous parut homme de bon sens. Je feignis d'être un étranger qui avait entendu parler avec admiration de l'Hôpital général, et de l'ordre qui s'y observe. Je l'interrogeai sur les plus minces détails, et de circonstances en circonstances, nous tombâmes sur les administrateurs, dont je le priai de m'apprendre les noms et les qualités. Les réponses qu'il me fit sur ce dernier article me firent naître une pensée dont je m'applaudis aussitôt, et que je ne tardai point à mettre en œuvre. Je lui demandai, comme une chose essentielle à mon dessein, si ces messieurs avaient

des enfants. Il me dit qu'il ne pouvait pas m'en rendre
un compte certain, mais que, pour M. de T., qui était
un des principaux, il lui connaissait un fils en âge d'être
marié, qui était venu plusieurs fois à l'Hôpital avec son
père. Cette assurance me suffisait. Je rompis presque
aussitôt notre entretien, et je fis part à Lescaut, en
retournant chez lui, du dessein que j'avais conçu. Je
m'imagine, lui dis-je, que M. de T... le fils, qui est
riche et de bonne famille, est dans un certain goût de
plaisirs, comme la plupart des jeunes gens de son âge. Il
ne saurait être ennemi des femmes, ni ridicule au point
de refuser ses services pour une affaire d'amour. J'ai
formé le dessein de l'intéresser à la liberté de Manon.
S'il est honnête homme, et qu'il ait des sentiments, il
nous accordera son secours par générosité. S'il n'est
point capable d'être conduit par ce motif, il fera du
moins quelque chose pour une fille aimable, ne fût-ce
que par l'espérance d'avoir part à ses faveurs. Je ne
veux pas différer de le voir, ajoutai-je, plus longtemps
que jusqu'à demain. Je me sens si consolé par ce projet,
que j'en tire un bon augure. Lescaut convint lui-même
qu'il y avait de la vraisemblance dans mes idées, et que
nous pouvions espérer quelque chose par cette voie.
J'en passai la nuit moins tristement.

   Le matin étant venu, je m'habillai le plus proprement
qu'il me fût possible, dans l'état d'indigence où j'étais,
et je me fis conduire dans un fiacre à la maison de M. de
T... Il fut surpris de recevoir la visite d'un inconnu.
J'augurai bien de sa physionomie et de ses civilités. Je
m'expliquai naturellement avec lui, et pour échauffer
ses sentiments naturels, je lui parlai de ma passion et du
mérite de ma maîtresse comme de deux choses qui ne
pouvaient être égalées que l'une par l'autre. Il me dit
que, quoiqu'il n'eût jamais vu Manon, il avait entendu
parler d'elle, du moins s'il s'agissait de celle qui avait
été la maîtresse du vieux G... M... Je ne doutai point
qu'il ne fût informé de la part que j'avais eue à cette
aventure, et pour le gagner de plus en plus, en me
faisant un mérite de ma confiance, je lui racontai le
détail de tout ce qui était arrivé à Manon et à moi. Vous
voyez, monsieur, continuai-je, que l'intérêt de ma vie et

celui de mon cœur sont maintenant entre vos mains. L'un ne m'est pas plus cher que l'autre. Je n'ai point de réserve avec vous, parce que je suis informé de votre générosité, et que la ressemblance de nos âges me fait espérer qu'il s'en trouvera quelqu'une dans nos inclinations. Il parut fort sensible à cette marque d'ouverture et de candeur. Sa réponse fut celle d'un homme qui a du monde et des sentiments ; ce que le monde ne donne pas toujours et qu'il fait perdre souvent. Il me dit qu'il mettait ma visite au rang de ses bonnes fortunes, qu'il regarderait mon amitié comme une de ses plus heureuses acquisitions, et qu'il s'efforcerait de la mériter par l'ardeur de ses services. Il ne promit pas de me rendre Manon, parce qu'il n'avait, me dit-il, qu'un crédit médiocre et mal assuré ; mais il m'offrit de me procurer le plaisir de la voir, et de faire tout ce qui serait en sa puissance pour la remettre entre mes bras. Je fus plus satisfait de cette incertitude de son crédit que je ne l'aurais été d'une pleine assurance de remplir tous mes désirs. Je trouvai, dans la modération de ses offres, une marque de franchise dont je fus charmé. En un mot, je me promis tout de ses bons offices. La seule promesse de me faire voir Manon m'aurait fait tout entreprendre pour lui. Je lui marquai quelque chose de ces sentiments, d'une manière qui le persuada aussi que je n'étais pas d'un mauvais naturel. Nous nous embrassâmes avec tendresse, et nous devînmes amis, sans autre raison que la bonté de nos cœurs et une simple disposition qui porte un homme tendre et généreux à aimer un autre homme qui lui ressemble. Il poussa les marques de son estime bien plus loin, car, ayant combiné mes aventures, et jugeant qu'en sortant de S[aint]-Lazare je ne devais pas me trouver à mon aise, il m'offrit sa bourse, et il me pressa de l'accepter. Je ne l'acceptai point ; mais je lui dis : C'est trop, mon cher Monsieur. Si, avec tant de bonté et d'amitié, vous me faites revoir ma chère Manon, je vous suis attaché pour toute ma vie. Si vous me rendez tout à fait cette chère créature, je ne croirai pas être quitte en versant tout mon sang pour vous servir.

Nous ne nous séparâmes qu'après être convenus du

temps et du lieu où nous devions nous retrouver. Il eut
la complaisance de ne pas me remettre plus loin que
l'après-midi du même jour. Je l'attendis dans un café,
où il vint me rejoindre vers les quatre heures, et nous
prîmes ensemble le chemin de l'Hôpital. Mes genoux
étaient tremblants en traversant les cours. Puissance
d'amour ! disais-je, je reverrai donc l'idole de mon
cœur, l'objet de tant de pleurs et d'inquiétudes ! Ciel !
conservez-moi assez de vie pour aller jusqu'à elle, et
disposez après cela de ma fortune et de mes jours ; je
n'ai plus d'autre grâce à vous demander.

M. de T... parla à quelques concierges de la maison
qui s'empressèrent de lui offrir tout ce qui dépendait
d'eux pour sa satisfaction. Il se fit montrer le quartier
où Manon avait sa chambre, et l'on nous y conduisit
avec une clef d'une grandeur effroyable, qui servit à
ouvrir sa porte. Je demandai au valet qui nous menait,
et qui était celui qu'on avait chargé du soin de la servir,
de quelle manière elle avait passé le temps dans cette
demeure. Il nous dit que c'était une douceur angé-
lique ; qu'il n'avait jamais reçu d'elle un mot de dureté ;
qu'elle avait versé continuellement des larmes pendant
les six premières semaines après son arrivée, mais que,
depuis quelque temps, elle paraissait prendre son malheur avec plus de patience, et qu'elle était occupée à
coudre du matin jusqu'au soir, à la réserve de quelques
heures qu'elle employait à la lecture. Je lui demandai
encore si elle avait été entretenue proprement. Il
m'assura que le nécessaire, du moins, ne lui avait
jamais manqué.

Nous approchâmes de sa porte. Mon cœur battait
violemment. Je dis à M. de T... : Entrez seul et préve-
nez-la sur ma visite, car j'appréhende qu'elle ne soit
trop saisie en me voyant tout d'un coup. La porte nous
fut ouverte. Je demeurai dans la galerie. J'entendis
néanmoins leurs discours. Il lui dit qu'il venait lui
apporter un peu de consolation, qu'il était de mes amis,
et qu'il prenait beaucoup d'intérêt à notre bonheur.
Elle lui demanda, avec le plus vif empressement, si elle
apprendrait de lui ce que j'étais devenu. Il lui promit de
m'amener à ses pieds, aussi tendre, aussi fidèle qu'elle

pouvait le désirer. Quand ? reprit-elle. Aujourd'hui
même, lui dit-il ; ce bienheureux moment ne tardera
point ; il va paraître à l'instant si vous le souhaitez. Elle
comprit que j'étais à la porte. J'entrai, lorsqu'elle y
accourait avec précipitation. Nous nous embrassâmes
avec cette effusion de tendresse qu'une absence de trois
mois fait trouver si charmante à de parfaits amants. Nos
soupirs, nos exclamations interrompues, mille noms
d'amour répétés languissamment de part et d'autre,
formèrent, pendant un quart d'heure, une scène qui
attendrissait M. de T... Je vous porte envie, me dit-il,
en nous faisant asseoir ; il n'y a point de sort glorieux
auquel je ne préférasse une maîtresse si belle et si
passionnée. Aussi mépriserai-je tous les empires du
monde, lui répondis-je, pour m'assurer le bonheur
d'être aimé d'elle.

Tout le reste d'une conversation si désirée ne pouvait
manquer d'être infiniment tendre. La pauvre Manon
me raconta ses aventures, et je lui appris les miennes.
Nous pleurâmes amèrement en nous entretenant de
l'état où elle était, et de celui d'où je ne faisais que
sortir. M. de T... nous consola par de nouvelles promesses de s'employer ardemment pour finir nos
misères. Il nous conseilla de ne pas rendre cette première entrevue trop longue, pour lui donner plus de
facilité à nous en procurer d'autres. Il eut beaucoup de
peine à nous faire goûter ce conseil ; Manon, surtout,
ne pouvait se résoudre à me laisser partir. Elle me fit
remettre cent fois sur ma chaise ; elle me retenait par les
habits et par les mains. Hélas ! dans quel lieu me
laissez-vous ! disait-elle. Qui peut m'assurer de vous
revoir ? M. de T... lui promit de la venir voir souvent
avec moi. Pour le lieu, ajouta-t-il agréablement, il ne
faut plus l'appeler l'Hôpital ; c'est Versailles, depuis
qu'une personne qui mérite l'empire de tous les cœurs y
est renfermée.

Je fis, en sortant, quelques libéralités au valet qui la
servait, pour l'engager à lui rendre ses soins avec zèle.
Ce garçon avait l'âme moins basse et moins dure que ses
pareils. Il avait été témoin de notre entrevue ; ce tendre
spectacle l'avait touché. Un louis d'or, dont je lui fis

présent, acheva de me l'attacher. Il me prit à l'écart, en
descendant dans les cours. Monsieur, me dit-il, si vous
me voulez prendre à votre service, ou me donner une
honnête récompense pour me dédommager de la perte
de l'emploi que j'occupe ici, je crois qu'il me sera facile
de délivrer Mademoiselle Manon. J'ouvris l'oreille à
cette proposition, et quoique je fusse dépourvu de tout,
je lui fis des promesses fort au-dessus de ses désirs. Je
comptais bien qu'il me serait toujours aisé de
récompenser un homme de cette étoffe. Sois persuadé,
lui dis-je, mon ami, qu'il n'y a rien que je ne fasse pour
toi, et que ta fortune est aussi assurée que la mienne. Je
voulus savoir quels moyens il avait dessein d'employer.
Nul autre, me dit-il, que de lui ouvrir le soir la porte de
sa chambre, et de vous la conduire jusqu'à celle de la
rue, où il faudra que vous soyez prêt à la recevoir. Je lui
demandai s'il n'était point à craindre qu'elle ne fût
reconnue en traversant les galeries et les cours. Il
confessa qu'il y avait quelque danger, mais il me dit
qu'il fallait bien risquer quelque chose. Quoique je
fusse ravi de le voir si résolu, j'appelai M. de T... pour
lui communiquer ce projet, et la seule raison qui
semblait pouvoir le rendre douteux. Il y trouva plus de
difficulté que moi. Il convint qu'elle pouvait absolument s'échapper de cette manière ; mais, si elle est
reconnue, continua-t-il, si elle est arrêtée en fuyant,
c'est peut-être fait d'elle pour toujours. D'ailleurs, il
vous faudrait donc quitter Paris sur-le-champ, car vous
ne seriez jamais assez caché aux recherches. On les
redoublerait, autant par rapport à vous qu'à elle. Un
homme s'échappe aisément, quand il est seul, mais il
est presque impossible de demeurer inconnu avec une
jolie femme. Quelque solide que me parût ce raisonnement, il ne put l'emporter, dans mon esprit, sur un
espoir si proche de mettre Manon en liberté. Je le dis à
M. de T..., et je le priai de pardonner un peu d'imprudence et de témérité à l'amour. J'ajoutai que mon
dessein était, en effet, de quitter Paris, pour m'arrêter,
comme j'avais déjà fait, dans quelque village voisin.
Nous convînmes donc, avec le valet, de ne pas remettre
son entreprise plus loin qu'au jour suivant, et pour la

rendre aussi certaine qu'il était en notre pouvoir, nous résolûmes d'apporter des habits d'homme, dans la vue de faciliter notre sortie. Il n'était pas aisé de les faire entrer, mais je ne manquai pas d'invention pour en trouver le moyen. Je priai seulement M. de T... de mettre le lendemain deux vestes légères l'une sur l'autre, et je me chargeai de tout le reste.

Nous retournâmes le matin à l'Hôpital. J'avais avec moi, pour Manon, du linge, des bas, etc., et par-dessus mon juste-au-corps, un surtout qui ne laissait rien voir de trop enflé dans mes poches. Nous ne fûmes qu'un moment dans sa chambre. M. de T... lui laissa une de ses deux vestes ; je lui donnai mon juste-au-corps, le surtout me suffisant pour sortir. Il ne se trouva rien de manque à son ajustement, excepté la culotte que j'avais malheureusement oubliée. L'oubli de cette pièce nécessaire nous eût, sans doute, apprêtés à rire si l'embarras où il nous mettait eût été moins sérieux. J'étais au désespoir qu'une bagatelle de cette nature fût capable de nous arrêter. Cependant, je pris mon parti, qui fut de sortir moi-même sans culotte. Je laissai la mienne à Manon. Mon surtout était long, et je me mis, à l'aide de quelques épingles, en état de passer décemment à la porte. Le reste du jour me parut d'une longueur insupportable. Enfin, la nuit étant venue, nous nous rendîmes un peu au-dessous de la porte de l'Hôpital, dans un carrosse. Nous n'y fûmes pas longtemps sans voir Manon paraître avec son conducteur. Notre portière étant ouverte, ils montèrent tous deux à l'instant. Je reçus ma chère maîtresse dans mes bras. Elle tremblait comme une feuille. Le cocher me demanda où il fallait toucher. Touche au bout du monde, lui dis-je, et mène-moi quelque part où je ne puisse jamais être séparé de Manon.

Ce transport, dont je ne fus pas le maître, faillit de m'attirer un fâcheux embarras. Le cocher fit réflexion à mon langage, et lorsque je lui dis ensuite le nom de la rue où nous voulions être conduits, il me répondit qu'il craignait que je ne l'engageasse dans une mauvaise affaire, qu'il voyait bien que ce beau jeune homme, qui s'appelait Manon, était une fille que j'enlevais de l'Hôpital, et qu'il n'était pas d'humeur à se perdre pour l'amour de moi. La délicatesse de ce coquin n'était qu'une envie de me faire payer la voiture plus cher. Nous étions trop près de l'Hôpital pour ne pas filer doux. Tais-toi, lui dis-je, il y a un louis d'or à gagner pour toi. Il m'aurait aidé, après cela, à brûler l'Hôpital même. Nous gagnâmes la maison où demeurait Lescaut. Comme il était tard, M. de T... nous quitta en chemin, avec promesse de nous revoir le lendemain. Le valet demeura seul avec nous.

Je tenais Manon si étroitement serrée entre mes bras que nous n'occupions qu'une place dans le carrosse. Elle pleurait de joie, et je sentais ses larmes qui mouillaient mon visage mais, lorsqu'il fallut descendre pour entrer chez Lescaut, j'eus avec le cocher un nouveau démêlé, dont les suites furent funestes. Je me repentis de lui avoir promis un louis, non seulement parce que le présent était excessif, mais par une autre raison bien plus forte, qui était l'impuissance de le payer. Je fis appeler Lescaut. Il descendit de sa chambre pour venir à la porte. Je lui dis à l'oreille dans quel embarras je me trouvais. Comme il était d'une humeur brusque, et nullement accoutumé à ménager un fiacre, il me répondit que je me moquais. Un louis d'or ! ajouta-t-il. Vingt coups de canne à ce coquin-là ! J'eus beau lui représenter doucement qu'il allait nous perdre, il m'arracha ma canne, avec l'air d'en vouloir maltraiter le cocher. Celui-ci, à qui il était peut-être arrivé de tomber quelquefois sous la main d'un garde du corps ou d'un mousquetaire, s'enfuit de peur, avec son carrosse, en criant que je l'avais trompé, mais que j'aurais de ses nouvelles. Je lui répétai inutilement d'arrêter. Sa fuite me causa une extrême inquiétude. Je ne doutai point qu'il n'avertît le commissaire. Vous me perdez, dis-je à Lescaut. Je ne serais pas en sûreté chez vous ; il faut nous éloigner dans le moment. Je prêtai le bras à Manon pour marcher, et nous sortîmes promptement de cette dangereuse rue. Lescaut nous tint compagnie. C'est quelque chose d'admirable que la manière dont la Providence enchaîne les événements. A peine avions-nous marché cinq ou six minutes, qu'un homme, dont

je ne découvris point le visage, reconnut Lescaut. Il le
cherchait sans doute aux environs de chez lui, avec le
malheureux dessein qu'il exécuta. C'est Lescaut, dit-il,
en lui lâchant un coup de pistolet ; il ira souper ce soir
avec les anges. Il se déroba aussitôt. Lescaut tomba,
sans le moindre mouvement de vie. Je pressai Manon
de fuir, car nos secours étaient inutiles à un cadavre, et
je craignais d'être arrêté par le guet, qui ne pouvait
tarder à paraître. J'enfilai, avec elle et le valet, la
première petite rue qui croisait. Elle était si éperdue
que j'avais de la peine à la soutenir. Enfin j'aperçus un
fiacre au bout de la rue. Nous y montâmes, mais
lorsque le cocher me demanda où il fallait nous
conduire, je fus embarrassé à lui répondre. Je n'avais
point d'asile assuré ni d'ami de confiance à qui j'osasse
avoir recours. J'étais sans argent, n'ayant guère plus
d'une demi-pistole dans ma bourse. La frayeur et la
fatigue avaient tellement incommodé Manon qu'elle
était à demi pâmée près de moi. J'avais, d'ailleurs,
l'imagination remplie du meurtre de Lescaut, et je
n'étais pas encore sans appréhension de la part du guet.
Quel parti prendre ? Je me souvins heureusement de
l'auberge de Chaillot, où j'avais passé quelques jours
avec Manon, lorsque nous étions allés dans ce village
pour y demeurer. J'espérai non seulement d'y être en
sûreté, mais d'y pouvoir vivre quelque temps sans être
pressé de payer. Mène-nous à Chaillot, dis-je au
cocher. Il refusa d'y aller si tard, à moins d'une pistole :
autre sujet d'embarras. Enfin nous convînmes de six
francs ; c'était toute la somme qui restait dans ma
bourse.

    Je consolais Manon, en avançant ; mais, au fond,
j'avais le désespoir dans le cœur. Je me serais donné
mille fois la mort, si je n'eusse pas eu, dans mes bras, le
seul bien qui m'attachait à la vie. Cette seule pensée me
remettait. Je la tiens du moins, disais-je ; elle m'aime,
elle est à moi. Tiberge a beau dire, ce n'est pas là un
fantôme de bonheur. Je verrais périr tout l'univers sans
y prendre intérêt. Pourquoi ? Parce que je n'ai plus
d'affection de reste. Ce sentiment était vrai ; cependant,
dans le temps que je faisais si peu de cas des biens du

monde, je sentais que j'aurais eu besoin d'en avoir du
moins une petite partie, pour mépriser encore plus
souverainement tout le reste. L'amour est plus fort que
l'abondance, plus fort que les trésors et les richesses,
mais il a besoin de leur secours ; et rien n'est plus
désespérant, pour un amant délicat, que de se voir
ramené par là, malgré lui, à la grossièreté des âmes les
plus basses.

Il était onze heures quand nous arrivâmes à Chaillot.
Nous fûmes reçus à l'auberge comme des personnes de
connaissance ; on ne fut pas surpris de voir Manon en
habit d'homme, parce qu'on est accoutumé, à Paris et
aux environs, de voir prendre aux femmes toutes sortes
de formes. Je la fis servir aussi proprement que si
j'eusse été dans la meilleure fortune. Elle ignorait que je
fusse mal en argent ; je me gardai bien de lui en rien
apprendre, étant résolu de retourner seul à Paris, le
lendemain, pour chercher quelque remède à cette
fâcheuse espèce de maladie.

Elle me parut pâle et maigrie, en soupant. Je ne m'en
étais point aperçu à l'Hôpital, parce que la chambre où
je l'avais vue n'était pas des plus claires. Je lui demandai si ce n'était point encore un effet de la frayeur
qu'elle avait eue en voyant assassiner son frère. Elle
m'assura que, quelque touchée qu'elle fût de cet
accident, sa pâleur ne venait que d'avoir essuyé pendant trois mois mon absence. Tu m'aimes donc extrêmement ? lui répondis-je. Mille fois plus que je ne puis
dire, reprit-elle. Tu ne me quitteras donc plus jamais ?
ajoutai-je. Non, jamais, répliqua-t-elle ; et cette assurance fut confirmée par tant de caresses et de serments,
qu'il me parut impossible, en effet, qu'elle pût jamais
les oublier. J'ai toujours été persuadé qu'elle était
sincère ; quelle raison aurait-elle eue de se contrefaire
jusqu'à ce point ? Mais elle était encore plus volage, ou
plutôt elle n'était plus rien, et elle ne se reconnaissait
pas elle-même, lorsque, ayant devant les yeux des
femmes qui vivaient dans l'abondance, elle se trouvait
dans la pauvreté et dans le besoin. J'étais à la veille d'en
avoir une dernière preuve qui a surpassé toutes les
autres, et qui a produit la plus étrange aventure qui soit

jamais arrivée à un homme de ma naissance et de ma fortune.

Comme je la connaissais de cette humeur, je me hâtai le lendemain d'aller à Paris. La mort de son frère et la nécessité d'avoir du linge et des habits pour elle et pour moi étaient de si bonnes raisons que je n'eus pas besoin de prétextes. Je sortis de l'auberge, avec le dessein, dis-je à Manon et à mon hôte, de prendre un carrosse de louage ; mais c'était une gasconnade. La nécessité m'obligeant d'aller à pied, je marchai fort vite jusqu'au Cours-la-Reine, où j'avais dessein de m'arrêter. Il fallait bien prendre un moment de solitude et de tranquillité pour m'arranger et prévoir ce que j'allais faire à Paris.

Je m'assis sur l'herbe. J'entrai dans une mer de raisonnements et de réflexions, qui se réduisirent peu à peu à trois principaux articles. J'avais besoin d'un secours présent, pour un nombre infini de nécessités présentes. J'avais à chercher quelque voie qui pût, du moins, m'ouvrir des espérances pour l'avenir, et ce qui n'était pas de moindre importance, j'avais des informations et des mesures à prendre pour la sûreté de Manon et pour la mienne. Après m'être épuisé en projets et en combinaisons sur ces trois chefs, je jugeai encore à propos d'en retrancher les deux derniers. Nous n'étions pas mal à couvert, dans une chambre de Chaillot, et pour les besoins futurs, je crus qu'il serait temps d'y penser lorsque j'aurais satisfait aux présents.

Il était donc question de remplir actuellement ma bourse. M. de T... m'avait offert généreusement la sienne, mais j'avais une extrême répugnance à le remettre moi-même sur cette matière. Quel personnage, que d'aller exposer sa misère à un étranger, et de le prier de nous faire part de son bien ! Il n'y a qu'une âme lâche qui en soit capable, par une bassesse qui l'empêche d'en sentir l'indignité, ou un chrétien humble, par un excès de générosité qui le rend supérieur à cette honte. Je n'étais ni un homme lâche, ni un bon chrétien ; j'aurais donné la moitié de mon sang pour éviter cette humiliation. Tiberge, disais-je, le bon Tiberge, me refusera-t-il ce qu'il aura le pouvoir de me

donner ? Non, il sera touché de ma misère ; mais il
m'assassinera par sa morale. Il faudra essuyer ses
reproches, ses exhortations, ses menaces ; il me fera
acheter ses secours si cher, que je donnerais encore une
partie de mon sang plutôt que de m'exposer à cette
scène fâcheuse qui me laissera du trouble et des
remords. Bon ! reprenais-je, il faut donc renoncer à tout
espoir, puisqu'il ne me reste point d'autre voie, et que
je suis si éloigné de m'arrêter à ces deux-là, que je
verserais plus volontiers la moitié de mon sang que d'en
prendre une, c'est-à-dire tout mon sang plutôt que de
les prendre toutes deux ? Oui, mon sang tout entier,
ajoutai-je, après une réflexion d'un moment ; je le
donnerais plus volontiers, sans doute, que de me
réduire à de basses supplications. Mais il s'agit bien ici
de mon sang ! Il s'agit de la vie et de l'entretien de
Manon, il s'agit de son amour et de sa fidélité. Qu'ai-je
à mettre en balance avec elle ? Je n'y ai rien mis jusqu'à
présent. Elle me tient lieu de gloire, de bonheur et de
fortune. Il y a bien des choses, sans doute, que je
donnerais ma vie pour obtenir ou pour éviter, mais
estimer une chose plus que ma vie n'est pas une raison
pour l'estimer autant que Manon. Je ne fus pas longtemps à me déterminer, après ce raisonnement. Je
continuai mon chemin, résolu d'aller d'abord chez
Tiberge, et de là chez M. de T...

En entrant à Paris, je pris un fiacre, quoique je
n'eusse pas de quoi le payer ; je comptais sur les secours
que j'allais solliciter. Je me fis conduire au Luxembourg, d'où j'envoyai avertir Tiberge que j'étais à
l'attendre. Il satisfit mon impatience par sa promptitude. Je lui appris l'extrémité de mes besoins, sans nul
détour. Il me demanda si les cent pistoles que je lui
avais rendues me suffiraient, et, sans m'opposer un seul
mot de difficulté, il me les alla chercher dans le
moment, avec cet air ouvert et ce plaisir à donner qui
n'est connu que de l'amour et de la véritable amitié.
Quoique je n'eusse pas eu le moindre doute du succès
de ma demande, je fus surpris de l'avoir obtenue à si
bon marché, c'est-à-dire sans qu'il m'eût querellé sur
mon impénitence. Mais je me trompais, en me croyant

tout à fait quitte de ses reproches, car lorsqu'il eut
achevé de me compter son argent et que je me préparais
à le quitter, il me pria de faire avec lui un tour d'allée. Je
ne lui avais point parlé de Manon ; il ignorait qu'elle fût
en liberté ; ainsi sa morale ne tomba que sur la fuite
téméraire de Saint-Lazare et sur la crainte où il était
qu'au lieu de profiter des leçons de sagesse que j'y avais
reçues, je ne reprisse le train du désordre. Il me dit
qu'étant allé pour me visiter à Saint-Lazare, le lendemain de mon évasion, il avait été frappé au-delà de toute
expression en apprenant la manière dont j'en étais
sorti ; qu'il avait eu là-dessus un entretien avec le
Supérieur ; que ce bon père n'était pas encore remis de
son effroi ; qu'il avait eu néanmoins la générosité de
déguiser à M. le Lieutenant général de Police les circonstances de mon départ, et qu'il avait empêché que la
mort du portier ne fût connue au dehors ; que je n'avais
donc, de ce côté-là, nul sujet d'alarme, mais que, s'il me
restait le moindre sentiment de sagesse, je profiterais de
cet heureux tour que le Ciel donnait à mes affaires ; que
je devais commencer par écrire à mon père, et me
remettre bien avec lui ; et que, si je voulais suivre une
fois son conseil, il était d'avis que je quittasse Paris,
pour retourner dans le sein de ma famille.

J'écoutai son discours jusqu'à la fin. Il y avait là bien
des choses satisfaisantes. Je fus ravi, premièrement, de
n'avoir rien à craindre du côté de Saint-Lazare. Les
rues de Paris me redevenaient un pays libre. En second
lieu, je m'applaudis de ce que Tiberge n'avait pas la
moindre idée de la délivrance de Manon et de son
retour avec moi. Je remarquais même qu'il avait évité
de me parler d'elle, dans l'opinion, apparemment,
qu'elle me tenait moins au cœur, puisque je paraissais si
tranquille sur son sujet. Je résolus, sinon de retourner
dans ma famille, du moins d'écrire à mon père, comme
il me le conseillait, et de lui témoigner que j'étais
disposé à rentrer dans l'ordre de mes devoirs et de ses
volontés. Mon espérance était de l'engager à m'envoyer
de l'argent, sous prétexte de faire mes exercices à
l'Académie, car j'aurais eu peine à lui persuader que je
fusse dans la disposition de retourner à l'état ecclésias-

tique. Et dans le fond, je n'avais nul éloignement pour
ce que je voulais lui promettre. J'étais bien aise, au
contraire, de m'appliquer à quelque chose d'honnête et
de raisonnable, autant que ce dessein pourrait s'accorder avec mon amour. Je faisais mon compte de vivre
avec ma maîtresse, et de faire en même temps mes
exercices ; cela était fort compatible. Je fus si satisfait de
toutes ces idées que je promis à Tiberge de faire partir,
le jour même, une lettre pour mon père. J'entrai
effectivement dans un bureau d'écriture, en le quittant,
et j'écrivis d'une manière si tendre et si soumise, qu'en
relisant ma lettre, je me flattai d'obtenir quelque chose
du cœur paternel.

Quoique je fusse en état de prendre et de payer un
fiacre après avoir quitté Tiberge, je me fis un plaisir de
marcher fièrement à pied en allant chez M. de T... Je
trouvais de la joie dans cet exercice de ma liberté, pour
laquelle mon ami m'avait assuré qu'il ne me restait rien
à craindre. Cependant il me revint tout d'un coup à
l'esprit que ses assurances ne regardaient que Saint-
Lazare, et que j'avais, outre cela, l'affaire de l'Hôpital
sur les bras, sans compter la mort de Lescaut, dans
laquelle j'étais mêlé, du moins comme témoin. Ce
souvenir m'effraya si vivement que je me retirai dans la
première allée, d'où je fis appeler un carrosse. J'allai
droit chez M. de T..., que je fis rire de ma frayeur. Elle
me parut risible à moi-même, lorsqu'il m'eut appris
que je n'avais rien à craindre du côté de l'Hôpital, ni de
celui de Lescaut. Il me dit que, dans la pensée qu'on
pourrait le soupçonner d'avoir eu part à l'enlèvement
de Manon, il était allé le matin à l'Hôpital, et qu'il avait
demandé à la voir en feignant d'ignorer ce qui était
arrivé ; qu'on était si éloigné de nous accuser, ou lui, ou
moi, qu'on s'était empressé, au contraire, de lui
apprendre cette aventure comme une étrange nouvelle,
et qu'on admirait qu'une fille aussi jolie que Manon eût
pris le parti de fuir avec un valet : qu'il s'était contenté
de répondre froidement qu'il n'en était pas surpris, et
qu'on fait tout pour la liberté. Il continua de me
raconter qu'il était allé de là chez Lescaut, dans l'espérance de m'y trouver avec ma charmante maîtresse ;

que l'hôte de la maison, qui était un carrossier, lui avait
protesté qu'il n'avait vu ni elle ni moi ; mais qu'il n'était
pas étonnant que nous n'eussions point paru chez lui, si
c'était pour Lescaut que nous devions y venir, parce
que nous aurions sans doute appris qu'il venait d'être
tué à peu près dans le même temps. Sur quoi, il n'avait
pas refusé d'expliquer ce qu'il savait de la cause et des
circonstances de cette mort. Environ deux heures auparavant, un garde du corps, des amis de Lescaut, l'était
venu voir et lui avait proposé de jouer. Lescaut avait
gagné si rapidement que l'autre s'était trouvé cent écus
de moins en une heure, c'est-à-dire tout son argent. Ce
malheureux, qui se voyait sans un sou, avait prié
Lescaut de lui prêter la moitié de la somme qu'il avait
perdue ; et sur quelques difficultés nées à cette occasion, ils s'étaient querellés avec une animosité extrême.
Lescaut avait refusé de sortir pour mettre l'épée à la
main, et l'autre avait juré, en le quittant, de lui casser la
tête : ce qu'il avait exécuté le soir même. M. de T... eut
l'honnêteté d'ajouter qu'il avait été fort inquiet par
rapport à nous et qu'il continuait de m'offrir ses services. Je ne balançai point à lui apprendre le lieu de
notre retraite. Il me pria de trouver bon qu'il allât
souper avec nous.

Comme il ne me restait qu'à prendre du linge et des
habits pour Manon, je lui dis que nous pouvions partir
à l'heure même, s'il voulait avoir la complaisance de
s'arrêter un moment avec moi chez quelques marchands. Je ne sais s'il crut que je lui faisais cette
proposition dans la vue d'intéresser sa générosité, ou si
ce fut par le simple mouvement d'une belle âme, mais
ayant consenti à partir aussitôt, il me mena chez les
marchands qui fournissaient sa maison ; il me fit choisir
plusieurs étoffes d'un prix plus considérable que je ne
m'étais proposé, et lorsque je me disposais à les payer, il
défendit absolument aux marchands de recevoir un sou
de moi. Cette galanterie se fit de si bonne grâce que je
crus pouvoir en profiter sans honte. Nous prîmes
ensemble le chemin de Chaillot, où j'arrivai avec moins
d'inquiétude que je n'en étais parti.

Le chevalier des Grieux ayant employé plus d'une

heure à ce récit, je le priai de prendre un peu de relâche,
et de nous tenir compagnie à souper. Notre attention lui
fit juger que nous l'avions écouté avec plaisir. Il nous
assura que nous trouverions quelque chose encore de
plus intéressant dans la suite de son histoire, et lorsque
nous eûmes fini de souper, il continua dans ces termes.

FIN DE LA PREMIÈRE PARTIE.

DEUXIÈME PARTIE

Ma présence et les politesses de M. de T... dissipèrent tout ce qui pouvait rester de chagrin à Manon.
Oublions nos terreurs passées, ma chère âme, lui dis-je
en arrivant, et recommençons à vivre plus heureux que
jamais. Après tout, l'amour est un bon maître ; la
fortune ne saurait nous causer autant de peines qu'il
nous fait goûter de plaisirs. Notre souper fut une vraie
scène de joie. J'étais plus fier et plus content, avec
Manon et mes cent pistoles, que le plus riche partisan
de Paris avec ses trésors entassés. Il faut compter ses
richesses par les moyens qu'on a de satisfaire ses désirs.
Je n'en avais pas un seul à remplir ; l'avenir même me
causait peu d'embarras. J'étais presque sûr que mon
père ne ferait pas difficulté de me donner de quoi vivre
honnêtement à Paris, parce qu'étant dans ma vingtième
année, j'entrais en droit d'exiger ma part du bien de ma
mère. Je ne cachai point à Manon que le fonds de mes
richesses n'était que de cent pistoles. C'était assez pour
attendre tranquillement une meilleure fortune, qui
semblait ne me pouvoir manquer, soit par mes droits
naturels ou par les ressources du jeu.
   Ainsi, pendant les premières semaines, je ne pensai
qu'à jouir de ma situation ; et la force de l'honneur,
autant qu'un reste de ménagement pour la police, me
faisait remettre de jour en jour à renouer avec les
associés de l'hôtel de T..., je me réduisis à jouer dans
quelques assemblées moins décriées, où la faveur du

sort m'épargna l'humiliation d'avoir recours à l'industrie. J'allais passer à la ville une partie de l'après-midi,
et je revenais souper à Chaillot, accompagné fort
souvent de M. de T..., dont l'amitié croissait de jour en
jour pour nous. Manon trouva des ressources contre
l'ennui. Elle se lia, dans le voisinage, avec quelques
jeunes personnes que le printemps y avait ramenées. La
promenade et les petits exercices de leur sexe faisaient
alternativement leur occupation. Une partie de jeu,
dont elles avaient réglé les bornes, fournissait aux frais
de la voiture. Elles allaient prendre l'air au bois de
Boulogne, et le soir, à mon retour, je retrouvais Manon
plus belle, plus contente, et plus passionnée que jamais.

   Il s'éleva néanmoins quelques nuages, qui sem-
blèrent menacer l'édifice de mon bonheur. Mais ils
furent nettement dissipés, et l'humeur folâtre de
Manon rendit le dénouement si comique, que je trouve
encore de la douceur dans un souvenir qui me repré-
sente sa tendresse et les agréments de son esprit.

   Le seul valet qui composait notre domestique me prit
un jour à l'écart pour me dire, avec beaucoup d'embarras, qu'il avait un secret d'importance à me communiquer. Je l'encourageai à parler librement. Après quelques détours, il me fit entendre qu'un seigneur étranger
semblait avoir pris beaucoup d'amour pour Mademoiselle Manon. Le trouble de mon sang se fit sentir
dans toutes mes veines. En a-t-elle pour lui ? interrompis-je plus brusquement que la prudence ne permettait pour m'éclaircir. Ma vivacité l'effraya. Il me
répondit, d'un air inquiet, que sa pénétration n'avait
pas été si loin, mais qu'ayant observé, depuis plusieurs
jours, que cet étranger venait assidûment au bois de
Boulogne, qu'il y descendait de son carrosse, et que,
s'engageant seul dans les contre-allées, il paraissait
chercher l'occasion de voir ou de rencontrer mademoiselle, il lui était venu à l'esprit de faire quelque
liaison avec ses gens, pour apprendre le nom de leur
maître ; qu'ils le traitaient de prince italien, et qu'ils le
soupçonnaient eux-mêmes de quelque aventure
galante ; qu'il n'avait pu se procurer d'autres lumières,
ajouta-t-il en tremblant, parce que le Prince, étant alors

sorti du bois, s'était approché familièrement de lui, et
lui avait demandé son nom ; après quoi, comme s'il eût
deviné qu'il était à notre service, il l'avait félicité
d'appartenir à la plus charmante personne du monde.

J'attendais impatiemment la suite de ce récit. Il le
finit par des excuses timides, que je n'attribuai qu'à
mes imprudentes agitations. Je le pressai en vain de
continuer sans déguisement. Il me protesta qu'il ne
savait rien de plus, et que, ce qu'il venait de me
raconter étant arrivé le jour précédent, il n'avait pas
revu les gens du prince. Je le rassurai, non seulement
par des éloges, mais par une honnête récompense, et
sans lui marquer la moindre défiance de Manon, je lui
recommandai, d'un ton plus tranquille, de veiller sur
toutes les démarches de l'étranger.

Au fond, sa frayeur me laissa de cruels doutes. Elle
pouvait lui avoir fait supprimer une partie de la vérité.
Cependant, après quelques réflexions, je revins de mes
alarmes, jusqu'à regretter d'avoir donné cette marque
de faiblesse. Je ne pouvais faire un crime à Manon
d'être aimée. Il y avait beaucoup d'apparence qu'elle
ignorait sa conquête ; et quelle vie allais-je mener si
j'étais capable d'ouvrir si facilement l'entrée de mon
cœur à la jalousie ? Je retournai à Paris le jour suivant
sans avoir formé d'autre dessein que de hâter le progrès
de ma fortune en jouant plus gros jeu, pour me mettre
en état de quitter Chaillot au premier sujet d'inquiétude. Le soir, je n'appris rien de nuisible à mon repos.
L'étranger avait reparu au bois de Boulogne, et prenant
droit de ce qui s'y était passé la veille pour se rappro-
cher de mon confident, il lui avait parlé de son amour,
mais dans des termes qui ne supposaient aucune intel-
ligence avec Manon. Il l'avait interrogé sur mille
détails. Enfin, il avait tenté de le mettre dans ses
intérêts par des promesses considérables, et tirant une
lettre qu'il tenait prête, il lui avait offert inutilement
quelques louis d'or pour la rendre à sa maîtresse.

Deux jours se passèrent sans aucun autre incident.
Le troisième fut plus orageux. J'appris, en arrivant de
la ville assez tard, que Manon, pendant sa promenade,
s'était écartée un moment de ses compagnes, et que

l'étranger, qui la suivait à peu de distance, s'étant
approché d'elle au signe qu'elle lui en avait fait, elle lui
avait remis une lettre qu'il avait reçue avec des transports de joie. Il n'avait eu le temps de les exprimer
qu'en baisant amoureusement les caractères, parce
qu'elle s'était aussitôt dérobée. Mais elle avait paru
d'une gaieté extraordinaire pendant le reste du jour, et
depuis qu'elle était rentrée au logis, cette humeur ne
l'avait pas abandonnée. Je frémis, sans doute, à chaque
mot. Es-tu bien sûr, dis-je tristement à mon valet, que
tes yeux ne t'aient pas trompé ? Il prit le Ciel à témoin
de sa bonne foi. Je ne sais à quoi les tourments de mon
cœur m'auraient porté si Manon, qui m'avait entendu
rentrer, ne fût venue au-devant de moi avec un air
d'impatience et des plaintes de ma lenteur. Elle n'attendit point ma réponse pour m'accabler de caresses, et
lorsqu'elle se vit seule avec moi, elle me fit des
reproches fort vifs de l'habitude que je prenais de
revenir si tard. Mon silence lui laissant la liberté de
continuer, elle me dit que, depuis trois semaines, je
n'avais pas passé une journée entière avec elle ; qu'elle
ne pouvait soutenir de si longues absences ; qu'elle me
demandait du moins un jour, par intervalles ; et que,
dès le lendemain, elle voulait me voir près d'elle, du
matin au soir. J'y serai, n'en doutez pas, lui répondis-je
d'un ton assez brusque. Elle marqua peu d'attention
pour mon chagrin, et dans le mouvement de sa joie, qui
me parut en effet d'une vivacité singulière, elle me fit
mille peintures plaisantes de la manière dont elle avait
passé le jour. Étrange fille ! me disais-je à moi-même ;
que dois-je attendre de ce prélude ? L'aventure de notre
première séparation me revint à l'esprit. Cependant je
croyais voir, dans le fond de sa joie et de ses caresses, un
air de vérité qui s'accordait avec les apparences.

Il ne me fut pas difficile de rejeter la tristesse, dont je
ne pus me défendre pendant notre souper, sur une
perte que je me plaignis d'avoir faite au jeu. J'avais
regardé comme un extrême avantage que l'idée de ne
pas quitter Chaillot le jour suivant fût venue d'elle-
même. C'était gagner du temps pour mes délibérations.

Ma présence éloignait toutes sortes de craintes pour le
lendemain, et si je ne remarquais rien qui m'obligeât de
faire éclater mes découvertes, j'étais déjà résolu de
transporter, le jour d'après, mon établissement à la
ville, dans un quartier où je n'eusse rien à démêler avec
les princes. Cet arrangement me fit passer une nuit plus
tranquille, mais il ne m'ôtait pas la douleur d'avoir à
trembler pour une nouvelle infidélité.

A mon réveil, Manon me déclara que, pour passer le
jour dans notre appartement, elle ne prétendait pas que
j'en eusse l'air plus négligé, et qu'elle voulait que mes
cheveux fussent accommodés de ses propres mains. Je
les avais fort beaux. C'était un amusement qu'elle
s'était donné plusieurs fois ; mais elle y apporta plus de
soins que je ne lui en avais jamais vu prendre. Je fus
obligé, pour la satisfaire, de m'asseoir devant sa toilette,
et d'essuyer toutes les petites recherches qu'elle imagina pour ma parure. Dans le cours de son travail, elle
me faisait tourner souvent le visage vers elle, et
s'appuyant des deux mains sur mes épaules, elle me
regardait avec une curiosité avide. Ensuite, exprimant
sa satisfaction par un ou deux baisers, elle me faisait
reprendre ma situation pour continuer son ouvrage. Ce
badinage nous occupa jusqu'à l'heure du dîner. Le goût
qu'elle y avait pris m'avait paru si naturel, et sa gaieté
sentait si peu l'artifice, que ne pouvant concilier des
apparences si constantes avec le projet d'une noire
trahison, je fus tenté plusieurs fois de lui ouvrir mon
cœur, et de me décharger d'un fardeau qui commençait
à me peser. Mais je me flattais, à chaque instant, que
l'ouverture viendrait d'elle, et je m'en faisais d'avance
un délicieux triomphe.

Nous rentrâmes dans son cabinet. Elle se mit à
rajuster mes cheveux, et ma complaisance me faisait
céder à toutes ses volontés, lorsqu'on vint l'avertir que
le prince de... demandait à la voir. Ce nom m'échauffa
jusqu'au transport. Quoi donc ? m'écriai-je en la
repoussant. Qui ? Quel prince ? Elle ne répondit point à
mes questions. Faites-le monter, dit-elle froidement au
valet ; et se tournant vers moi : Cher amant, toi que
j'adore, reprit-elle d'un ton enchanteur, je te demande

un moment de complaisance, un moment, un seul
moment. Je t'en aimerai mille fois plus. Je t'en saurai
gré toute ma vie.

L'indignation et la surprise me lièrent la langue. Elle
répétait ses instances, et je cherchais des expressions
pour les rejeter avec mépris. Mais, entendant ouvrir la
porte de l'antichambre, elle empoigna d'une main mes
cheveux, qui étaient flottants sur mes épaules, elle prit
de l'autre son miroir de toilette ; elle employa toute sa
force pour me traîner dans cet état jusqu'à la porte du
cabinet, et l'ouvrant du genou, elle offrit à l'étranger,
que le bruit semblait avoir arrêté au milieu de la
chambre, un spectacle qui ne dut pas lui causer peu
d'étonnement. Je vis un homme fort bien mis, mais
d'assez mauvaise mine. Dans l'embarras où le jetait
cette scène, il ne laissa pas de faire une profonde
révérence. Manon ne lui donna pas le temps d'ouvrir la
bouche. Elle lui présenta son miroir : Voyez, monsieur, lui dit-elle, regardez-vous bien, et rendez-moi
justice. Vous me demandez de l'amour. Voici l'homme
que j'aime, et que j'ai juré d'aimer toute ma vie. Faites
la comparaison vous-même. Si vous croyez lui pouvoir
disputer mon cœur, apprenez-moi donc sur quel fondement, car je vous déclare qu'aux yeux de votre servante
très humble, tous les princes d'Italie ne valent pas un
des cheveux que je tiens.

Pendant cette folle harangue, qu'elle avait apparemment méditée, je faisais des efforts inutiles pour me
dégager, et prenant pitié d'un homme de considération,
je me sentais porté à réparer ce petit outrage par mes
politesses. Mais, s'étant remis assez facilement, sa
réponse, que je trouvai un peu grossière, me fit perdre
cette disposition. Mademoiselle, mademoiselle, lui
dit-il avec un sourire forcé, j'ouvre en effet les yeux, et
je vous trouve bien moins novice que je ne me l'étais
figuré. Il se retira aussitôt sans jeter les yeux sur elle, en
ajoutant, d'une voix plus basse, que les femmes de
France ne valaient pas mieux que celles d'Italie. Rien
ne m'invitait, dans cette occasion, à lui faire prendre
une meilleure idée du beau sexe.

Manon quitta mes cheveux, se jeta dans un fauteuil,

et fit retentir la chambre de longs éclats de rire. Je ne dissimulerai pas que je fus touché, jusqu'au fond du cœur, d'un sacrifice que je ne pouvais attribuer qu'à l'amour. Cependant la plaisanterie me parut excessive. Je lui en fis des reproches. Elle me raconta que mon rival, après l'avoir obsédée pendant plusieurs jours au bois de Boulogne, et lui avoir fait deviner ses sentiments par des grimaces, avait pris le parti de lui en faire une déclaration ouverte, accompagnée de son nom et de tous ses titres, dans une lettre qu'il lui avait fait remettre par le cocher qui la conduisait avec ses compagnes ; qu'il lui promettait, au-delà des monts, une brillante fortune et des adorations éternelles ; qu'elle était revenue à Chaillot dans la résolution de me communiquer cette aventure, mais qu'ayant conçu que nous en pouvions tirer de l'amusement, elle n'avait pu résister à son imagination ; qu'elle avait offert au Prince italien, par une réponse flatteuse, la liberté de la voir chez elle, et qu'elle s'était fait un second plaisir de me faire entrer dans son plan, sans m'en avoir fait naître le moindre soupçon. Je ne lui dis pas un mot des lumières qui m'étaient venues par une autre voie, et l'ivresse de l'amour triomphant me fit tout approuver.

J'ai remarqué, dans toute ma vie, que le Ciel a toujours choisi, pour me frapper de ses plus rudes châtiments, le temps où ma fortune me semblait le mieux établie. Je me croyais si heureux, avec l'amitié de M. de T... et la tendresse de Manon, qu'on n'aurait pu me faire comprendre que j'eusse à craindre quelque nouveau malheur. Cependant, il s'en préparait un si funeste, qu'il m'a réduit à l'état où vous m'avez vu à Pacy, et par degrés à des extrémités si déplorables que vous aurez peine à croire mon récit fidèle.

Un jour que nous avions M. de T... à souper, nous entendîmes le bruit d'un carrosse qui s'arrêtait à la porte de l'hôtellerie. La curiosité nous fit désirer de savoir qui pouvait arriver à cette heure. On nous dit que c'était le jeune G... M..., c'est-à-dire le fils de notre plus cruel ennemi, de ce vieux débauché qui m'avait mis à Saint-Lazare et Manon à l'Hôpital. Son nom me fit monter la rougeur au visage. C'est le Ciel qui me

l'amène, dis-je à M. de T..., pour le punir de la lâcheté
de son père. Il ne m'échappera pas que nous n'ayons
mesuré nos épées. M. de T..., qui le connaissait et qui
était même de ses meilleurs amis, s'efforça de me faire
prendre d'autres sentiments pour lui. Il m'assura que
c'était un jeune homme très aimable, et si peu capable
d'avoir eu part à l'action de son père que je ne le verrais
pas moi-même un moment sans lui accorder mon
estime et sans désirer la sienne. Après avoir ajouté mille
choses à son avantage, il me pria de consentir qu'il allât
lui proposer de venir prendre place avec nous, et de
s'accommoder du reste de notre souper. Il prévint
l'objection du péril où c'était exposer Manon que de
découvrir sa demeure au fils de notre ennemi, en
protestant, sur son honneur et sur sa foi, que, lorsqu'il
nous connaîtrait, nous n'aurions point de plus zélé
défenseur. Je ne fis difficulté de rien, après de telles
assurances. M. de T... ne nous l'amena point sans avoir
pris un moment pour l'informer qui nous étions. Il
entra d'un air qui nous prévint effectivement en sa
faveur. Il m'embrassa. Nous nous assîmes. Il admira
Manon, moi, tout ce qui nous appartenait, et il mangea
d'un appétit qui fit honneur à notre souper. Lorsqu'on
eut desservi, la conversation devint plus sérieuse. Il
baissa les yeux pour nous parler de l'excès où son père
s'était porté contre nous. Il nous fit les excuses les plus
soumises. Je les abrège, nous dit-il, pour ne pas renouveler un souvenir qui me cause trop de honte. Si elles
étaient sincères dès le commencement, elles le
devinrent bien plus dans la suite, car il n'eut pas passé
une demi-heure dans cet entretien, que je m'aperçus de
l'impression que les charmes de Manon faisaient sur
lui. Ses regards et ses manières s'attendrirent par
degrés. Il ne laissa rien échapper néanmoins dans ses
discours, mais, sans être aidé de la jalousie, j'avais trop
d'expérience en amour pour ne pas discerner ce qui
venait de cette source. Il nous tint compagnie pendant
une partie de la nuit, et il ne nous quitta qu'après s'être
félicité de notre connaissance, et nous avoir demandé la
permission de venir nous renouveler quelquefois l'offre
de ses services. Il partit le matin avec M. de T..., qui se
mit avec lui dans son carrosse.

Je ne me sentais, comme j'ai dit, aucun penchant à la jalousie. J'avais plus de crédulité que jamais pour les serments de Manon. Cette charmante créature était si absolument maîtresse de mon âme que je n'avais pas un seul petit sentiment qui ne fût de l'estime et de l'amour. Loin de lui faire un crime d'avoir plu au jeune G... M..., j'étais ravi de l'effet de ses charmes, et je m'applaudissais d'être aimé d'une fille que tout le monde trouvait aimable. Je ne jugeai pas même à propos de lui communiquer mes soupçons. Nous fûmes occupés, pendant quelques jours, du soin de faire ajuster ses habits, et à délibérer si nous pouvions aller à la Comédie sans appréhender d'être reconnus. M. de T... revint nous voir avant la fin de la semaine. Nous le consultâmes là-dessus. Il vit bien qu'il fallait dire oui, pour faire plaisir à Manon. Nous résolûmes d'y aller le même soir avec lui.

Cependant cette résolution ne put s'exécuter, car m'ayant tiré aussitôt en particulier : Je suis, me dit-il, dans le dernier embarras depuis que je ne vous ai vu, et la visite que je vous fais aujourd'hui en est une suite. G... M... aime votre maîtresse. Il m'en a fait confidence. Je suis son intime ami, et disposé en tout à le servir ; mais je ne suis pas moins le vôtre. J'ai considéré que ses intentions sont injustes et je les ai condamnées. J'aurais gardé son secret s'il n'avait dessein d'employer, pour plaire, que les voies communes, mais il est bien informé de l'humeur de Manon. Il a su, je ne sais d'où, qu'elle aime l'abondance et les plaisirs, et comme il jouit déjà d'un bien considérable, il m'a déclaré qu'il veut la tenter d'abord par un très gros présent et par l'offre de dix mille livres de pension. Toutes choses égales, j'aurais peut-être eu beaucoup plus de violence à me faire pour le trahir, mais la justice s'est jointe en votre faveur à l'amitié ; d'autant plus qu'ayant été la cause imprudente de sa passion, en l'introduisant ici, je suis obligé de prévenir les effets du mal que j'ai causé.

Je remerciai M. de T... d'un service de cette importance, et je lui avouai, avec un parfait retour de confiance, que le caractère de Manon était tel que G... M... se le figurait, c'est-à-dire qu'elle ne pouvait supporter le nom de la pauvreté. Cependant, lui dis-je, lorsqu'il n'est question que du plus ou du moins, je ne la crois pas capable de m'abandonner pour un autre. Je suis en état de ne la laisser manquer de rien, et je compte que ma fortune va croître de jour en jour. Je ne crains qu'une chose, ajoutai-je, c'est que G... M... ne se serve de la connaissance qu'il a de notre demeure pour nous rendre quelque mauvais office. M. de T... m'assura que je devais être sans appréhension de ce côté-là ; que G... M... était capable d'une folie amoureuse, mais qu'il ne l'était point d'une bassesse ; que s'il avait la lâcheté d'en commettre une, il serait le premier, lui qui parlait, à l'en punir et à réparer par là le malheur qu'il avait eu d'y donner occasion. Je vous suis obligé de ce sentiment, repris-je, mais le mal serait fait et le remède fort incertain. Ainsi le parti le plus sage est de le prévenir, en quittant Chaillot pour prendre une autre demeure. Oui, reprit M. de T... Mais vous aurez peine à le faire aussi promptement qu'il faudrait, car G... M... doit être ici à midi ; il me le dit hier, et c'est ce qui m'a porté à venir si matin, pour vous informer de ses vues. Il peut arriver à tout moment.

Un avis si pressant me fit regarder cette affaire d'un œil plus sérieux. Comme il me semblait impossible d'éviter la visite de G... M..., et qu'il me le serait aussi, sans doute, d'empêcher qu'il ne s'ouvrît à Manon, je pris le parti de la prévenir moi-même sur le dessein de ce nouveau rival. Je m'imaginai que, me sachant instruit des propositions qu'il lui ferait, et les recevant à mes yeux, elle aurait assez de force pour les rejeter. Je découvris ma pensée à M. de T..., qui me répondit que cela était extrêmement délicat. Je l'avoue, lui dis-je, mais toutes les raisons qu'on peut avoir d'être sûr d'une maîtresse, je les ai de compter sur l'affection de la mienne. Il n'y aurait que la grandeur des offres qui pût l'éblouir, et je vous ai dit qu'elle ne connaît point l'intérêt. Elle aime ses aises, mais elle m'aime aussi, et, dans la situation où sont mes affaires, je ne saurais croire qu'elle me préfère le fils d'un homme qui l'a mise à l'Hôpital. En un mot, je persistai dans mon dessein, et m'étant retiré à l'écart avec Manon, je lui déclarai naturellement tout ce que je venais d'apprendre.

Elle me remercia de la bonne opinion que j'avais d'elle, et elle me promit de recevoir les offres de G... M... d'une manière qui lui ôterait l'envie de les renouveler. Non, lui dis-je, il ne faut pas l'irriter par une brusquerie. Il peut nous nuire. Mais tu sais assez, toi, friponne, ajoutai-je en riant, comment te défaire d'un amant désagréable ou incommode. Elle reprit, après avoir un peu rêvé : Il me vient un dessein admirable, s'écria-t-elle, et je suis toute glorieuse de l'invention. G... M... est le fils de notre plus cruel ennemi ; il faut nous venger du père, non pas sur le fils, mais sur sa bourse. Je veux l'écouter, accepter ses présents, et me moquer de lui. Le projet est joli, lui dis-je, mais tu ne songes pas, mon pauvre enfant, que c'est le chemin qui nous a conduits droit à l'Hôpital. J'eus beau lui représenter le péril de cette entreprise, elle me dit qu'il ne s'agissait que de bien prendre nos mesures, et elle répondit à toutes mes objections. Donnez-moi un amant qui n'entre point aveuglément dans tous les caprices d'une maîtresse adorée, et je conviendrai que j'eus tort de céder si facilement. La résolution fut prise de faire une dupe de G... M..., et par un tour bizarre de mon sort, il arriva que je devins la sienne.

Nous vîmes paraître son carrosse vers les onze heures. Il nous fit des compliments fort recherchés sur la liberté qu'il prenait de venir dîner avec nous. Il ne fut pas surpris de trouver M. de T..., qui lui avait promis la veille de s'y rendre aussi, et qui avait feint quelques affaires pour se dispenser de venir dans la même voiture. Quoiqu'il n'y eût pas un seul de nous qui ne portât la trahison dans le cœur, nous nous mîmes à table avec un air de confiance et d'amitié. G... M... trouva aisément l'occasion de déclarer ses sentiments à Manon. Je ne dus pas lui paraître gênant, car je m'absentai exprès pendant quelques minutes. Je m'aperçus, à mon retour, qu'on ne l'avait pas désespéré par un excès de rigueur. Il était de la meilleure humeur du monde. J'affectai de le paraître aussi. Il riait intérieurement de ma simplicité, et moi de la sienne. Pendant tout l'après-midi, nous fûmes l'un pour l'autre une scène fort agréable. Je lui ménageai encore, avant son départ, un moment d'entretien particulier avec Manon, de sorte qu'il eut lieu de s'applaudir de ma complaisance autant que de la bonne chère.

Aussitôt qu'il fut monté en carrosse avec M. de T..., Manon accourut à moi, les bras ouverts, et m'embrassa en éclatant de rire. Elle me répéta ses discours et ses propositions, sans y changer un mot. Ils se réduisaient à ceci : il l'adorait. Il voulait partager avec elle quarante mille livres de rente dont il jouissait déjà, sans compter ce qu'il attendait après la mort de son père. Elle allait être maîtresse de son cœur et de sa fortune, et, pour gage de ses bienfaits, il était prêt à lui donner un carrosse, un hôtel meublé, une femme de chambre, trois laquais et un cuisinier. Voilà un fils, dis-je à Manon, bien autrement généreux que son père. Parlons de bonne foi, ajoutai-je ; cette offre ne vous tente-t-elle point ? Moi ? répondit-elle, en ajustant à sa pensée deux vers de Racine :

Moi ! vous me soupçonnez de cette perfidie ?
Moi ! je pourrais souffrir un visage odieux,
Qui rappelle toujours l'Hôpital à mes yeux ?

Non, repris-je, en continuant la parodie :

J'aurais peine à penser que l'Hôpital, Madame,
Fût un trait dont l'Amour l'eût gravé dans votre âme.

Mais c'en est un bien séduisant qu'un hôtel meublé avec un carrosse et trois laquais ; et l'amour en a peu d'aussi forts. Elle me protesta que son cœur était à moi pour toujours, et qu'il ne recevrait jamais d'autres traits que les miens. Les promesses qu'il m'a faites, me dit-elle, sont un aiguillon de vengeance, plutôt qu'un trait d'amour. Je lui demandai si elle était dans le dessein d'accepter l'hôtel et le carrosse. Elle me répondit qu'elle n'en voulait qu'à son argent. La difficulté était d'obtenir l'un sans l'autre. Nous résolûmes d'attendre l'entière explication du projet de G... M...., dans une lettre qu'il avait promis de lui écrire. Elle la reçut en effet le lendemain, par un laquais sans livrée,

qui se procura fort adroitement l'occasion de lui parler
sans témoins. Elle lui dit d'attendre sa réponse, et elle
vint m'apporter aussitôt sa lettre. Nous l'ouvrîmes
ensemble. Outre les lieux communs de tendresse, elle
contenait le détail des promesses de mon rival. Il ne
bornait point sa dépense. Il s'engageait à lui compter
dix mille francs, en prenant possession de l'hôtel, et à
réparer tellement les diminutions de cette somme,
qu'elle l'eût toujours devant elle en argent comptant.
Le jour de l'inauguration n'était pas reculé trop loin : il
ne lui en demandait que deux pour les préparatifs, et il
lui marquait le nom de la rue et de l'hôtel, où il lui
promettait de l'attendre l'après-midi du second jour, si
elle pouvait se dérober de mes mains. C'était l'unique
point sur lequel il la conjurait de le tirer d'inquiétude ;
il paraissait sûr de tout le reste, mais il ajoutait que, si
elle prévoyait de la difficulté à m'échapper, il trouverait
le moyen de rendre sa fuite aisée.

G... M... était plus fin que son père ; il voulait tenir
sa proie avant que de compter ses espèces. Nous
délibérâmes sur la conduite que Manon avait à tenir. Je
fis encore des efforts pour lui ôter cette entreprise de la
tête et je lui en représentai tous les dangers. Rien ne fut
capable d'ébranler sa résolution.

Elle fit une courte réponse à G... M..., pour l'assurer
qu'elle ne trouverait pas de difficulté à se rendre à Paris
le jour marqué, et qu'il pouvait l'attendre avec certitude. Nous réglâmes ensuite que je partirais sur-le-
champ pour aller louer un nouveau logement dans
quelque village, de l'autre côté de Paris, et que je
transporterais avec moi notre petit équipage ; que le
lendemain après-midi, qui était le temps de son assignation, elle se rendrait de bonne heure à Paris ; qu'après
avoir reçu les présents de G... M..., elle le prierait
instamment de la conduire à la Comédie ; qu'elle pren-
drait avec elle tout ce qu'elle pourrait porter de la
somme, et qu'elle chargerait du reste mon valet, qu'elle
voulait mener avec elle. C'était toujours le même qui
l'avait délivrée de l'Hôpital, et qui nous était infiniment
attaché. Je devais me trouver, avec un fiacre, à l'entrée
de la rue Saint-André-des-Arcs, et l'y laisser vers les

sept heures, pour m'avancer dans l'obscurité à la porte
de la Comédie. Manon me promettait d'inventer des
prétextes pour sortir un instant de sa loge, et de
l'employer à descendre pour me rejoindre. L'exécution
du reste était facile. Nous aurions regagné mon fiacre en
un moment, et nous serions sortis de Paris par le
faubourg Saint-Antoine, qui était le chemin de notre
nouvelle demeure.

Ce dessein, tout extravagant qu'il était, nous parut
assez bien arrangé. Mais il y avait, dans le fond, une
folle imprudence à s'imaginer que, quand il eût réussi
le plus heureusement du monde, nous eussions jamais
pu nous mettre à couvert des suites. Cependant, nous
nous exposâmes avec la plus téméraire confiance.
Manon partit avec Marcel : c'est ainsi que se nommait
notre valet. Je la vis partir avec douleur. Je lui dis en
l'embrassant : Manon, ne me trompez point ; me serez-
vous fidèle ? Elle se plaignit tendrement de ma
défiance, et elle me renouvela tous ses serments.

Son compte était d'arriver à Paris sur les trois heures.
Je partis après elle. J'allais me morfondre, le reste de
l'après-midi, dans le café de Féré, au pont Saint-
Michel ; j'y demeurai jusqu'à la nuit. J'en sortis alors
pour prendre un fiacre, que je postai, suivant notre
projet, à l'entrée de la rue Saint-André-des-Arcs ;
ensuite je gagnai à pied la porte de la Comédie. Je fus
surpris de n'y pas trouver Marcel, qui devait être à
m'attendre. Je pris patience pendant une heure,
confondu dans une foule de laquais, et l'œil ouvert sur
tous les passants. Enfin, sept heures étant sonnées, sans
que j'eusse rien aperçu qui eût rapport à nos desseins, je
pris un billet de parterre pour aller voir si je découvri-
rais Manon et G... M... dans les loges. Ils n'y étaient ni
l'un ni l'autre. Je retournai à la porte, où je passai
encore un quart d'heure, transporté d'impatience et
d'inquiétude. N'ayant rien vu paraître, je rejoignis mon
fiacre, sans pouvoir m'arrêter à la moindre résolution.
Le cocher, m'ayant aperçu, vint quelques pas au-
devant de moi pour me dire, d'un air mystérieux,
qu'une jolie demoiselle m'attendait depuis une heure
dans le carrosse ; qu'elle m'avait demandé, à des signes

qu'il avait bien reconnus, et qu'ayant appris que je devais revenir, elle avait dit qu'elle ne s'impatienterait point à m'attendre. Je me figurai aussitôt que c'était Manon. J'approchai, mais je vis un joli petit visage, qui n'était pas le sien. C'était une étrangère, qui me demanda d'abord si elle n'avait pas l'honneur de parler à M. le Chevalier des Grieux. Je lui dis que c'était mon nom. J'ai une lettre à vous rendre, reprit-elle, qui vous instruira du sujet qui m'amène, et par quel rapport j'ai l'avantage de connaître votre nom. Je la priai de me donner le temps de la lire dans un cabaret voisin. Elle voulut me suivre, et elle me conseilla de demander une chambre à part. De qui vient cette lettre ? lui dis-je en montant : elle me remit à la lecture.

Je reconnus la main de Manon. Voici à peu près ce qu'elle me marquait : G... M... l'avait reçue avec une politesse et une magnificence au-delà de toutes ses idées. Il l'avait comblée de présents ; il lui faisait envisager un sort de reine. Elle m'assurait néanmoins qu'elle ne m'oubliait pas dans cette nouvelle splendeur ; mais que, n'ayant pu faire consentir G... M... à la mener ce soir à la Comédie, elle remettait à un autre jour le plaisir de me voir ; et que, pour me consoler un peu de la peine qu'elle prévoyait que cette nouvelle pouvait me causer, elle avait trouvé le moyen de me procurer une des plus jolies filles de Paris, qui serait la porteuse de son billet. *Signé,* votre fidèle amante, MANON LESCAUT.

Il y avait quelque chose de si cruel et de si insultant pour moi dans cette lettre, que demeurant suspendu quelque temps entre la colère et la douleur, j'entrepris de faire un effort pour oublier éternellement mon ingrate et parjure maîtresse. Je jetai les yeux sur la fille qui était devant moi : elle était extrêmement jolie, et j'aurais souhaité qu'elle l'eût été assez pour me rendre parjure et infidèle à mon tour. Mais je n'y trouvai point ces yeux fins et languissants, ce port divin, ce teint de la composition de l'Amour, enfin ce fonds inépuisable de charmes que la nature avait prodigués à la perfide Manon. Non, non, lui dis-je en cessant de la regarder, l'ingrate qui vous envoie savait fort bien qu'elle vous faisait faire une démarche inutile. Retournez à elle, et dites-lui de ma part qu'elle jouisse de son crime, et qu'elle en jouisse, s'il se peut, sans remords. Je l'abandonne sans retour, et je renonce en même temps à toutes les femmes, qui ne sauraient être aussi aimables qu'elle, et qui sont, sans doute, aussi lâches et d'aussi mauvaise foi. Je fus alors sur le point de descendre et de me retirer, sans prétendre davantage à Manon, et la jalousie mortelle qui me déchirait le cœur se déguisant en une morne et sombre tranquillité, je me crus d'autant plus proche de ma guérison que je ne sentais nul de ces mouvements violents dont j'avais été agité dans les mêmes occasions. Hélas ! j'étais la dupe de l'amour autant que je croyais l'être de G... M... et de Manon.

Cette fille qui m'avait apporté la lettre, me voyant prêt à descendre l'escalier, me demanda ce que je voulais donc qu'elle rapportât à M. de G... M... et à la dame qui était avec lui. Je rentrai dans la chambre à cette question, et par un changement incroyable à ceux qui n'ont jamais senti de passions violentes, je me trouvai, tout d'un coup, de la tranquillité où je croyais être, dans un transport terrible de fureur. Va, lui dis-je, rapporte au traître G... M... et à sa perfide maîtresse le désespoir où ta maudite lettre m'a jeté, mais apprends-leur qu'ils n'en riront pas longtemps, et que je les poignarderai tous deux de ma propre main. Je me jetai sur une chaise. Mon chapeau tomba d'un côté, et ma canne de l'autre. Deux ruisseaux de larmes amères commencèrent à couler de mes yeux. L'accès de rage que je venais de sentir se changea dans une profonde douleur ; je ne fis plus que pleurer, en poussant des gémissements et des soupirs. Approche, mon enfant, approche, m'écriai-je en parlant à la jeune fille ; approche, puisque c'est toi qu'on envoie pour me consoler. Dis-moi si tu sais des consolations contre la rage et le désespoir, contre l'envie de se donner la mort à soi-même, après avoir tué deux perfides qui ne méritent pas de vivre. Oui, approche, continuai-je, en voyant qu'elle faisait vers moi quelques pas timides et incertains. Viens essuyer mes larmes, viens rendre la

paix à mon cœur, viens me dire que tu m'aimes, afin
que je m'accoutume à l'être d'une autre que de mon
infidèle. Tu es jolie, je pourrai peut-être t'aimer à mon
tour. Cette pauvre enfant, qui n'avait pas seize ou
dix-sept ans, et qui paraissait avoir plus de pudeur que
ses pareilles, était extraordinairement surprise d'une si
étrange scène. Elle s'approcha néanmoins pour me faire
quelques caresses, mais je l'écartai aussitôt, en la
repoussant de mes mains. Que veux-tu de moi ? lui
dis-je. Ah ! tu es une femme, tu es d'un sexe que je
déteste et que je ne puis plus souffrir. La douceur de
ton visage me menace encore de quelque trahison.
Va-t'en et laisse-moi seul ici. Elle me fit une révérence,
sans oser rien dire, et elle se tourna pour sortir. Je lui
criai de s'arrêter. Mais apprends-moi du moins,
repris-je, pourquoi, comment, à quel dessein tu as été
envoyée ici. Comment as-tu découvert mon nom et le
lieu où tu pouvais me trouver ?

Elle me dit qu'elle connaissait de longue main M. de
G... M... ; qu'il l'avait envoyé chercher à cinq heures,
et qu'ayant suivi le laquais qui l'avait avertie, elle était
allée dans une grande maison, où elle l'avait trouvé qui
jouait au piquet avec une jolie dame, et qu'ils l'avaient
chargée tous deux de me rendre la lettre qu'elle m'avait
apportée, après lui avoir appris qu'elle me trouverait
dans un carrosse au bout de la rue Saint-André. Je lui
demandai s'ils ne lui avaient rien dit de plus. Elle me
répondit, en rougissant, qu'ils lui avaient fait espérer
que je la prendrais pour me tenir compagnie. On t'a
trompée, lui dis-je ; ma pauvre fille, on t'a trompée. Tu
es une femme, il te faut un homme ; mais il t'en faut un
qui soit riche et heureux, et ce n'est pas ici que tu le
peux trouver. Retourne, retourne à M. de G... M... Il a
tout ce qu'il faut pour être aimé des belles ; il a des
hôtels meublés et des équipages à donner. Pour moi,
qui n'ai que de l'amour et de la constance à offrir, les
femmes méprisent ma misère et font leur jouet de ma
simplicité.

J'ajoutai mille choses, ou tristes ou violentes, suivant
que les passions qui m'agitaient tour à tour cédaient ou
emportaient le dessus. Cependant, à force de me tour-

menter, mes transports diminuèrent assez pour faire place à quelques réflexions. Je comparai cette dernière infortune à celles que j'avais déjà essuyées dans le même genre, et je ne trouvai pas qu'il y eût plus à désespérer que dans les premières. Je connaissais Manon ; pourquoi m'affliger tant d'un malheur que j'avais dû prévoir ? Pourquoi ne pas m'employer plutôt à chercher du remède ? Il était encore temps. Je devais du moins n'y pas épargner mes soins, si je ne voulais avoir à me reprocher d'avoir contribué, par ma négligence, à mes propres peines. Je me mis là-dessus à considérer tous les moyens qui pouvaient m'ouvrir un chemin à l'espérance.

Entreprendre de l'arracher avec violence des mains de G... M..., c'était un parti désespéré, qui n'était propre qu'à me perdre, et qui n'avait pas la moindre apparence de succès. Mais il me semblait que si j'eusse pu me procurer le moindre entretien avec elle, j'aurais gagné infailliblement quelque chose sur son cœur. J'en connaissais si bien tous les endroits sensibles ! J'étais si sûr d'être aimé d'elle ! Cette bizarrerie même de m'avoir envoyé une jolie fille pour me consoler, j'aurais parié qu'elle venait de son invention, et que c'était un effet de sa compassion pour mes peines. Je résolus d'employer toute mon industrie pour la voir. Parmi quantité de voies que j'examinai l'une après l'autre, je m'arrêtai à celle-ci. M. de T... avait commencé à me rendre service avec trop d'affection pour me laisser le moindre doute de sa sincérité et de son zèle. Je me proposai d'aller chez lui sur-le-champ, et de l'engager à faire appeler G... M..., sous le prétexte d'une affaire importante. Il ne me fallait qu'une demi-heure pour parler à Manon. Mon dessein était de me faire introduire dans sa chambre même, et je crus que cela me serait aisé dans l'absence de G... M... Cette résolution m'ayant rendu plus tranquille, je payai libéralement la jeune fille, qui était encore avec moi, et pour lui ôter l'envie de retourner chez ceux qui me l'avaient envoyée, je pris son adresse, en lui faisant espérer que j'irais passer la nuit avec elle. Je montai dans mon fiacre, et je me fis conduire à grand train chez M. de

T... Je fus assez heureux pour l'y trouver. J'avais eu, là-dessus, de l'inquiétude en chemin. Un mot le mit au fait de mes peines et du service que je venais lui demander. Il fut si étonné d'apprendre que G... M... avait pu séduire Manon, qu'ignorant que j'avais eu part moi-même à mon malheur, il m'offrit généreusement de rassembler tous ses amis, pour employer leurs bras et leurs épées à la délivrance de ma maîtresse. Je lui fis comprendre que cet éclat pouvait être pernicieux à Manon et à moi. Réservons notre sang, lui dis-je, pour l'extrémité. Je médite une voie plus douce et dont je n'espère pas moins de succès. Il s'engagea, sans exception, à faire tout ce que je demanderais de lui ; et lui ayant répété qu'il ne s'agissait que de faire avertir G... M... qu'il avait à lui parler, et de le tenir dehors une heure ou deux, il partit aussitôt avec moi pour me satisfaire.

Nous cherchâmes de quel expédient il pourrait se servir pour l'arrêter si longtemps. Je lui conseillai de lui écrire d'abord un billet simple, daté d'un cabaret, par lequel il le prierait de s'y rendre aussitôt, pour une affaire si importante qu'elle ne pouvait souffrir de délai. J'observerai, ajoutai-je, le moment de sa sortie, et je m'introduirai sans peine dans la maison, n'y étant connu que de Manon et de Marcel, qui est mon valet. Pour vous, qui serez pendant ce temps-là avec G... M..., vous pourrez lui dire que cette affaire importante, pour laquelle vous souhaitez de lui parler, est un besoin d'argent, que vous venez de perdre le vôtre au jeu, et que vous avez joué beaucoup plus sur votre parole, avec le même malheur. Il lui faudra du temps pour vous mener à son coffre-fort, et j'en aurai suffisamment pour exécuter mon dessein.

M. de T... suivit cet arrangement de point en point. Je le laissai dans un cabaret, où il écrivit promptement sa lettre. J'allai me placer à quelques pas de la maison de Manon. Je vis arriver le porteur du message, et G... M... sortir à pied, un moment après, suivi d'un laquais. Lui ayant laissé le temps de s'éloigner de la rue, je m'avançai à la porte de mon infidèle, et malgré toute ma colère, je frappai avec le respect qu'on a pour un temple. Heureusement, ce fut Marcel qui vint m'ouvrir. Je lui fis signe de se taire. Quoique je n'eusse rien à craindre des autres domestiques, je lui demandai tout bas s'il pouvait me conduire dans la chambre où était Manon, sans que je fusse aperçu. Il me dit que cela était aisé en montant doucement par le grand escalier. Allons donc promptement, lui dis-je, et tâche d'empêcher, pendant que j'y serai, qu'il n'y monte personne. Je pénétrai sans obstacle jusqu'à l'appartement.

Manon était occupée à lire. Ce fut là que j'eus lieu d'admirer le caractère de cette étrange fille. Loin d'être effrayée et de paraître timide en m'apercevant, elle ne donna que ces marques légères de surprise dont on n'est pas le maître à la vue d'une personne qu'on croit éloignée. Ah! c'est vous, mon amour, me dit-elle en venant m'embrasser avec sa tendresse ordinaire. Bon Dieu! que vous êtes hardi! Qui vous aurait attendu aujourd'hui dans ce lieu? Je me dégageai de ses bras, et loin de répondre à ses caresses, je la repoussai avec dédain, et je fis deux ou trois pas en arrière pour m'éloigner d'elle. Ce mouvement ne laissa pas de la déconcerter. Elle demeura dans la situation où elle était et elle jeta les yeux sur moi en changeant de couleur. J'étais, dans le fond, si charmé de la revoir, qu'avec tant de justes sujets de colère, j'avais à peine la force d'ouvrir la bouche pour la quereller. Cependant mon cœur saignait du cruel outrage qu'elle m'avait fait. Je le rappelais vivement à ma mémoire, pour exciter mon dépit, et je tâchais de faire briller dans mes yeux un autre feu que celui de l'amour. Comme je demeurai quelque temps en silence, et qu'elle remarqua mon agitation, je la vis trembler, apparemment par un effet de sa crainte.

Je ne pus soutenir ce spectacle. Ah! Manon, lui dis-je d'un ton tendre, infidèle et parjure Manon! par où commencerai-je à me plaindre? Je vous vois pâle et tremblante, et je suis encore si sensible à vos moindres peines, que je crains de vous affliger trop par mes reproches. Mais, Manon, je vous le dis, j'ai le cœur percé de la douleur de votre trahison. Ce sont là des coups qu'on ne porte point à un amant, quand on n'a pas résolu sa mort. Voici la troisième fois, Manon, je les ai bien comptées ; il est impossible que cela s'oublie. C'est à vous de considérer, à l'heure même, quel parti vous voulez prendre, car mon triste cœur n'est plus à l'épreuve d'un si cruel traitement. Je sens qu'il succombe et qu'il est prêt à se fendre de douleur. Je n'en puis plus, ajoutai-je en m'asseyant sur une chaise ; j'ai à peine la force de parler et de me soutenir.

Elle ne me répondit point, mais, lorsque je fus assis, elle se laissa tomber à genoux et elle appuya sa tête sur les miens, en cachant son visage de mes mains. Je sentis en un instant qu'elle les mouillait de ses larmes. Dieux ! de quels mouvements n'étais-je point agité ! Ah ! Manon, Manon, repris-je avec un soupir, il est bien tard de me donner des larmes, lorsque vous avez causé ma mort. Vous affectez une tristesse que vous ne sauriez sentir. Le plus grand de vos maux est sans doute ma présence, qui a toujours été importune à vos plaisirs. Ouvrez les yeux, voyez qui je suis ; on ne verse pas des pleurs si tendres pour un malheureux qu'on a trahi, et qu'on abandonne cruellement. Elle baisait mes mains sans changer de posture. Inconstante Manon, repris-je encore, fille ingrate et sans foi, où sont vos promesses et vos serments ? Amante mille fois volage et cruelle, qu'as-tu fait de cet amour que tu me jurais encore aujourd'hui ? Juste Ciel, ajoutai-je, est-ce ainsi qu'une infidèle se rit de vous, après vous avoir attesté si saintement ? C'est donc le parjure qui est récompensé ! Le désespoir et l'abandon sont pour la constance et la fidélité.

Ces paroles furent accompagnées d'une réflexion si amère, que j'en laissai échapper malgré moi quelques larmes. Manon s'en aperçut au changement de ma voix. Elle rompit enfin le silence. Il faut bien que je sois coupable, me dit-elle tristement, puisque j'ai pu vous causer tant de douleur et d'émotion ; mais que le Ciel me punisse si j'ai cru l'être, ou si j'ai eu la pensée de le devenir ! Ce discours me parut si dépourvu de sens et de bonne foi, que je ne pus me défendre d'un vif mouvement de colère. Horrible dissimulation ! m'écriai-je. Je vois mieux que jamais que tu n'es qu'une

coquine et une perfide. C'est à présent que je connais
ton misérable caractère. Adieu, lâche créature, continuai-je en me levant ; j'aime mieux mourir mille fois
que d'avoir désormais le moindre commerce avec toi.
Que le Ciel me punisse moi-même si je t'honore jamais
du moindre regard ! Demeure avec ton nouvel amant,
aime-le, déteste-moi, renonce à l'honneur, au bon
sens ; je m'en ris, tout m'est égal.

Elle fut si épouvantée de ce transport, que, demeurant à genoux près de la chaise d'où je m'étais levé, elle
me regardait en tremblant et sans oser respirer. Je fis
encore quelques pas vers la porte, en tournant la tête, et
tenant les yeux fixés sur elle. Mais il aurait fallu que
j'eusse perdu tous sentiments d'humanité pour
m'endurcir contre tant de charmes. J'étais si éloigné
d'avoir cette force barbare que, passant tout d'un coup
à l'extrémité opposée, je retournai vers elle, ou plutôt je
m'y précipitai sans réflexion. Je la pris entre mes bras,
je lui donnai mille tendres baisers. Je lui demandai
pardon de mon emportement. Je confessai que j'étais
un brutal, et que je ne méritais pas le bonheur d'être
aimé d'une fille comme elle. Je la fis asseoir, et, m'étant
mis à genoux à mon tour, je la conjurai de m'écouter en
cet état. Là, tout ce qu'un amant soumis et passionné
peut imaginer de plus respectueux et de plus tendre, je
le renfermai en peu de mots dans mes excuses. Je lui
demandai en grâce de prononcer qu'elle me pardon-
nait. Elle laissa tomber ses bras sur mon cou, en disant
que c'était elle-même qui avait besoin de ma bonté pour
me faire oublier les chagrins qu'elle me causait, et
qu'elle commençait à craindre avec raison que je ne
goûtasse point ce qu'elle avait à me dire pour se
justifier. Moi ! interrompis-je aussitôt, ah ! je ne vous
demande point de justifications. J'approuve tout ce que
vous avez fait. Ce n'est point à moi d'exiger des raisons
de votre conduite ; trop content, trop heureux, si ma
chère Manon ne m'ôte point la tendresse de son cœur !
Mais, continuai-je, en réfléchissant sur l'état de mon
sort, toute-puissante Manon ! vous qui faites à votre gré
mes joies et mes douleurs, après vous avoir satisfait par
mes humiliations et par les marques de mon repentir,

ne me sera-t-il point permis de vous parler de ma
tristesse et de mes peines ? Apprendrai-je de vous ce
qu'il faut que je devienne aujourd'hui, et si c'est sans
retour que vous allez signer ma mort, en passant la nuit
avec mon rival ?

Elle fut quelque temps à méditer sa réponse : Mon
Chevalier, me dit-elle, en reprenant un air tranquille, si
vous vous étiez d'abord expliqué si nettement, vous
vous seriez épargné bien du trouble et à moi une scène
bien affligeante. Puisque votre peine ne vient que de
votre jalousie, je l'aurais guérie en m'offrant à vous
suivre sur-le-champ au bout du monde. Mais je me suis
figuré que c'était la lettre que je vous ai écrite sous les
yeux de M. de G... M... et la fille que nous vous avons
envoyée qui causaient votre chagrin. J'ai cru que vous
auriez pu regarder ma lettre comme une raillerie et cette
fille, en vous imaginant qu'elle était allée vous trouver
de ma part, comme une déclaration que je renonçais à
vous pour m'attacher à G... M... C'est cette pensée qui
m'a jetée tout d'un coup dans la consternation, car,
quelque innocente que je fusse, je trouvais, en y pen-
sant, que les apparences ne m'étaient pas favorables.
Cependant, continua-t-elle, je veux que vous soyez mon
juge, après que je vous aurai expliqué la vérité du fait.

Elle m'apprit alors tout ce qui lui était arrivé depuis
qu'elle avait trouvé G... M..., qui l'attendait dans le
lieu où nous étions. Il l'avait reçue effectivement
comme la première princesse du monde. Il lui avait
montré tous les appartements, qui étaient d'un goût et
d'une propreté admirables. Il lui avait compté dix mille
livres dans son cabinet, et il y avait ajouté quelques
bijoux, parmi lesquels étaient le collier et les bracelets
de perles qu'elle avait déjà eus de son père. Il l'avait
menée de là dans un salon qu'elle n'avait pas encore vu,
où elle avait trouvé une collation exquise. Il l'avait fait
servir par les nouveaux domestiques qu'il avait pris
pour elle, en leur ordonnant de la regarder désormais
comme leur maîtresse. Enfin, il lui avait fait voir le
carrosse, les chevaux et tout le reste de ses présents ;
après quoi, il lui avait proposé une partie de jeu, pour
attendre le souper. Je vous avoue, continua-t-elle, que

j'ai été frappée de cette magnificence. J'ai fait réflexion
que ce serait dommage de nous priver tout d'un coup de
tant de biens, en me contentant d'emporter les dix mille
francs et les bijoux, que c'était une fortune toute faite
pour vous et pour moi, et que nous pourrions vivre
agréablement aux dépens de G... M... Au lieu de lui
proposer la Comédie, je me suis mis dans la tête de le
sonder sur votre sujet, pour pressentir quelles facilités
nous aurions à nous voir, en supposant l'exécution de
mon système. Je l'ai trouvé d'un caractère fort traitable.
Il m'a demandé ce que je pensais de vous, et si je n'avais
pas eu quelque regret à vous quitter. Je lui ai dit que
vous étiez si aimable et que vous en aviez toujours usé si
honnêtement avec moi, qu'il n'était pas naturel que je
pusse vous haïr. Il a confessé que vous aviez du mérite,
et qu'il s'était senti porté à désirer votre amitié. Il a
voulu savoir de quelle manière je croyais que vous
prendriez mon départ, surtout lorsque vous viendriez à
savoir que j'étais entre ses mains. Je lui ai répondu que
la date de notre amour était déjà si ancienne qu'il avait
eu le temps de se refroidir un peu, que vous n'étiez pas
d'ailleurs fort à votre aise, et que vous ne regarderiez
peut-être pas ma perte comme un grand malheur, parce
qu'elle vous déchargerait d'un fardeau qui vous pesait
sur les bras. J'ai ajouté qu'étant tout à fait convaincue
que vous agiriez pacifiquement, je n'avais pas fait
difficulté de vous dire que je venais à Paris pour
quelques affaires, que vous y aviez consenti et qu'y
étant venu vous-même, vous n'aviez pas paru extrêmement inquiet, lorsque je vous avais quitté. Si je croyais,
m'a-t-il dit, qu'il fût d'humeur à bien vivre avec moi, je
serais le premier à lui offrir mes services et mes civilités.
Je l'ai assuré que, du caractère dont je vous connaissais,
je ne doutais point que vous n'y répondissiez honnêtement, surtout, lui ai-je dit, s'il pouvait vous servir dans
vos affaires qui étaient fort dérangées depuis que vous
étiez mal avec votre famille. Il m'a interrompue, pour
me protester qu'il vous rendrait tous les services qui
dépendraient de lui, et que, si vous vouliez même vous
embarquer dans un autre amour, il vous procurerait
une jolie maîtresse, qu'il avait quittée pour s'attacher à

moi. J'ai applaudi à son idée, ajouta-t-elle, pour prévenir plus parfaitement tous ses soupçons, et me confir-
mant de plus en plus dans mon projet, je ne souhaitais
que de pouvoir trouver le moyen de vous en informer,
de peur que vous ne fussiez trop alarmé lorsque vous
me verriez manquer à notre assignation. C'est dans
cette vue que je lui ai proposé de vous envoyer cette
nouvelle maîtresse dès le soir même, afin d'avoir une
occasion de vous écrire ; j'étais obligée d'avoir recours à
cette adresse, parce que je ne pouvais espérer qu'il me
laissât libre un moment. Il a ri de ma proposition. Il a
appelé son laquais, et lui ayant demandé s'il pourrait
retrouver sur-le-champ son ancienne maîtresse, il l'a
envoyé de côté et d'autre pour la chercher. Il s'imaginait que c'était à Chaillot qu'il fallait qu'elle allât vous
trouver, mais je lui ai appris qu'en vous quittant je vous
avais promis de vous rejoindre à la Comédie, ou que, si
quelque raison m'empêchait d'y aller, vous vous étiez
engagé à m'attendre dans un carrosse au bout de la rue
S[aint]-André ; qu'il valait mieux, par conséquent,
vous envoyer là votre nouvelle amante, ne fût-ce que
pour vous empêcher de vous y morfondre pendant
toute la nuit. Je lui ai dit encore qu'il était à propos de
vous écrire un mot pour vous avertir de cet échange,
que vous auriez peine à comprendre sans cela. Il y a
consenti, mais j'ai été obligée d'écrire en sa présence, et
je me suis bien gardée de m'expliquer trop ouvertement
dans ma lettre. Voilà, ajouta Manon, de quelle manière
les choses se sont passées. Je ne vous déguise rien, ni de
ma conduite, ni de mes desseins. La jeune fille est
venue, je l'ai trouvée jolie, et comme je ne doutais point
que mon absence ne vous causât de la peine, c'était
sincèrement que je souhaitais qu'elle pût servir à vous
désennuyer quelques moments, car la fidélité que je
souhaite de vous est celle du cœur. J'aurais été ravie de
pouvoir vous envoyer Marcel, mais je n'ai pu me
procurer un moment pour l'instruire de ce que j'avais à
vous faire savoir. Elle conclut enfin son récit, en
m'apprenant l'embarras où G... M... s'était trouvé en
recevant le billet de M. de T... Il a balancé, me dit-elle,
s'il devait me quitter, et il m'a assuré que son retour ne

tarderait point. C'est ce qui fait que je ne vous vois point ici sans inquiétude, et que j'ai marqué de la surprise à votre arrivée.

J'écoutai ce discours avec beaucoup de patience. J'y trouvais assurément quantité de traits cruels et mortifiants pour moi, car le dessein de son infidélité était si clair qu'elle n'avait pas même eu le soin de me le déguiser. Elle ne pouvait espérer que G... M... la laissât, toute la nuit, comme une vestale. C'était donc avec lui qu'elle comptait de la passer. Quel aveu pour un amant ! Cependant, je considérai que j'étais cause en partie de sa faute, par la connaissance que je lui avais donnée d'abord des sentiments que G... M... avait pour elle, et par la complaisance que j'avais eue d'entrer aveuglément dans le plan téméraire de son aventure. D'ailleurs, par un tour naturel de génie qui m'est particulier, je fus touché de l'ingénuité de son récit, et de cette manière bonne et ouverte avec laquelle elle me racontait jusqu'aux circonstances dont j'étais le plus offensé. Elle pèche sans malice, disais-je en moi-même ; elle est légère et imprudente, mais elle est droite et sincère. Ajoutez que l'amour suffisait seul pour me fermer les yeux sur toutes ses fautes. J'étais trop satisfait de l'espérance de l'enlever le soir même à mon rival. Je lui dis néanmoins : Et la nuit, avec qui l'auriez-vous passée ? Cette question, que je lui fis tristement, l'embarrassa. Elle ne me répondit que par des mais et des si interrompus. J'eus pitié de sa peine, et rompant ce discours, je lui déclarai naturellement que j'attendais d'elle qu'elle me suivît à l'heure même. Je le veux bien, me dit-elle ; mais vous n'approuvez donc pas mon projet ? Ah ! n'est-ce pas assez, repartis-je, que j'approuve tout ce que vous avez fait jusqu'à présent ? Quoi ! nous n'emporterons pas même les dix mille francs ? répliqua-t-elle. Il me les a donnés. Ils sont à moi. Je lui conseillai d'abandonner tout, et de ne penser qu'à nous éloigner promptement, car, quoiqu'il y eût à peine une demi-heure que j'étais avec elle, je craignais le retour de G... M... Cependant, elle me fit de si pressantes instances pour me faire consentir à ne pas sortir les mains vides, que je crus lui devoir accorder quelque chose après avoir tant obtenu d'elle.

Dans le temps que nous nous préparions au départ, j'entendis frapper à la porte de la rue. Je ne doutai nullement que ce ne fût G... M..., et dans le trouble où cette pensée me jeta, je dis à Manon que c'était un homme mort s'il paraissait. Effectivement, je n'étais pas assez revenu de mes transports pour me modérer à sa vue. Marcel finit ma peine en m'apportant un billet qu'il avait reçu pour moi à la porte. Il était de M. de T... Il me marquait que, G... M... étant allé lui chercher de l'argent à sa maison, il profitait de son absence pour me communiquer une pensée fort plaisante : qu'il lui semblait que je ne pouvais me venger plus agréablement de mon rival qu'en mangeant son souper et en couchant, cette nuit même, dans le lit qu'il espérait d'occuper avec ma maîtresse ; que cela lui paraissait assez facile, si je pouvais m'assurer de trois ou quatre hommes qui eussent assez de résolution pour l'arrêter dans la rue, et de fidélité pour le garder à vue jusqu'au lendemain ; que, pour lui, il promettait de l'amuser encore une heure pour le moins, par des raisons qu'il tenait prêtes pour son retour. Je montrai ce billet à Manon, et je lui appris de quelle ruse je m'étais servi pour m'introduire librement chez elle. Mon invention et celle de M. de T... lui parurent admirables. Nous en rîmes à notre aise pendant quelques moments. Mais, lorsque je lui parlai de la dernière comme d'un badinage, je fus surpris qu'elle insistât sérieusement à me la proposer comme une chose dont l'idée la ravissait. En vain lui demandai-je où elle voulait que je trouvasse, tout d'un coup, des gens propres à arrêter G... M... et à le garder fidèlement. Elle me dit qu'il fallait du moins tenter, puisque M. de T... nous garantissait encore une heure, et pour réponse à mes autres objections, elle me dit que je faisais le tyran et que je n'avais pas de complaisance pour elle. Elle ne trouvait rien de si joli que ce projet. Vous aurez son couvert à souper, me répétait-elle, vous coucherez dans ses draps, et, demain, de grand matin, vous enlèverez sa maîtresse et son argent. Vous serez bien vengé du père et du fils.

Je cédai à ses instances, malgré les mouvements

secrets de mon cœur qui semblaient me présager une catastrophe malheureuse. Je sortis, dans le dessein de prier deux ou trois gardes du corps, avec lesquels Lescaut m'avait mis en liaison, de se charger du soin d'arrêter G... M... Je n'en trouvai qu'un au logis, mais c'était un homme entreprenant, qui n'eut pas plutôt su de quoi il était question qu'il m'assura du succès. Il me demanda seulement dix pistoles, pour récompenser trois soldats aux gardes, qu'il prit la résolution d'employer, en se mettant à leur tête. Je le priai de ne pas perdre de temps. Il les assembla en moins d'un quart d'heure. Je l'attendais à sa maison, et lorsqu'il fut de retour avec ses associés, je le conduisis moi-même au coin d'une rue par laquelle G... M... devait nécessaire-ment rentrer dans celle de Manon. Je lui recommandai de ne le pas maltraiter, mais de le garder si étroitement jusqu'à sept heures du matin, que je pusse être assuré qu'il ne lui échapperait pas. Il me dit que son dessein était de le conduire à sa chambre et de l'obliger à se déshabiller, ou même à se coucher dans son lit, tandis que lui et ses trois braves passeraient la nuit à boire et à jouer. Je demeurai avec eux jusqu'au moment où je vis paraître G... M..., et je me retirai alors quelques pas au-dessous, dans un endroit obscur, pour être témoin d'une scène si extraordinaire. Le garde du corps l'aborda, le pistolet au poing, et lui expliqua civilement qu'il n'en voulait ni à sa vie ni à son argent, mais que, s'il faisait la moindre difficulté de le suivre, ou s'il jetait le moindre cri, il allait lui brûler la cervelle. G... M..., le voyant soutenu par trois soldats, et craignant sans doute la bourre du pistolet, ne fit pas de résistance. Je le vis emmener comme un mouton.

Je retournai aussitôt chez Manon, et pour ôter tout soupçon aux domestiques, je lui dis, en entrant, qu'il ne fallait pas attendre M. de G... M... pour souper, qu'il lui était survenu des affaires qui le retenaient malgré lui, et qu'il m'avait prié de venir lui en faire ses excuses et souper avec elle, ce que je regardais comme une grande faveur auprès d'une si belle dame. Elle seconda fort adroitement mon dessein. Nous nous mîmes à table. Nous y prîmes un air grave, pendant que les laquais demeurèrent à nous servir. Enfin, les ayant congédiés, nous passâmes une des plus charmantes soirées de notre vie. J'ordonnai en secret à Marcel de chercher un fiacre et de l'avertir de se trouver le lendemain à la porte, avant six heures du matin. Je feignis de quitter Manon vers minuit ; mais étant rentré doucement, par le secours de Marcel, je me préparai à occuper le lit de G... M..., comme j'avais rempli sa place à table. Pendant ce temps-là, notre mauvais génie travaillait à nous perdre. Nous étions dans le délire du plaisir, et le glaive était suspendu sur nos têtes. Le fil qui le soutenait allait se rompre. Mais, pour faire mieux entendre toutes les circonstances de notre ruine, il faut en éclaircir la cause.

G... M... était suivi d'un laquais, lorsqu'il avait été arrêté par le garde du corps. Ce garçon, effrayé de l'aventure de son maître, retourna en fuyant sur ses pas, et la première démarche qu'il fit, pour le secourir, fut d'aller avertir le vieux G... M... de ce qui venait d'arriver. Une si fâcheuse nouvelle ne pouvait manquer de l'alarmer beaucoup : il n'avait que ce fils, et sa vivacité était extrême pour son âge. Il voulut savoir d'abord du laquais tout ce que son fils avait fait l'après-midi, s'il s'était querellé avec quelqu'un, s'il avait pris part au démêlé d'un autre, s'il s'était trouvé dans quelque maison suspecte. Celui-ci, qui croyait son maître dans le dernier danger et qui s'imaginait ne devoir plus rien ménager pour lui procurer du secours, découvrit tout ce qu'il savait de son amour pour Manon et la dépense qu'il avait faite pour elle, la manière dont il avait passé l'après-midi dans sa maison jusqu'aux environs de neuf heures, sa sortie et le malheur de son retour. C'en fut assez pour faire soupçonner au vieillard que l'affaire de son fils était une querelle d'amour. Quoiqu'il fût au moins dix heures et demie du soir, il ne balança point à se rendre aussitôt chez M. le Lieutenant de Police. Il le pria de faire donner des ordres parti-culiers à toutes les escouades du guet, et lui en ayant demandé une pour se faire accompagner, il courut lui-même vers la rue où son fils avait été arrêté. Il visita tous les endroits de la ville où il espérait de le pouvoir trouver, et n'ayant pu découvrir ses traces, il se fit conduire enfin à la maison de sa maîtresse, où il se figura qu'il pouvait être retourné.

J'allais me mettre au lit, lorsqu'il arriva. La porte de la chambre étant fermée, je n'entendis point frapper à celle de la rue ; mais il entra suivi de deux archers, et s'étant informé inutilement de ce qu'était devenu son fils, il lui prit envie de voir sa maîtresse, pour tirer d'elle quelque lumière. Il monte à l'appartement, toujours accompagné de ses archers. Nous étions prêts à nous mettre au lit. Il ouvre la porte, et il nous glace le sang par sa vue. O Dieu ! c'est le vieux G... M..., dis-je à Manon. Je saute sur mon épée ; elle était malheureusement embarrassée dans mon ceinturon. Les archers, qui virent mon mouvement, s'approchèrent aussitôt pour me la saisir. Un homme en chemise est sans résistance. Ils m'ôtèrent tous les moyens de me défendre.

G... M..., quoique troublé par ce spectacle, ne tarda point à me reconnaître. Il remit encore plus aisément Manon. Est-ce une illusion ? nous dit-il gravement ; ne vois-je point le chevalier des Grieux et Manon Lescaut ? J'étais si enragé de honte et de douleur, que je ne lui fis pas de réponse. Il parut rouler, pendant quelque temps, diverses pensées dans sa tête, et comme si elles eussent allumé tout d'un coup sa colère, il s'écria en s'adressant à moi : Ah ! malheureux, je suis sûr que tu as tué mon fils ! Cette injure me piqua vivement. Vieux scélérat, lui répondis-je avec fierté, si j'avais eu à tuer quelqu'un de ta famille, c'est par toi que j'aurais commencé. Tenez-le bien, dit-il aux archers. Il faut qu'il me dise des nouvelles de mon fils ; je le ferai pendre demain, s'il ne m'apprend tout à l'heure ce qu'il en a fait. Tu me feras pendre ? repris-je. Infâme ! ce sont tes pareils qu'il faut chercher au gibet. Apprends que je suis d'un sang plus noble et plus pur que le tien. Oui, ajoutai-je, je sais ce qui est arrivé à ton fils, et si tu m'irrites davantage, je le ferai étrangler avant qu'il soit demain, et je te promets le même sort après lui.

Je commis une imprudence en lui confessant que je savais où était son fils ; mais l'excès de ma colère me fit faire cette indiscrétion. Il appela aussitôt cinq ou six autres archers, qui l'attendaient à la porte, et il leur ordonna de s'assurer de tous les domestiques de la maison. Ah ! monsieur le chevalier, reprit-il d'un ton railleur, vous savez où est mon fils et vous le ferez étrangler, dites-vous ? Comptez que nous y mettrons bon ordre. Je sentis aussitôt la faute que j'avais commise. Il s'approcha de Manon, qui était assise sur le lit en pleurant ; il lui dit quelques galanteries ironiques sur l'empire qu'elle avait sur le père et sur le fils, et sur le bon usage qu'elle en faisait. Ce vieux monstre d'incontinence voulut prendre quelques familiarités avec elle. Garde-toi de la toucher ! m'écriai-je, il n'y aurait rien de sacré qui te pût sauver de mes mains. Il sortit en laissant trois archers dans la chambre, auxquels il ordonna de nous faire prendre promptement nos habits.

Je ne sais quels étaient alors ses desseins sur nous. Peut-être eussions-nous obtenu la liberté en lui apprenant où était son fils. Je méditais, en m'habillant, si ce n'était pas le meilleur parti. Mais, s'il était dans cette disposition en quittant notre chambre, elle était bien changée lorsqu'il y revint. Il était allé interroger les domestiques de Manon, que les archers avaient arrêtés. Il ne put rien apprendre de ceux qu'elle avait reçus de son fils, mais, lorsqu'il sut que Marcel nous avait servis auparavant, il résolut de le faire parler en l'intimidant par des menaces.

C'était un garçon fidèle, mais simple et grossier. Le souvenir de ce qu'il avait fait à l'Hôpital, pour délivrer Manon, joint à la terreur que G... M... lui inspirait, fit tant d'impression sur son esprit faible qu'il s'imagina qu'on allait le conduire à la potence ou sur la roue. Il promit de découvrir tout ce qui était venu à sa connaissance, si l'on voulait lui sauver la vie. G... M... se persuada là-dessus qu'il y avait quelque chose, dans nos affaires, de plus sérieux et de plus criminel qu'il n'avait eu lieu jusque-là de se le figurer. Il offrit à Marcel, non seulement la vie, mais des récompenses pour sa confession. Ce malheureux lui apprit une partie de notre dessein, sur lequel nous n'avions pas fait difficulté de nous entretenir devant lui, parce qu'il devait y entrer pour quelque chose. Il est vrai qu'il ignorait entièrement les changements que nous y avions faits à Paris ; mais il avait été informé, en partant de Chaillot, du plan de l'entreprise et du rôle qu'il y devait jouer. Il lui déclara donc que notre vue était de duper son fils, et que Manon devait recevoir, ou avait déjà reçu, dix mille francs, qui, selon notre projet, ne retourneraient jamais aux héritiers de la maison de G... M...

Après cette découverte, le vieillard emporté remonta brusquement dans notre chambre. Il passa, sans parler, dans le cabinet, où il n'eut pas de peine à trouver la somme et les bijoux. Il revint à nous avec un visage enflammé, et, nous montrant ce qu'il lui plut de nommer notre larcin, il nous accabla de reproches outrageants. Il fit voir de près, à Manon, le collier de perles et les bracelets. Les reconnaissez-vous ? lui dit-il avec un sourire moqueur. Ce n'était pas la première fois que vous les eussiez vus. Les mêmes, sur ma foi. Ils étaient de votre goût, ma belle ; je me le persuade aisément. Les pauvres enfants ! ajouta-t-il. Ils sont bien aimables, en effet, l'un et l'autre ; mais ils sont un peu fripons. Mon cœur crevait de rage à ce discours insultant. J'aurais donné, pour être libre un moment... Juste Ciel ! que n'aurais-je pas donné ! Enfin, je me fis violence pour lui dire, avec une modération qui n'était qu'un raffinement de fureur ; Finissons, monsieur, ces insolentes railleries. De quoi est-il question ? Voyons, que prétendez-vous faire de nous ? Il est question, monsieur le chevalier, me répondit-il, d'aller de ce pas au Châtelet. Il fera jour demain ; nous verrons plus clair dans nos affaires, et j'espère que vous me ferez la grâce, à la fin, de m'apprendre où est mon fils.

Je compris, sans beaucoup de réflexions, que c'était une chose d'une terrible conséquence pour nous d'être une fois renfermés au Châtelet. J'en prévis, en tremblant, tous les dangers. Malgré toute ma fierté, je reconnus qu'il fallait plier sous le poids de ma fortune et flatter mon plus cruel ennemi, pour en obtenir quelque chose par la soumission. Je le priai, d'un ton honnête, de m'écouter un moment. Je me rends justice, mon-

sieur, lui dis-je. Je confesse que la jeunesse m'a fait
commettre de grandes fautes, et que vous en êtes assez
blessé pour vous plaindre. Mais, si vous connaissez la
force de l'amour, si vous pouvez juger de ce que souffre
un malheureux jeune homme à qui l'on enlève tout ce
qu'il aime, vous me trouverez peut-être pardonnable
d'avoir cherché le plaisir d'une petite vengeance, ou du
moins, vous me croirez assez puni par l'affront que je
viens de recevoir. Il n'est besoin ni de prison ni de
supplice pour me forcer de vous découvrir où est
Monsieur votre fils. Il est en sûreté. Mon dessein n'a
pas été de lui nuire ni de vous offenser. Je suis prêt à
vous nommer le lieu où il passe tranquillement la nuit,
si vous me faites la grâce de nous accorder la liberté. Ce
vieux tigre, loin d'être touché de ma prière, me tourna
le dos en riant. Il lâcha seulement quelques mots, pour
me faire comprendre qu'il savait notre dessein jusqu'à
l'origine. Pour ce qui regardait son fils, il ajouta brutalement qu'il se retrouverait assez, puisque je ne l'avais
pas assassiné. Conduisez-les au Petit-Châtelet, dit-il
aux archers, et prenez garde que le Chevalier ne vous
échappe. C'est un rusé, qui s'est déjà sauvé de Saint-
Lazare.

Il sortit, et me laissa dans l'état que vous pouvez vous
imaginer. O Ciel ! m'écriai-je, je recevrai avec soumission tous les coups qui viennent de ta main, mais qu'un
malheureux coquin ait le pouvoir de me traiter avec
cette tyrannie, c'est ce qui me réduit au dernier désespoir. Les archers nous prièrent de ne pas les faire
attendre plus longtemps. Ils avaient un carrosse à la
porte. Je tendis la main à Manon pour descendre.
Venez, ma chère reine, lui dis-je, venez vous soumettre
à toute la rigueur de notre sort. Il plaira peut-être au
Ciel de nous rendre quelque jour plus heureux.

Nous partîmes dans le même carrosse. Elle se mit
dans mes bras. Je ne lui avais pas entendu prononcer un
mot depuis le premier moment de l'arrivée de
G... M... ; mais, se trouvant seule alors avec moi, elle
me dit mille tendresses en se reprochant d'être la cause
de mon malheur. Je l'assurai que je ne me plaindrais
jamais de mon sort, tant qu'elle ne cesserait pas de

m'aimer. Ce n'est pas moi qui suis à plaindre, continuai-je. Quelques mois de prison ne m'effraient nullement, et je préférerai toujours le Châtelet à Saint-
Lazare. Mais c'est pour toi, ma chère âme, que mon
cœur s'intéresse. Quel sort pour une créature si charmante ! Ciel, comment traitez-vous avec tant de rigueur
le plus parfait de vos ouvrages ? Pourquoi ne sommes-
nous pas nés, l'un et l'autre, avec des qualités
conformes à notre misère ? Nous avons reçu de l'esprit,
du goût, des sentiments. Hélas ! quel triste usage en
faisons-nous, tandis que tant d'âmes basses et dignes de
notre sort jouissent de toutes les faveurs de la fortune !
Ces réflexions me pénétraient de douleur ; mais ce
n'était rien en comparaison de celles qui regardaient
l'avenir, car je séchais de crainte pour Manon. Elle
avait déjà été à l'Hôpital, et, quand elle en fût sortie par
la bonne porte, je savais que les rechutes en ce genre
étaient d'une conséquence extrêmement dangereuse.
J'aurais voulu lui exprimer mes frayeurs ; j'appréhendais de lui en causer trop. Je tremblais pour elle, sans
oser l'avertir du danger, et je l'embrassais en soupirant,
pour l'assurer, du moins, de mon amour, qui était
presque le seul sentiment que j'osasse exprimer.
Manon, lui dis-je, parlez sincèrement ; m'aimerez-vous
toujours ? Elle me répondit qu'elle était bien malheureuse que j'en pusse douter. Hé bien, repris-je, je
n'en doute point, et je veux braver tous nos ennemis
avec cette assurance. J'emploierai ma famille pour
sortir du Châtelet ; et tout mon sang ne sera utile à rien
si je ne vous en tire pas aussitôt que je serai libre.

Nous arrivâmes à la prison. On nous mit chacun dans
un lieu séparé. Ce coup me fut moins rude, parce que je
l'avais prévu. Je recommandai Manon au concierge, en
lui apprenant que j'étais un homme de quelque distinction, et lui promettant une récompense considérable.
J'embrassai ma chère maîtresse, avant que de la quitter.
Je la conjurai de ne pas s'affliger excessivement et de ne
rien craindre tant que je serais au monde. Je n'étais pas
sans argent ; je lui en donnai une partie et je payai au
concierge, sur ce qui me restait, un mois de grosse
pension d'avance pour elle et pour moi.

Mon argent eut un fort bon effet. On me mit dans une chambre proprement meublée, et l'on m'assura que Manon en avait une pareille. Je m'occupai aussitôt des moyens de hâter ma liberté. Il était clair qu'il n'y avait rien d'absolument criminel dans mon affaire, et supposant même que le dessein de notre vol fût prouvé par la déposition de Marcel, je savais fort bien qu'on ne punit point les simples volontés. Je résolus d'écrire promptement à mon père, pour le prier de venir en personne à Paris. J'avais bien moins de honte, comme je l'ai dit, d'être au Châtelet qu'à Saint-Lazare ; d'ailleurs, quoique je conservasse tout le respect dû à l'autorité paternelle, l'âge et l'expérience avaient diminué beaucoup ma timidité. J'écrivis donc, et l'on ne fit pas difficulté, au Châtelet, de laisser sortir ma lettre ; mais c'était une peine que j'aurais pu m'épargner, si j'avais su que mon père devait arriver le lendemain à Paris.

Il avait reçu celle que je lui avais écrite huit jours auparavant. Il en avait ressenti une joie extrême ; mais, de quelque espérance que je l'eusse flatté au sujet de ma conversion, il n'avait pas cru devoir s'arrêter tout à fait à mes promesses. Il avait pris le parti de venir s'assurer de mon changement par ses yeux, et de régler sa conduite sur la sincérité de mon repentir. Il arriva le lendemain de mon emprisonnement. Sa première visite fut celle qu'il rendit à Tiberge, à qui je l'avais prié d'adresser sa réponse. Il ne put savoir de lui ni ma demeure ni ma condition présente ; il en apprit seulement mes principales aventures, depuis que je m'étais échappé de Saint-Sulpice. Tiberge lui parla fort avantageusement des dispositions que je lui avais marquées pour le bien, dans notre dernière entrevue. Il ajouta qu'il me croyait entièrement dégagé de Manon, mais qu'il était surpris, néanmoins, que je ne lui eusse pas donné de mes nouvelles depuis huit jours. Mon père n'était pas dupe ; il comprit qu'il y avait quelque chose qui échappait à la pénétration de Tiberge, dans le silence dont il se plaignait, et il employa tant de soins pour découvrir mes traces que, deux jours après son arrivée, il apprit que j'étais au Châtelet.

Avant que de recevoir sa visite, à laquelle j'étais fort
éloigné de m'attendre sitôt, je reçus celle de M. le
Lieutenant général de Police, ou pour expliquer les
choses par leur nom, je subis l'interrogatoire. Il me fit
quelques reproches, mais ils n'étaient ni durs ni déso-
bligeants. Il me dit, avec douceur, qu'il plaignait ma
mauvaise conduite ; que j'avais manqué de sagesse en
me faisant un ennemi tel que M. de G... M... ; qu'à la
vérité il était aisé de remarquer qu'il y avait, dans mon
affaire, plus d'imprudence et de légèreté que de malice ;
mais que c'était néanmoins la seconde fois que je me
trouvais sujet à son tribunal, et qu'il avait espéré que je
fusse devenu plus sage, après avoir pris deux ou trois
mois de leçons à Saint-Lazare. Charmé d'avoir affaire à
un juge raisonnable, je m'expliquai avec lui d'une
manière si respectueuse et si modérée, qu'il parut
extrêmement satisfait de mes réponses. Il me dit que je
ne devais pas me livrer trop au chagrin, et qu'il se
sentait disposé à me rendre service, en faveur de ma
naissance et de ma jeunesse. Je me hasardai à lui
recommander Manon, et à lui faire l'éloge de sa douceur et de son bon naturel. Il me répondit, en riant,
qu'il ne l'avait point encore vue, mais qu'on la repré-
sentait comme une dangereuse personne. Ce mot excita
tellement ma tendresse que je lui dis mille choses
passionnées pour la défense de ma pauvre maîtresse, et
je ne pus m'empêcher de répandre quelques larmes. Il
ordonna qu'on me reconduisît à ma chambre. Amour,
amour ! s'écria ce grave magistrat en me voyant sortir,
ne te réconcilieras-tu jamais avec la sagesse ?

J'étais à m'entretenir tristement de mes idées, et à
réfléchir sur la conversation que j'avais eue avec M. le
Lieutenant général de Police, lorsque j'entendis ouvrir
la porte de ma chambre : c'était mon père. Quoique je
dusse être à demi préparé à cette vue, puisque je m'y
attendais quelques jours plus tard, je ne laissai pas d'en
être frappé si vivement que je me serais précipité au
fond de la terre, si elle s'était entrouverte à mes pieds.
J'allai l'embrasser, avec toutes les marques d'une
extrême confusion. Il s'assit sans que ni lui ni moi
eussions encore ouvert la bouche.

Comme je demeurais debout, les yeux baissés et la tête découverte : Asseyez-vous, monsieur, me dit-il gravement, asseyez-vous. Grâce au scandale de votre libertinage et de vos friponneries, j'ai découvert le lieu de votre demeure. C'est l'avantage d'un mérite tel que le vôtre de ne pouvoir demeurer caché. Vous allez à la renommée par un chemin infaillible. J'espère que le terme en sera bientôt la Grève, et que vous aurez, effectivement, la gloire d'y être exposé à l'admiration de tout le monde.

Je ne répondis rien. Il continua : Qu'un père est malheureux, lorsque, après avoir aimé tendrement un fils et n'avoir rien épargné pour en faire un honnête homme, il n'y trouve, à la fin, qu'un fripon qui le déshonore ! On se console d'un malheur de fortune : le temps l'efface, et le chagrin diminue ; mais quel remède contre un mal qui augmente tous les jours, tel que les désordres d'un fils vicieux qui a perdu tous sentiments d'honneur ? Tu ne dis rien, malheureux, ajouta-t-il ; voyez cette modestie contrefaite et cet air de douceur hypocrite ; ne le prendrait-on pas pour le plus honnête homme de sa race ?

Quoique je fusse obligé de reconnaître que je méritais une partie de ces outrages, il me parut néanmoins que c'était les porter à l'excès. Je crus qu'il m'était permis d'expliquer naturellement ma pensée. Je vous assure, monsieur, lui dis-je, que la modestie où vous me voyez devant vous n'est nullement affectée ; c'est la situation naturelle d'un fils bien né, qui respecte infiniment son père, et surtout un père irrité. Je ne prétends pas non plus passer pour l'homme le plus réglé de notre race. Je me connais digne de vos reproches, mais je vous conjure d'y mettre un peu plus de bonté et de ne pas me traiter comme le plus infâme de tous les hommes. Je ne mérite pas des noms si durs. C'est l'amour, vous le savez, qui a causé toutes mes fautes. Fatale passion ! Hélas ! n'en connaissez-vous pas la force, et se peut-il que votre sang, qui est la source du mien, n'ait jamais ressenti les mêmes ardeurs ? L'amour m'a rendu trop tendre, trop passionné, trop fidèle, et peut-être, trop complaisant pour les désirs d'une maîtresse toute char-

mante ; voilà mes crimes. En voyez-vous là quelqu'un
qui vous déshonore ? Allons, mon cher père, ajoutai-je
tendrement, un peu de pitié pour un fils qui a toujours
été plein de respect et d'affection pour vous, qui n'a pas
renoncé, comme vous pensez, à l'honneur et au devoir,
et qui est mille fois plus à plaindre que vous ne sauriez
vous l'imaginer. Je laissai tomber quelques larmes en
finissant ces paroles.

   Un cœur de père est le chef-d'œuvre de la nature ;
elle y règne, pour ainsi parler, avec complaisance, et
elle en règle elle-même tous les ressorts. Le mien, qui
était avec cela homme d'esprit et de goût, fut si touché
du tour que j'avais donné à mes excuses qu'il ne fut pas
le maître de me cacher ce changement. Viens, mon
pauvre chevalier, me dit-il, viens m'embrasser ; tu me
fais pitié. Je l'embrassai ; il me serra d'une manière qui
me fit juger de ce qui se passait dans son cœur. Mais
quel moyen prendrons-nous donc, reprit-il, pour te
tirer d'ici ? Explique-moi toutes tes affaires sans déguisement. Comme il n'y avait rien, après tout, dans le
gros de ma conduite, qui pût me déshonorer absolument, du moins en la mesurant sur celle des jeunes gens
d'un certain monde, et qu'une maîtresse ne passe point
pour une infamie dans le siècle où nous sommes, non
plus qu'un peu d'adresse à s'attirer la fortune du jeu, je
fis sincèrement à mon père le détail de la vie que j'avais
menée. A chaque faute dont je lui faisais l'aveu, j'avais
soin de joindre des exemples célèbres, pour en diminuer la honte. Je vis avec une maîtresse, lui disais-je,
sans être lié par les cérémonies du mariage : M. le duc
de... en entretient deux, aux yeux de tout Paris ;
M. de... en a une depuis dix ans, qu'il aime avec une
fidélité qu'il n'a jamais eue pour sa femme ; les deux
tiers des honnêtes gens de France se font honneur d'en
avoir. J'ai usé de quelque supercherie au jeu : M. le
marquis de... et le comte de... n'ont point d'autres
revenus ; M. le prince de... et M. le duc de... sont les
chefs d'une bande de chevaliers du même Ordre. Pour
ce qui regardait mes desseins sur la bourse des deux
G... M... j'aurais pu prouver aussi facilement que je
n'étais pas sans modèles ; mais il me restait trop d'hon-

neur pour ne pas me condamner moi-même, avec tous
ceux dont j'aurais pu me proposer l'exemple, de sorte
que je priai mon père de pardonner cette faiblesse aux
deux violentes passions qui m'avaient agité, la vengeance et l'amour. Il me demanda si je pouvais lui
donner quelques ouvertures sur les plus courts moyens
d'obtenir ma liberté, et d'une manière qui pût lui faire
éviter l'éclat. Je lui appris les sentiments de bonté que le
Lieutenant général de Police avait pour moi. Si vous
trouvez quelques difficultés, lui dis-je, elles ne peuvent
venir que de la part des G... M... ; ainsi, je crois qu'il
serait à propos que vous prissiez la peine de les voir. Il
me le promit. Je n'osai le prier de solliciter pour
Manon. Ce ne fut point un défaut de hardiesse, mais un
effet de la crainte où j'étais de le révolter par cette
proposition, et de lui faire naître quelque dessein
funeste à elle et à moi. Je suis encore à savoir si cette
crainte n'a pas causé mes plus grandes infortunes en
m'empêchant de tenter les dispositions de mon père, et
de faire des efforts pour lui en inspirer de favorables à
ma malheureuse maîtresse. J'aurais peut-être excité
encore une fois sa pitié. Je l'aurais mis en garde contre
les impressions qu'il allait recevoir trop facilement du
vieux G... M... Que sais-je ? Ma mauvaise destinée
l'aurait peut-être emporté sur tous mes efforts, mais je
n'aurais eu qu'elle, du moins, et la cruauté de mes
ennemis, à accuser de mon malheur.

En me quittant, mon père alla faire une visite à M. de
G... M... Il le trouva avec son fils, à qui le garde du
corps avait honnêtement rendu la liberté. Je n'ai jamais
su les particularités de leur conversation, mais il ne m'a
été que trop facile d'en juger par ses mortels effets. Ils
allèrent ensemble, je dis les deux pères, chez M. le
Lieutenant général de Police, auquel ils demandèrent
deux grâces : l'une, de me faire sortir sur-le-champ du
Châtelet ; l'autre, d'enfermer Manon pour le reste de
ses jours, ou de l'envoyer en Amérique. On commençait, dans le même temps, à embarquer quantité de
gens sans aveu pour le Mississippi. M. le Lieutenant
général de Police leur donna sa parole de faire partir
Manon par le premier vaisseau. M. de G... M... et mon

père vinrent aussitôt m'apporter ensemble la nouvelle
de ma liberté. M. de G... M... me fit un compliment
civil sur le passé, et m'ayant félicité sur le bonheur que
j'avais d'avoir un tel père, il m'exhorta à profiter
désormais de ses leçons et de ses exemples. Mon père
m'ordonna de lui faire des excuses de l'injure prétendue
que j'avais faite à sa famille, et de le remercier de s'être
employé avec lui pour mon élargissement. Nous sortîmes ensemble, sans avoir dit un mot de ma maîtresse.
Je n'osai même parler d'elle aux guichetiers en leur
présence. Hélas ! mes tristes recommandations eussent
été bien inutiles ! L'ordre cruel était venu en même
temps que celui de ma délivrance. Cette fille infortunée
fut conduite, une heure après, à l'Hôpital, pour y être
associée à quelques malheureuses qui étaient condamnées à subir le même sort. Mon père m'ayant obligé de
le suivre à la maison où il avait pris sa demeure, il était
presque six heures du soir lorsque je trouvai le moment
de me dérober de ses yeux pour retourner au Châtelet.
Je n'avais dessein que de faire tenir quelques rafraî-
chissements à Manon, et de la recommander au
concierge, car je ne me promettais pas que la liberté de
la voir me fût accordée. Je n'avais point encore eu le
temps, non plus, de réfléchir aux moyens de la délivrer.

Je demandai à parler au concierge. Il avait été content
de ma libéralité et de ma douceur, de sorte qu'ayant
quelque disposition à me rendre service, il me parla du
sort de Manon comme d'un malheur dont il avait
beaucoup de regret parce qu'il pouvait m'affliger. Je ne
compris point ce langage. Nous nous entretînmes quelques moments sans nous entendre. A la fin, s'apercevant que j'avais besoin d'une explication, il me la
donna, telle que j'ai déjà eu horreur de vous la dire, et
que j'ai encore de la répéter. Jamais apoplexie violente
ne causa d'effet plus subit et plus terrible. Je tombai,
avec une palpitation de cœur si douloureuse, qu'à
l'instant que je perdis la connaissance, je me crus
délivré de la vie pour toujours. Il me resta même
quelque chose de cette pensée lorsque je revins à moi.
Je tournai mes regards vers toutes les parties de la
chambre et sur moi-même, pour m'assurer si je portais

encore la malheureuse qualité d'homme vivant. Il est certain qu'en ne suivant que le mouvement naturel qui fait chercher à se délivrer de ses peines, rien ne pouvait me paraître plus doux que la mort, dans ce moment de désespoir et de consternation. La religion même ne pouvait me faire envisager rien de plus insupportable, après la vie, que les convulsions cruelles dont j'étais tourmenté. Cependant, par un miracle propre à l'amour, je retrouvai bientôt assez de force pour remercier le Ciel de m'avoir rendu la connaissance et la raison. Ma mort n'eût été utile qu'à moi. Manon avait besoin de ma vie pour la délivrer, pour la secourir, pour la venger. Je jurai de m'y employer sans ménagement.

Le concierge me donna toute l'assistance que j'eusse pu attendre du meilleur de mes amis. Je reçus ses services avec une vive reconnaissance. Hélas ! lui dis-je, vous êtes donc touché de mes peines ? Tout le monde m'abandonne. Mon père même est sans doute un de mes plus cruels persécuteurs. Personne n'a pitié de moi. Vous seul, dans le séjour de la dureté et de la barbarie, vous marquez de la compassion pour le plus misérable de tous les hommes ! Il me conseillait de ne point paraître dans la rue sans être un peu remis du trouble où j'étais. Laissez, laissez, répondis-je en sortant ; je vous reverrai plus tôt que vous ne pensez. Préparez-moi le plus noir de vos cachots ; je vais travailler à le mériter. En effet, mes premières résolutions n'allaient à rien moins qu'à me défaire des deux G... M... et du Lieutenant général de Police, et fondre ensuite à main armée sur l'Hôpital, avec tous ceux que je pourrais engager dans ma querelle. Mon père lui-même eût à peine été respecté, dans une vengeance qui me paraissait si juste, car le concierge ne m'avait pas caché que lui et G... M... étaient les auteurs de ma perte. Mais, lorsque j'eus fait quelques pas dans les rues, et que l'air eut un peu rafraîchi mon sang et mes humeurs, ma fureur fit place peu à peu à des sentiments plus raisonnables. La mort de nos ennemis eût été d'une faible utilité pour Manon, et elle m'eût exposé sans doute à me voir ôter tous les moyens de la secourir. D'ailleurs, aurais-je eu recours à un lâche assassinat ?

Quelle autre voie pouvais-je m'ouvrir à la vengeance ?
Je recueillis toutes mes forces et tous mes esprits pour
travailler d'abord à la délivrance de Manon, remettant
tout le reste après le succès de cette importante entreprise. Il me restait peu d'argent. C'était, néanmoins, un
fondement nécessaire, par lequel il fallait commencer.
Je ne voyais que trois personnes de qui j'en pusse
attendre : M. de T..., mon père et Tiberge. Il y avait
peu d'apparence d'obtenir quelque chose des deux
derniers, et j'avais honte de fatiguer l'autre par mes
importunités. Mais ce n'est point dans le désespoir
qu'on garde des ménagements. J'allai sur-le-champ au
Séminaire de Saint-Sulpice, sans m'embarrasser si j'y
serais reconnu. Je fis appeler Tiberge. Ses premières
paroles me firent comprendre qu'il ignorait encore mes
dernières aventures. Cette idée me fit changer le dessein
que j'avais, de l'attendrir par la compassion. Je lui
parlai, en général, du plaisir que j'avais eu de revoir
mon père, et je le priai ensuite de me prêter quelque
argent, sous prétexte de payer, avant mon départ de
Paris, quelques dettes que je souhaitais de tenir
inconnues. Il me présenta aussitôt sa bourse. Je pris
cinq cents francs, sur six cents que j'y trouvai. Je lui
offris mon billet ; il était trop généreux pour l'accepter.

Je tournai de là chez M. de T... Je n'eus point de
réserve avec lui. Je lui fis l'exposition de mes malheurs
et de mes peines : il en savait déjà jusqu'aux moindres
circonstances, par le soin qu'il avait eu de suivre
l'aventure du jeune G... M... ; il m'écouta néanmoins,
et il me plaignit beaucoup. Lorsque je lui demandai ses
conseils sur les moyens de délivrer Manon, il me
répondit tristement qu'il y voyait si peu de jour, qu'à
moins d'un secours extraordinaire du Ciel, il fallait
renoncer à l'espérance, qu'il avait passé exprès à
l'Hôpital, depuis qu'elle y était renfermée, qu'il n'avait
pu obtenir lui-même la liberté de la voir ; que les ordres
du Lieutenant général de Police étaient de la dernière
rigueur, et que, pour comble d'infortune, la malheureuse bande où elle devait entrer était destinée à
partir le surlendemain du jour où nous étions. J'étais si
consterné de son discours qu'il eût pu parler une heure
sans que j'eusse pensé à l'interrompre. Il continua de

me dire qu'il ne m'était point allé voir au Châtelet, pour se donner plus de facilité à me servir lorsqu'on le croirait sans liaison avec moi ; que, depuis quelques heures que j'en étais sorti, il avait eu le chagrin d'ignorer où je m'étais retiré, et qu'il avait souhaité de me voir promptement pour me donner le seul conseil dont il semblait que je pusse espérer du changement dans le sort de Manon, mais un conseil dangereux, auquel il me priait de cacher éternellement qu'il eût part : c'était de choisir quelques braves qui eussent le courage d'attaquer les gardes de Manon lorsqu'ils seraient sortis de Paris avec elle. Il n'attendit point que je lui parlasse de mon indigence. Voilà cent pistoles, me dit-il, en me présentant une bourse, qui pourront vous être de quelque usage. Vous me les remettrez, lorsque la fortune aura rétabli vos affaires. Il ajouta que, si le soin de sa réputation lui eût permis d'entreprendre lui-même la délivrance de ma maîtresse, il m'eût offert son bras et son épée.

Cette excessive générosité me toucha jusqu'aux larmes. J'employai, pour lui marquer ma reconnaissance, toute la vivacité que mon affliction me laissait de reste. Je lui demandai s'il n'y avait rien à espérer, par la voie des intercessions, auprès du Lieutenant général de Police. Il me dit qu'il y avait pensé, mais qu'il croyait cette ressource inutile, parce qu'une grâce de cette nature ne pouvait se demander sans motif, et qu'il ne voyait pas bien quel motif on pouvait employer pour se faire un intercesseur d'une personne grave et puissante ; que, si l'on pouvait se flatter de quelque chose de ce côté-là, ce ne pouvait être qu'en faisant changer de sentiment à M. de G... M... et à mon père, et en les engageant à prier eux-mêmes M. le Lieutenant général de Police de révoquer sa sentence. Il m'offrit de faire tous ses efforts pour gagner le jeune G... M..., quoiqu'il le crût un peu refroidi à son égard par quelques soupçons qu'il avait conçus de lui à l'occasion de notre affaire, et il m'exhorta à ne rien omettre, de mon côté, pour fléchir l'esprit de mon père.

Ce n'était pas une légère entreprise pour moi, je ne dis pas seulement par la difficulté que je devais naturel-

lement trouver à le vaincre, mais par une autre raison
qui me faisait même redouter ses approches : je m'étais
dérobé de son logement contre ses ordres, et j'étais fort
résolu de n'y pas retourner depuis que j'avais appris la
triste destinée de Manon. J'appréhendais avec sujet
qu'il ne me fît retenir malgré moi, et qu'il ne me
reconduisît de même en province. Mon frère aîné avait
usé autrefois de cette méthode. Il est vrai que j'étais
devenu plus âgé, mais l'âge était une faible raison
contre la force. Cependant je trouvai une voie qui me
sauvait du danger ; c'était de le faire appeler dans un
endroit public, et de m'annoncer à lui sous un autre
nom. Je pris aussitôt ce parti. M. de T... s'en alla chez
G... M... et moi au Luxembourg, d'où j'envoyai avertir
mon père qu'un gentilhomme de ses serviteurs était à
l'attendre. Je craignais qu'il n'eût quelque peine à
venir, parce que la nuit approchait. Il parut néanmoins
peu après, suivi de son laquais. Je le priai de prendre
une allée où nous puissions être seuls. Nous fîmes cent
pas, pour le moins, sans parler. Il s'imaginait bien, sans
doute, que tant de préparations ne s'étaient pas faites
sans un dessein d'importance. Il attendait ma
harangue, et je la méditais.

Enfin, j'ouvris la bouche. Monsieur, lui dis-je en
tremblant, vous êtes un bon père. Vous m'avez comblé
de grâces et vous m'avez pardonné un nombre infini de
fautes. Aussi le Ciel m'est-il témoin que j'ai pour vous
tous les sentiments du fils le plus tendre et le plus
respectueux. Mais il me semble... que votre rigueur...
Hé bien ! ma rigueur ? interrompit mon père, qui
trouvait sans doute que je parlais lentement pour son
impatience. Ah ! monsieur, repris-je, il me semble que
votre rigueur est extrême, dans le traitement que vous
avez fait à la malheureuse Manon. Vous vous en êtes
rapporté à M. de G... M... Sa haine vous l'a représen-
tée sous les plus noires couleurs. Vous vous êtes formé
d'elle une affreuse idée. Cependant, c'est la plus douce
et la plus aimable créature qui fût jamais. Que n'a-t-il
plu au Ciel de vous inspirer l'envie de la voir un
moment ! Je ne suis pas plus sûr qu'elle est charmante,
que je le suis qu'elle vous l'aurait paru. Vous auriez pris

parti pour elle ; vous auriez détesté les noirs artifices de
G... M... ; vous auriez eu compassion d'elle et de moi.
Hélas ! j'en suis sûr. Votre cœur n'est pas insensible ;
vous vous seriez laissé attendrir. Il m'interrompit
encore, voyant que je parlais avec une ardeur qui ne
m'aurait pas permis de finir sitôt. Il voulut savoir à quoi
j'avais dessein d'en venir par un discours si passionné.
A vous demander la vie, répondis-je, que je ne puis
conserver un moment si Manon part une fois pour
l'Amérique. Non, non, me dit-il d'un ton sévère ;
j'aime mieux te voir sans vie que sans sagesse et sans
honneur. N'allons donc pas plus loin ! m'écriai-je en
l'arrêtant par le bras. Otez-la-moi, cette vie odieuse et
insupportable, car, dans le désespoir où vous me jetez,
la mort sera une faveur pour moi. C'est un présent
digne de la main d'un père.
    Je ne te donnerai que ce que tu mérites, répliqua-t-il.
Je connais bien des pères qui n'auraient pas attendu si
longtemps pour être eux-mêmes tes bourreaux, mais
c'est ma bonté excessive qui t'a perdu.
    Je me jetai à ses genoux. Ah ! s'il vous en reste
encore, lui dis-je en les embrassant, ne vous endurcis-
sez donc pas contre mes pleurs. Songez que je suis votre
fils... Hélas ! souvenez-vous de ma mère. Vous l'aimiez
si tendrement ! Auriez-vous souffert qu'on l'eût arra-
chée de vos bras ? Vous l'auriez défendue jusqu'à la
mort. Les autres n'ont-ils pas un cœur comme vous ?
Peut-on être barbare, après avoir une fois éprouvé ce
que c'est que la tendresse et la douleur ?
    Ne me parle pas davantage de ta mère, reprit-il d'une
voix irritée ; ce souvenir échauffe mon indignation. Tes
désordres la feraient mourir de douleur, si elle eût assez
vécu pour les voir. Finissons cet entretien, ajouta-t-il ;
il m'importune, et ne me fera point changer de résolution. Je retourne au logis ; je t'ordonne de me suivre. Le
ton sec et dur avec lequel il m'intima cet ordre me fit
trop comprendre que son cœur était inflexible. Je
m'éloignai de quelques pas, dans la crainte qu'il ne lui
prît envie de m'arrêter de ses propres mains. N'aug-
mentez pas mon désespoir, lui dis-je, en me forçant de
vous désobéir. Il est impossible que je vous suive. Il ne

l'est pas moins que je vive, après la dureté avec laquelle
vous me traitez. Ainsi je vous dis un éternel adieu. Ma
mort, que vous apprendrez bientôt, ajoutai-je tristement, vous fera peut-être reprendre pour moi des
sentiments de père. Comme je me tournais pour le
quitter : Tu refuses donc de me suivre ? s'écria-t-il avec
une vive colère. Va, cours à ta perte. Adieu fils ingrat et
rebelle. Adieu, lui dis-je dans mon transport, adieu,
père barbare et dénaturé.

Je sortis aussitôt du Luxembourg. Je marchai dans
les rues comme un furieux jusqu'à la maison de M. de
T... Je levais, en marchant, les yeux et les mains pour
invoquer toutes les puissances célestes. O Ciel !
disais-je, serez-vous aussi impitoyable que les
hommes ? Je n'ai plus de secours à attendre que de
vous ? M. de T... n'était point encore retourné chez lui,
mais il revint après que je l'y eus attendu quelques
moments. Sa négociation n'avait pas réussi mieux que
la mienne. Il me le dit d'un visage abattu. Le jeune G...
M..., quoique moins irrité que son père contre Manon
et contre moi, n'avait pas voulu entreprendre de le
solliciter en notre faveur. Il s'en était défendu par la
crainte qu'il avait lui-même de ce vieillard vindicatif,
qui s'était déjà fort emporté contre lui en lui reprochant
ses desseins de commerce avec Manon. Il ne me restait
donc que la voie de la violence, telle que M. de T...
m'en avait tracé le plan ; j'y réduisis toutes mes espérances. Elles sont bien incertaines, lui dis-je, mais la
plus solide et la plus consolante pour moi est celle de
périr du moins dans l'entreprise. Je le quittai en le
priant de me secourir par ses vœux, et je ne pensai plus
qu'à m'associer des camarades à qui je pusse communiquer une étincelle de mon courage et de ma résolution.

Le premier qui s'offrit à mon esprit, fut le même
garde du corps que j'avais employé pour arrêter G...
M... J'avais dessein aussi d'aller passer la nuit dans sa
chambre, n'ayant pas eu l'esprit assez libre, pendant
l'après-midi, pour me procurer un logement. Je le
trouvai seul. Il eut de la joie de me voir sorti du
Châtelet. Il m'offrit affectueusement ses services. Je lui
expliquai ceux qu'il pouvait me rendre. Il avait assez de

bon sens pour en apercevoir toutes les difficultés, mais
il fut assez généreux pour entreprendre de les surmonter. Nous employâmes une partie de la nuit à raisonner
sur mon dessein. Il me parla des trois soldats aux
gardes, dont il s'était servi dans la dernière occasion,
comme de trois braves à l'épreuve. M. de T... m'avait
informé exactement du nombre des archers qui
devaient conduire Manon ; ils n'étaient que six. Cinq
hommes hardis et résolus suffisaient pour donner
l'épouvante à ces misérables, qui ne sont point capables
de se défendre honorablement lorsqu'ils peuvent éviter
le péril du combat par une lâcheté. Comme je ne
manquais point d'argent, le garde du corps me conseilla
de ne rien épargner pour assurer le succès de notre
attaque. Il nous faut des chevaux, me dit-il, avec des
pistolets, et chacun notre mousqueton. Je me charge de
prendre demain le soin de ces préparatifs. Il faudra
aussi trois habits communs pour nos soldats, qui n'oseraient paraître dans une affaire de cette nature avec
l'uniforme du régiment. Je lui mis entre les mains les
cent pistoles que j'avais reçues de M. de T... Elles
furent employées, le lendemain, jusqu'au dernier sol.
Les trois soldats passèrent en revue devant moi. Je les
animai par de grandes promesses, et pour leur ôter
toute défiance, je commençai par leur faire présent, à
chacun, de dix pistoles. Le jour de l'exécution étant
venu, j'en envoyai un de grand matin à l'Hôpital, pour
s'instruire, par ses propres yeux, du moment auquel les
archers partiraient avec leur proie. Quoique je n'eusse
pris cette précaution que par un excès d'inquiétude et
de prévoyance, il se trouva qu'elle avait été absolument
nécessaire. J'avais compté sur quelques fausses informations qu'on m'avait données de leur route, et,
m'étant persuadé que c'était à La Rochelle que cette
déplorable troupe devait être embarquée, j'aurais perdu
mes peines à l'attendre sur le chemin d'Orléans. Cependant, je fus informé, par le rapport du soldat aux
gardes, qu'elle prenait le chemin de Normandie, et que
c'était du Havre-de-Grâce qu'elle devait partir pour
l'Amérique.

Nous nous rendîmes aussitôt à la porte Saint-

Honoré, observant de marcher par des rues différentes. Nous nous réunîmes au bout du faubourg. Nos chevaux étaient frais. Nous ne tardâmes point à découvrir les six gardes et les deux misérables voitures que vous vîtes à Pacy, il y a deux ans. Ce spectacle faillit de m'ôter la force et la connaissance. O fortune, m'écriai-je, fortune cruelle ! accorde-moi ici, du moins, la mort ou la victoire. Nous tînmes conseil un moment sur la manière dont nous ferions notre attaque. Les archers n'étaient guère plus de quatre cents pas devant nous, et nous pouvions les couper en passant au travers d'un petit champ, autour duquel le grand chemin tournait. Le garde du corps fut d'avis de prendre cette voie, pour les surprendre en fondant tout d'un coup sur eux. J'approuvai sa pensée et je fus le premier à piquer mon cheval. Mais la fortune avait rejeté impitoyablement mes vœux. Les archers, voyant cinq cavaliers accourir vers eux, ne doutèrent point que ce ne fût pour les attaquer. Ils se mirent en défense, en préparant leurs baïonnettes et leurs fusils d'un air assez résolu. Cette vue, qui ne fit que nous animer, le garde du corps et moi, ôta tout d'un coup le courage à nos trois lâches compagnons. Ils s'arrêtèrent comme de concert, et, s'étant dit entre eux quelques mots que je n'entendis point, ils tournèrent la tête de leurs chevaux, pour reprendre le chemin de Paris à bride abattue. Dieux ! me dit le garde du corps, qui paraissait aussi éperdu que moi de cette infâme désertion, qu'allons-nous faire ? Nous ne sommes que deux. J'avais perdu la voix, de fureur et d'étonnement. Je m'arrêtai, incertain si ma première vengeance ne devait pas s'employer à la pour-suite et au châtiment des lâches qui m'abandonnaient. Je les regardais fuir et je jetais les yeux, de l'autre côté, sur les archers. S'il m'eût été possible de me partager, j'aurais fondu tout à la fois sur ces deux objets de ma rage ; je les dévorais tous ensemble. Le garde du corps, qui jugeait de mon incertitude par le mouvement égaré de mes yeux, me pria d'écouter son conseil. N'étant que deux, me dit-il, il y aurait de la folie à attaquer six hommes aussi bien armés que nous et qui paraissent nous attendre de pied ferme. Il faut retourner à Paris et tâcher de réussir mieux dans le choix de nos braves. Les archers ne sauraient faire de grandes journées avec deux pesantes voitures ; nous les rejoindrons demain sans peine.

Je fis un moment de réflexion sur ce parti, mais, ne voyant de tous côtés que des sujets de désespoir, je pris une résolution véritablement désespérée. Ce fut de remercier mon compagnon de ses services, et, loin d'attaquer les archers, je résolus d'aller, avec soumission, les prier de me recevoir dans leur troupe pour accompagner Manon avec eux jusqu'au Havre-de-Grâce et passer ensuite au-delà des mers avec elle. Tout le monde me persécute ou me trahit, dis-je au garde du corps. Je n'ai plus de fond à faire sur personne. Je n'attends plus rien, ni de la fortune, ni du secours des hommes. Mes malheurs sont au comble ; il ne me reste plus que de s'y soumettre. Ainsi, je ferme les yeux à toute espérance. Puisse le Ciel récompenser votre générosité ! Adieu, je vais aider mon mauvais sort à consommer ma ruine, en y courant moi-même volontairement. Il fit inutilement ses efforts pour m'engager à retourner à Paris. Je le priai de me laisser suivre mes résolutions et de me quitter sur-le-champ, de peur que les archers ne continuassent de croire que notre dessein était de les attaquer.

J'allai seul vers eux, d'un pas lent et le visage si consterné qu'ils ne durent rien trouver d'effrayant dans mes approches. Ils se tenaient néanmoins en défense. Rassurez-vous, messieurs, leur dis-je, en les abordant ; je ne vous apporte point la guerre, je viens vous demander des grâces. Je les priai de continuer leur chemin sans défiance et je leur appris, en marchant, les faveurs que j'attendais d'eux. Ils consultèrent ensemble de quelle manière ils devaient recevoir cette ouverture. Le chef de la bande prit la parole pour les autres. Il me répondit que les ordres qu'ils avaient de veiller sur leurs captives étaient d'une extrême rigueur ; que je lui paraissais néanmoins si joli homme que lui et ses compagnons se relâcheraient un peu de leur devoir ; mais que je devais comprendre qu'il fallait qu'il m'en coûtât quelque chose. Il me restait environ quinze

pistoles ; je leur dis naturellement en quoi consistait le
fond de ma bourse. Hé bien ! me dit l'archer, nous en
userons généreusement. Il ne vous coûtera qu'un écu
par heure pour entretenir celle de nos filles qui vous
plaira le plus ; c'est le prix courant de Paris. Je ne leur
avais pas parlé de Manon en particulier, parce que je
n'avais pas dessein qu'ils connussent ma passion. Ils
s'imaginèrent d'abord que ce n'était qu'une fantaisie de
jeune homme qui me faisait chercher un peu de passe-
temps avec ces créatures ; mais lorsqu'ils crurent s'être
aperçus que j'étais amoureux, ils augmentèrent tellement le tribut, que ma bourse se trouva épuisée en
partant de Mantes, où nous avions couché, le jour que
nous arrivâmes à Pacy.

Vous dirai-je quel fut le déplorable sujet de mes
entretiens avec Manon pendant cette route, ou quelle
impression sa vue fit sur moi lorsque j'eus obtenu des
gardes la liberté d'approcher de son chariot ? Ah ! les
expressions ne rendent jamais qu'à demi les sentiments
du cœur. Mais figurez-vous ma pauvre maîtresse
enchaînée par le milieu du corps, assise sur quelques
poignées de paille, la tête appuyée languissamment sur
un côté de la voiture, le visage pâle et mouillé d'un
ruisseau de larmes qui se faisaient un passage au travers
de ses paupières, quoiqu'elle eût continuellement les
yeux fermés. Elle n'avait pas même eu la curiosité de les
ouvrir lorsqu'elle avait entendu le bruit de ses gardes,
qui craignaient d'être attaqués. Son linge était sale et
dérangé, ses mains délicates exposées à l'injure de l'air ;
enfin, tout ce composé charmant, cette figure capable
de ramener l'univers à l'idolâtrie, paraissait dans un
désordre et un abattement inexprimables. J'employai
quelque temps à la considérer, en allant à cheval à côté
du chariot. J'étais si peu à moi-même que je fus sur le
point, plusieurs fois, de tomber dangereusement. Mes
soupirs et mes exclamations fréquentes m'attirèrent
d'elle quelques regards. Elle me reconnut, et je remarquai que, dans le premier mouvement, elle tenta de se
précipiter hors de la voiture pour venir à moi ; mais,
étant retenue par sa chaîne, elle retomba dans sa première attitude. Je priai les archers d'arrêter un moment

par compassion ; ils y consentirent par avarice. Je quittai mon cheval pour m'asseoir auprès d'elle. Elle était si languissante et si affaiblie qu'elle fut longtemps sans pouvoir se servir de sa langue ni remuer ses mains. Je les mouillais pendant ce temps-là de mes pleurs, et, ne pouvant proférer moi-même une seule parole, nous étions l'un et l'autre dans une des plus tristes situations dont il y ait jamais eu d'exemple. Nos expressions ne le furent pas moins, lorsque nous eûmes retrouvé la liberté de parler. Manon parla peu. Il semblait que la honte et la douleur eussent altéré les organes de sa voix ; le son en était faible et tremblant. Elle me remercia de ne l'avoir pas oubliée, et de la satisfaction que je lui accordais, dit-elle en soupirant, de me voir du moins encore une fois et de me dire le dernier adieu. Mais, lorsque je l'eus assurée que rien n'était capable de me séparer d'elle et que j'étais disposé à la suivre jusqu'à l'extrémité du monde pour prendre soin d'elle, pour la servir, pour l'aimer et pour attacher inséparablement ma misérable destinée à la sienne, cette pauvre fille se livra à des sentiments si tendres et si douloureux, que j'appréhendai quelque chose pour sa vie d'une si violente émotion. Tous les mouvements de son âme semblaient se réunir dans ses yeux. Elle les tenait fixés sur moi. Quelquefois elle ouvrait la bouche, sans avoir la force d'achever quelques mots qu'elle commençait. Il lui en échappait néanmoins quelques-uns. C'étaient des marques d'admiration sur mon amour, de tendres plaintes de son excès, des doutes qu'elle pût être assez heureuse pour m'avoir inspiré une passion si parfaite, des instances pour me faire renoncer au dessein de la suivre et chercher ailleurs un bonheur digne de moi, qu'elle me disait que je ne pouvais espérer avec elle.

En dépit du plus cruel de tous les sorts, je trouvais ma félicité dans ses regards et dans la certitude que j'avais de son affection. J'avais perdu, à la vérité, tout ce que le reste des hommes estime ; mais j'étais maître du cœur de Manon, le seul bien que j'estimais. Vivre en Europe, vivre en Amérique, que m'importait-il en quel endroit vivre, si j'étais sûr d'y être heureux en y vivant avec ma maîtresse ? Tout l'univers n'est-il pas la patrie

de deux amants fidèles ? Ne trouvent-ils pas l'un dans
l'autre, père, mère, parents, amis, richesses et félicité ?
Si quelque chose me causait de l'inquiétude, c'était la
crainte de voir Manon exposée aux besoins de l'indigence. Je me supposais déjà, avec elle, dans une région
inculte et habitée par des sauvages. Je suis bien sûr,
disais-je, qu'il ne saurait y en avoir d'aussi cruels que
G... M... et mon père. Ils nous laisseront du moins
vivre en paix. Si les relations qu'on en fait sont fidèles,
ils suivent les lois de la nature. Ils ne connaissent ni les
fureurs de l'avarice, qui possèdent G... M..., ni les
idées fantastiques de l'honneur, qui m'ont fait un
ennemi de mon père. Ils ne troubleront point deux
amants qu'ils verront vivre avec autant de simplicité
qu'eux. J'étais donc tranquille de ce côté-là. Mais je ne
me formais point des idées romanesques par rapport
aux besoins communs de la vie. J'avais éprouvé trop
souvent qu'il y a des nécessités insupportables, surtout
pour une fille délicate qui est accoutumée à une vie
commode et abondante. J'étais au désespoir d'avoir
épuisé inutilement ma bourse et que le peu d'argent qui
me restait fût encore sur le point de m'être ravi par la
friponnerie des archers. Je concevais qu'avec une petite
somme j'aurais pu espérer, non seulement de me soutenir quelque temps contre la misère en Amérique, où
l'argent était rare, mais d'y former même quelque
entreprise pour un établissement durable. Cette considération me fit naître la pensée d'écrire à Tiberge, que
j'avais toujours trouvé si prompt à m'offrir les secours
de l'amitié. J'écrivis, dès la première ville où nous
passâmes. Je ne lui apportai point d'autre motif que le
pressant besoin dans lequel je prévoyais que je me
trouverais au Havre-de-Grâce, où je lui confessais que
j'étais allé conduire Manon. Je lui demandais cent
pistoles. Faites-les-moi tenir au Havre, lui disais-je, par
le maître de la poste. Vous voyez bien que c'est la
dernière fois que j'importune votre affection et que, ma
malheureuse maîtresse m'étant enlevée pour toujours,
je ne puis la laisser partir sans quelques soulagements
qui adoucissent son sort et ses mortels regrets.
    Les archers devinrent si intraitables, lorsqu'ils eurent

découvert la violence de ma passion, que, redoublant
continuellement le prix de leurs moindres faveurs, ils
me réduisirent bientôt à la dernière indigence.
L'amour, d'ailleurs, ne me permettait guère de ménager ma bourse. Je m'oubliais du matin au soir près de
Manon, et ce n'était plus par heure que le temps m'était
mesuré, c'était par la longueur entière des jours. Enfin,
ma bourse étant tout à fait vide, je me trouvai exposé
aux caprices et à la brutalité de six misérables, qui me
traitaient avec une hauteur insupportable. Vous en
fûtes témoin à Pacy. Votre rencontre fut un heureux
moment de relâche, qui me fut accordé par la fortune.
Votre pitié, à la vue de mes peines, fut ma seule
recommandation auprès de votre cœur généreux. Le
secours, que vous m'accordâtes libéralement, servit à
me faire gagner le Havre, et les archers tinrent leur
promesse avec plus de fidélité que je ne l'espérais.

Nous arrivâmes au Havre. J'allai d'abord à la poste.
Tiberge n'avait point encore eu le temps de me
répondre. Je m'informai exactement quel jour je pouvais attendre sa lettre. Elle ne pouvait arriver que deux
jours après, et par une étrange disposition de mon
mauvais sort, il se trouva que notre vaisseau devait
partir le matin de celui auquel j'attendais l'ordinaire. Je
ne puis vous représenter mon désespoir. Quoi !
m'écriai-je, dans le malheur même, il faudra toujours
que je sois distingué par des excès ! Manon répondit :
Hélas ! une vie si malheureuse mérite-t-elle le soin que
nous en prenons ? Mourons au Havre, mon cher Chevalier. Que la mort finisse tout d'un coup nos misères !
Irons-nous les traîner dans un pays inconnu, où nous
devons nous attendre, sans doute, à d'horribles extrémités, puisqu'on a voulu m'en faire un supplice ?
Mourons, me répéta-t-elle ; ou du moins, donne-moi la
mort, et va chercher un autre sort dans les bras d'une
amante plus heureuse. Non, non, lui dis-je, c'est pour
moi un sort digne d'envie que d'être malheureux avec
vous. Son discours me fit trembler. Je jugeai qu'elle
était accablée de ses maux. Je m'efforçai de prendre un
air plus tranquille, pour lui ôter ces funestes pensées de
mort et de désespoir. Je résolus de tenir la même

conduite à l'avenir ; et j'ai éprouvé, dans la suite, que rien n'est plus capable d'inspirer du courage à une femme que l'intrépidité d'un homme qu'elle aime.

Lorsque j'eus perdu l'espérance de recevoir du secours de Tiberge, je vendis mon cheval. L'argent que j'en tirai, joint à ce qui me restait encore de vos libéralités, me composa la petite somme de dix-sept pistoles. J'en employai sept à l'achat de quelques soulagements nécessaires à Manon, et je serrai les dix autres avec soin, comme le fondement de notre fortune et de nos espérances en Amérique. Je n'eus point de peine à me faire recevoir dans le vaisseau. On cherchait alors des jeunes gens qui fussent disposés à se joindre volontairement à la colonie. Le passage et la nourriture me furent accordés gratis. La poste de Paris devant partir le lendemain, j'y laissai une lettre pour Tiberge. Elle était touchante et capable de l'attendrir, sans doute, au dernier point, puisqu'elle lui fit prendre une résolution qui ne pouvait venir que d'un fonds infini de tendresse et de générosité pour un ami malheureux.

Nous mîmes à la voile. Le vent ne cessa point de nous être favorable. J'obtins du capitaine un lieu à part pour Manon et pour moi. Il eut la bonté de nous regarder d'un autre œil que le commun de nos misérables associés. Je l'avais pris en particulier dès le premier jour, et, pour m'attirer de lui quelque considération, je lui avais découvert une partie de mes infortunes. Je ne crus pas me rendre coupable d'un mensonge honteux en lui disant que j'étais marié à Manon. Il feignit de le croire, et il m'accorda sa protection. Nous en reçûmes des marques pendant toute la navigation. Il eut soin de nous faire nourrir honnêtement, et les égards qu'il eut pour nous servirent à nous faire respecter des compagnons de notre misère. J'avais une attention continuelle à ne pas laisser souffrir la moindre incommodité à Manon. Elle le remarquait bien, et cette vue, jointe au vif ressentiment de l'étrange extrémité où je m'étais réduit pour elle, la rendait si tendre et si passionnée, si attentive aussi à mes plus légers besoins, que c'était, entre elle et moi, une perpétuelle émulation de services et d'amour. Je ne regrettais point l'Europe. Au

contraire, plus nous avancions vers l'Amérique, plus je
sentais mon cœur s'élargir et devenir tranquille. Si
j'eusse pu m'assurer de n'y pas manquer des nécessités
absolues de la vie, j'aurais remercié la fortune d'avoir
donné un tour si favorable à nos malheurs.

Après une navigation de deux mois, nous abordâmes
enfin au rivage désiré. Le pays ne nous offrit rien
d'agréable à la première vue. C'étaient des campagnes
stériles et inhabitées, où l'on voyait à peine quelques
roseaux et quelques arbres dépouillés par le vent. Nulle
trace d'hommes ni d'animaux. Cependant, le capitaine
ayant fait tirer quelques pièces de notre artillerie, nous
ne fûmes pas longtemps sans apercevoir une troupe de
citoyens du Nouvel Orléans, qui s'approchèrent de
nous avec de vives marques de joie. Nous n'avions pas
découvert la ville. Elle est cachée, de ce côté-là, par une
petite colline. Nous fûmes reçus comme des gens des-
cendus du Ciel. Ces pauvres habitants s'empressaient
pour nous faire mille questions sur l'état de la France et
sur les différentes provinces où ils étaient nés. Ils nous
embrassaient comme leurs frères et comme de chers
compagnons qui venaient partager leur misère et leur
solitude. Nous prîmes le chemin de la ville avec eux,
mais nous fûmes surpris de découvrir, en avançant,
que, ce qu'on nous avait vanté jusqu'alors comme une
bonne ville, n'était qu'un assemblage de quelques
pauvres cabanes. Elles étaient habitées par cinq ou six
cents personnes. La maison du Gouverneur nous parut
un peu distinguée par sa hauteur et par sa situation. Elle
est défendue par quelques ouvrages de terre, autour
desquels règne un large fossé.

Nous fûmes d'abord présentés à lui. Il s'entretint
longtemps en secret avec le capitaine, et, revenant
ensuite à nous, il considéra, l'une après l'autre, toutes
les filles qui étaient arrivées par le vaisseau. Elles
étaient au nombre de trente, car nous en avions trouvé
au Havre une autre bande, qui s'était jointe à la nôtre.
Le Gouverneur, les ayant longtemps examinées, fit
appeler divers jeunes gens de la ville qui languissaient
dans l'attente d'une épouse. Il donna les plus jolies aux
principaux et le reste fut tiré au sort. Il n'avait point

encore parlé à Manon, mais, lorsqu'il eut ordonné aux
autres de se retirer, il nous fit demeurer, elle et moi.
J'apprends du capitaine, nous dit-il, que vous êtes
mariés et qu'il vous a reconnus sur la route pour deux
personnes d'esprit et de mérite. Je n'entre point dans
les raisons qui ont causé votre malheur, mais, s'il est
vrai que vous ayez autant de savoir-vivre que votre
figure me le promet, je n'épargnerai rien pour adoucir
votre sort, et vous contribuerez vous-mêmes à me faire
trouver quelque agrément dans ce lieu sauvage et
désert. Je lui répondis de la manière que je crus la plus
propre à confirmer l'idée qu'il avait de nous. Il donna
quelques ordres pour nous faire préparer un logement
dans la ville, et il nous retint à souper avec lui. Je lui
trouvai beaucoup de politesse, pour un chef de malheureux bannis. Il ne nous fit point de questions, en
public, sur le fond de nos aventures. La conversation
fut générale, et, malgré notre tristesse, nous nous
efforçâmes, Manon et moi, de contribuer à la rendre
agréable.

   Le soir, il nous fit conduire au logement qu'on nous
avait préparé. Nous trouvâmes une misérable cabane,
composée de planches et de boue, qui consistait en deux
ou trois chambres de plain-pied, avec un grenier au-
dessus. Il y avait fait mettre cinq ou six chaises et
quelques commodités nécessaires à la vie. Manon parut
effrayée à la vue d'une si triste demeure. C'était pour
moi qu'elle s'affligeait, beaucoup plus que pour elle-
même. Elle s'assit, lorsque nous fûmes seuls, et elle se
mit à pleurer amèrement. J'entrepris d'abord de la
consoler, mais lorsqu'elle m'eut fait entendre que
c'était moi seul qu'elle plaignait, et qu'elle ne considé-
rait, dans nos malheurs communs, que ce que j'avais à
souffrir, j'affectai de montrer assez de courage, et même
assez de joie pour lui en inspirer. De quoi me plaindrai-
je ? lui dis-je. Je possède tout ce que je désire. Vous
m'aimez, n'est-ce pas ? Quel autre bonheur me suis-je
jamais proposé ? Laissons au Ciel le soin de notre
fortune. Je ne la trouve pas si désespérée. Le Gouverneur est un homme civil ; il nous a marqué de la
considération ; il ne permettra pas que nous manquions

du nécessaire. Pour ce qui regarde la pauvreté de notre cabane et la grossièreté de nos meubles, vous avez pu remarquer qu'il y a eu peu de personnes ici qui paraissent mieux logées et mieux meublées que nous. Et puis, tu es une chimiste admirable, ajoutai-je en l'embrassant, tu transformes tout en or.

Vous serez donc la plus riche personne de l'univers, me répondit-elle, car, s'il n'y eut jamais d'amour tel que le vôtre, il est impossible aussi d'être aimé plus tendrement que vous l'êtes. Je me rends justice, continua-t-elle. Je sens bien que je n'ai jamais mérité ce prodigieux attachement que vous avez pour moi. Je vous ai causé des chagrins, que vous n'avez pu me pardonner sans une bonté extrême. J'ai été légère et volage, et même en vous aimant éperdument, comme j'ai toujours fait, je n'étais qu'une ingrate. Mais vous ne sauriez croire combien je suis changée. Mes larmes, que vous avez vues couler si souvent depuis notre départ de France, n'ont pas eu une seule fois mes malheurs pour objet. J'ai cessé de le sentir aussitôt que vous avez commencé à les partager. Je n'ai pleuré que de tendresse et de compassion pour vous. Je ne me console point d'avoir pu vous chagriner un moment dans ma vie. Je ne cesse point de me reprocher mes inconstances et de m'attendrir, en admirant de quoi l'amour vous a rendu capable pour une malheureuse qui n'en était pas digne, et qui ne payerait pas bien de tout son sang, ajouta-t-elle avec une abondance de larmes, la moitié des peines qu'elle vous a causées.

Ses pleurs, son discours et le ton dont elle le prononça firent sur moi une impression si étonnante, que je crus sentir une espèce de division dans mon âme. Prends garde, lui dis-je, prends garde, ma chère Manon. Je n'ai point assez de force pour supporter des marques si vives de ton affection ; je ne suis point accoutumé à ces excès de joie. O Dieu ! m'écriai-je, je ne vous demande plus rien. Je suis assuré du cœur de Manon. Il est tel que je l'ai souhaité pour être heureux ; je ne puis plus cesser de l'être à présent. Voilà ma félicité bien établie. Elle l'est, reprit-elle, si vous la faites dépendre de moi, et je sais où je puis compter aussi de trouver toujours la mienne. Je me couchai avec ces charmantes idées, qui changèrent ma cabane en un palais digne du premier roi du monde. L'Amérique me parut un lieu de délices après cela. C'est au Nouvel Orléans qu'il faut venir, disais-je souvent à Manon, quand on veut goûter les vraies douceurs de l'amour. C'est ici qu'on s'aime sans intérêt, sans jalousie, sans inconstance. Nos compatriotes y viennent chercher de l'or ; ils ne s'imaginent pas que nous y avons trouvé des trésors bien plus estimables.

Nous cultivâmes soigneusement l'amitié du Gouverneur. Il eut la bonté, quelques semaines après notre arrivée, de me donner un petit emploi qui vint à vaquer dans le fort. Quoiqu'il ne fût pas bien distingué, je l'acceptai comme une faveur du Ciel. Il me mettait en état de vivre sans être à charge à personne. Je pris un valet pour moi et une servante pour Manon. Notre petite fortune s'arrangea. J'étais réglé dans ma conduite ; Manon ne l'était pas moins. Nous ne laissions point échapper l'occasion de rendre service et de faire du bien à nos voisins. Cette disposition officieuse et la douceur de nos manières nous attirèrent la confiance et l'affection de toute la colonie. Nous fûmes en peu de temps si considérés, que nous passions pour les premières personnes de la ville après le Gouverneur.

L'innocence de nos occupations, et la tranquillité où nous étions continuellement, servirent à nous faire rappeler insensiblement des idées de religion. Manon n'avait jamais été une fille impie. Je n'étais pas non plus de ces libertins outrés, qui font gloire d'ajouter l'irréligion à la dépravation des mœurs. L'amour et la jeunesse avaient causé tous nos désordres. L'expérience commençait à nous tenir lieu d'âge ; elle fit sur nous le même effet que les années. Nos conversations, qui étaient toujours réfléchies, nous mirent insensiblement dans le goût d'un amour vertueux. Je fus le premier qui proposai ce changement à Manon. Je connaissais les principes de son cœur. Elle était droite et naturelle dans tous ses sentiments, qualité qui dispose toujours à la vertu. Je lui fis comprendre qu'il manquait une chose à notre bonheur. C'est, lui dis-je, de le faire approuver du Ciel. Nous avons l'âme trop belle, et le cœur trop bien fait, l'un et l'autre, pour vivre volontairement dans l'oubli du devoir. Passe d'y avoir vécu en France, où il nous était également impossible de cesser de nous aimer et de nous satisfaire par une voie légitime ; mais en Amérique, où nous ne dépendons que de nous-mêmes, où nous n'avons plus à ménager les lois arbitraires du rang et de la bienséance, où l'on nous croit même mariés, qui empêche que nous ne le soyons bientôt effectivement et que nous n'anoblissions notre amour par des serments que la religion autorise ? Pour moi, ajoutai-je, je ne vous offre rien de nouveau en vous offrant mon cœur et ma main, mais je suis prêt à vous en renouveler le don au pied de l'autel. Il me parut que ce discours la pénétrait de joie. Croiriez-vous, me répondit-elle, que j'y ai pensé mille fois, depuis que nous sommes en Amérique ? La crainte de vous déplaire m'a fait renfermer ce désir dans mon cœur. Je n'ai point la présomption d'aspirer à la qualité de votre épouse. Ah ! Manon, répliquai-je, tu serais bientôt celle d'un roi, si le Ciel m'avait fait naître avec une couronne. Ne balançons plus. Nous n'avons nul obstacle à redouter. J'en veux parler dès aujourd'hui au Gouverneur et lui avouer que nous l'avons trompé jusqu'à ce jour. Laissons craindre aux amants vulgaires, ajoutai-je, les chaînes indissolubles du mariage. Ils ne les craindraient pas s'ils étaient sûrs, comme nous, de porter toujours celles de l'amour. Je laissai Manon au comble de la joie, après cette résolution.

Je suis persuadé qu'il n'y a point d'honnête homme au monde qui n'eût approuvé mes vues dans les circonstances où j'étais, c'est-à-dire asservi fatalement à une passion que je ne pouvais vaincre et combattu par des remords que je ne devais point étouffer. Mais se trouvera-t-il quelqu'un qui accuse mes plaintes d'injustice, si je gémis de la rigueur du Ciel à rejeter un dessein que je n'avais formé que pour lui plaire ? Hélas ! que dis-je, à le rejeter ? Il l'a puni comme un crime. Il m'avait souffert avec patience tandis que je marchais aveuglément dans la route du vice, et ses plus rudes châtiments m'étaient réservés lorsque je commençais à

retourner à la vertu. Je crains de manquer de force pour
achever le récit du plus funeste événement qui fût
jamais.

J'allai chez le Gouverneur, comme j'en étais convenu
avec Manon, pour le prier de consentir à la cérémonie
de notre mariage. Je me serais bien gardé d'en parler, à
lui ni à personne, si j'eusse pu me promettre que son
aumônier, qui était alors le seul prêtre de la ville, m'eût
rendu ce service sans sa participation ; mais, n'osant
espérer qu'il voulût s'engager au silence, j'avais pris le
parti d'agir ouvertement. Le Gouverneur avait un
neveu, nommé Synnelet, qui lui était extrêmement
cher. C'était un homme de trente ans, brave, mais
emporté et violent. Il n'était point marié. La beauté de
Manon l'avait touché dès le jour de notre arrivée ; et les
occasions sans nombre qu'il avait eues de la voir,
pendant neuf ou dix mois, avaient tellement enflammé
sa passion, qu'il se consumait en secret pour elle.
Cependant, comme il était persuadé, avec son oncle et
toute la ville, que j'étais réellement marié, il s'était
rendu maître de son amour jusqu'au point de n'en
laisser rien éclater et son zèle s'était même déclaré pour
moi, dans plusieurs occasions de me rendre service. Je
le trouvai avec son oncle, lorsque j'arrivai au fort. Je
n'avais nulle raison qui m'obligeât de lui faire un secret
de mon dessein, de sorte que je ne fis point difficulté de
m'expliquer en sa présence. Le Gouverneur m'écouta
avec sa bonté ordinaire. Je lui racontai une partie de
mon histoire, qu'il entendit avec plaisir, et, lorsque je le
priai d'assister à la cérémonie que je méditais, il eut la
générosité de s'engager à faire toute la dépense de la
fête. Je me retirai fort content.

Une heure après, je vis entrer l'aumônier chez moi.
Je m'imaginai qu'il venait me donner quelques instructions sur mon mariage ; mais, après m'avoir salué
froidement, il me déclara, en deux mots, que M. le
Gouverneur me défendait d'y penser, et qu'il avait
d'autres vues sur Manon. D'autres vues sur Manon ! lui
dis-je avec un mortel saisissement de cœur, et quelles
vues donc, Monsieur l'aumônier ? Il me répondit que je
n'ignorais pas que M. le Gouverneur était le maître ;

que Manon ayant été envoyée de France pour la colonie, c'était à lui à disposer d'elle ; qu'il ne l'avait pas fait
jusqu'alors, parce qu'il la croyait mariée, mais,
qu'ayant appris de moi-même qu'elle ne l'était point, il
jugeait à propos de la donner à M. Synnelet, qui en
était amoureux. Ma vivacité l'emporta sur ma prudence. J'ordonnai fièrement à l'aumônier de sortir de
ma maison, en jurant que le Gouverneur, Synnelet et
toute la ville ensemble n'oseraient porter la main sur ma
femme, ou ma maîtresse, comme ils voudraient l'appeler.

Je fis part aussitôt à Manon du funeste message que je
venais de recevoir. Nous jugeâmes que Synnelet avait
séduit l'esprit de son oncle depuis mon retour et que
c'était l'effet de quelque dessein médité depuis longtemps. Ils étaient les plus forts. Nous nous trouvions
dans le Nouvel Orléans comme au milieu de la mer,
c'est-à-dire séparés du reste du monde par des espaces
immenses. Où fuir ? dans un pays inconnu, désert, ou
habité par des bêtes féroces, et par des sauvages aussi
barbares qu'elles ? J'étais estimé dans la ville, mais je ne
pouvais espérer d'émouvoir assez le peuple en ma
faveur, pour en espérer un secours proportionné au
mal. Il eût fallu de l'argent ; j'étais pauvre. D'ailleurs,
le succès d'une émotion populaire était incertain, et, si
la fortune nous eût manqué, notre malheur serait
devenu sans remède. Je roulais toutes ces pensées dans
ma tête. J'en communiquais une partie à Manon. J'en
formais de nouvelles sans écouter sa réponse. Je prenais
un parti ; je le rejetais pour en prendre un autre. Je
parlais seul, je répondais tout haut à mes pensées ; enfin
j'étais dans une agitation que je ne saurais comparer à
rien parce qu'il n'y en eut jamais d'égale. Manon avait
les yeux sur moi. Elle jugeait, par mon trouble, de la
grandeur du péril, et, tremblant pour moi plus que
pour elle-même, cette tendre fille n'osait pas même
ouvrir la bouche pour m'exprimer ses craintes. Après
une infinité de réflexions, je m'arrêtai à la résolution
d'aller trouver le Gouverneur, pour m'efforcer de le
toucher par des considérations d'honneur et par le
souvenir de mon respect et de son affection. Manon

voulut s'opposer à ma sortie. Elle me disait, les larmes
aux yeux : Vous allez à la mort. Ils vont vous tuer. Je ne
vous reverrai plus. Je veux mourir avant vous. Il fallut
beaucoup d'efforts pour la persuader de la nécessité où
j'étais de sortir et de celle qu'il y avait pour elle de
demeurer au logis. Je lui promis qu'elle me reverrait
dans un instant. Elle ignorait, et moi aussi, que c'était
sur elle-même que devait tomber toute la colère du Ciel
et la rage de nos ennemis.

Je me rendis au fort. Le Gouverneur était avec son
aumônier. Je m'abaissai, pour le toucher, à des soumis-
sions qui m'auraient fait mourir de honte si je les eusse
faites pour toute autre cause. Je le pris par tous les
motifs qui doivent faire une impression certaine sur un
cœur qui n'est pas celui d'un tigre féroce et cruel. Ce
barbare ne fit à mes plaintes que deux réponses, qu'il
répéta cent fois : Manon, me dit-il, dépendait de lui ; il
avait donné sa parole à son neveu. J'étais résolu de me
modérer jusqu'à l'extrémité. Je me contentai de lui dire
que je le croyais trop de mes amis pour vouloir ma
mort, à laquelle je consentirais plutôt qu'à la perte de
ma maîtresse.

Je fus trop persuadé, en sortant, que je n'avais rien à
espérer de cet opiniâtre vieillard, qui se serait damné
mille fois pour son neveu. Cependant, je persistai dans
le dessein de conserver jusqu'à la fin un air de modération, résolu, si l'on en venait aux excès d'injustice, de
donner à l'Amérique une des plus sanglantes et des plus
horribles scènes que l'amour ait jamais produites. Je
retournais chez moi, en méditant sur ce projet, lorsque
le sort, qui voulait hâter ma ruine, me fit rencontrer
Synnelet. Il lut dans mes yeux une partie de mes
pensées. J'ai dit qu'il était brave ; il vint à moi. Ne me
cherchez-vous pas ? me dit-il. Je connais que mes
desseins vous offensent, et j'ai bien prévu qu'il faudrait
se couper la gorge avec vous. Allons voir qui sera le plus
heureux. Je lui répondis qu'il avait raison, et qu'il n'y
avait que ma mort qui pût finir nos différends. Nous
nous écartâmes d'une centaine de pas hors de la ville.
Nos épées se croisèrent ; je le blessai et je le désarmai
presque en même temps. Il fut si enragé de son mal-

heur, qu'il refusa de me demander la vie et de renoncer à Manon. J'avais peut-être le droit de lui ôter tout d'un coup l'un et l'autre, mais un sang généreux ne se dément jamais. Je lui jetai son épée. Recommençons, lui dis-je, et songez que c'est sans quartier. Il m'attaqua avec une furie inexprimable. Je dois confesser que je n'étais pas fort dans les armes, n'ayant eu que trois mois de salle à Paris. L'amour conduisait mon épée. Synnelet ne laissa pas de me percer le bras d'outre en outre, mais je le pris sur le temps et je lui fournis un coup si vigoureux qu'il tomba à mes pieds sans mouvement.

Malgré la joie que donne la victoire après un combat mortel, je réfléchis aussitôt sur les conséquences de cette mort. Il n'y avait, pour moi, ni grâce ni délai de supplice à espérer. Connaissant, comme je faisais, la passion du Gouverneur pour son neveu, j'étais certain que ma mort ne serait pas différée d'une heure après la connaissance de la sienne. Quelque pressante que fût cette crainte, elle n'était pas la plus forte cause de mon inquiétude. Manon, l'intérêt de Manon, son péril et la nécessité de la perdre, me troublaient jusqu'à répandre de l'obscurité sur mes yeux et à m'empêcher de reconnaître le lieu où j'étais. Je regrettai le sort de Synnelet. Une prompte mort me semblait le seul remède de mes peines. Cependant, ce fut cette pensée même qui me fit rappeler vivement mes esprits et qui me rendit capable de prendre une résolution. Quoi ! je veux mourir, m'écriai-je, pour finir mes peines ? Il y en a donc que j'appréhende plus que la perte de ce que j'aime ? Ah ! souffrons jusqu'aux plus cruelles extrémités pour secourir ma maîtresse, et remettons à mourir après les avoir souffertes inutilement. Je repris le chemin de la ville. J'entrai chez moi. J'y trouvai Manon à demi morte de frayeur et d'inquiétude. Ma présence la ranima. Je ne pouvais lui déguiser le terrible accident qui venait de m'arriver. Elle tomba sans connaissance entre mes bras, au récit de la mort de Synnelet et de ma blessure. J'employai plus d'un quart d'heure à lui faire retrouver le sentiment.

J'étais à demi mort moi-même. Je ne voyais pas le moindre jour à sa sûreté, ni à la mienne. Manon, que ferons-nous ? lui dis-je lorsqu'elle eut repris un peu de force. Hélas ! qu'allons-nous faire ? Il faut nécessairement que je m'éloigne. Voulez-vous demeurer dans la ville ? Oui, demeurez-y. Vous pouvez encore y être heureuse ; et moi, je vais, loin de vous, chercher la mort parmi les sauvages ou entre les griffes des bêtes féroces. Elle se leva malgré sa faiblesse ; elle me prit par la main, pour me conduire vers la porte. Fuyons ensemble, me dit-elle, ne perdons pas un instant. Le corps de Synnelet peut avoir été trouvé par hasard, et nous n'aurions pas le temps de nous éloigner. Mais, chère Manon ! repris-je tout éperdu, dites-moi donc où nous pouvons aller. Voyez-vous quelque ressource ? Ne vaut-il pas mieux que vous tâchiez de vivre ici sans moi, et que je porte volontairement ma tête au Gouverneur ? Cette proposition ne fit qu'augmenter son ardeur à partir. Il fallut la suivre. J'eus encore assez de présence d'esprit, en sortant, pour prendre quelques liqueurs fortes que j'avais dans ma chambre et toutes les provisions que je pus faire entrer dans mes poches. Nous dîmes à nos domestiques, qui étaient dans la chambre voisine, que nous partions pour la promenade du soir, nous avions cette coutume tous les jours, et nous nous éloignâmes de la ville, plus promptement que la délicatesse de Manon ne semblait le permettre.

Quoique je ne fusse pas sorti de mon irrésolution sur le lieu de notre retraite, je ne laissais pas d'avoir deux espérances, sans lesquelles j'aurais préféré la mort à l'incertitude de ce qui pouvait arriver à Manon. J'avais acquis assez de connaissance du pays, depuis près de dix mois que j'étais en Amérique, pour ne pas ignorer de quelle manière on apprivoisait les sauvages. On pouvait se mettre entre leurs mains, sans courir à une mort certaine. J'avais même appris quelques mots de leur langue et quelques-unes de leurs coutumes dans les diverses occasions que j'avais eues de les voir. Avec cette triste ressource, j'en avais une autre du côté des Anglais qui ont, comme nous, des établissements dans cette partie du Nouveau Monde. Mais j'étais effrayé de l'éloignement. Nous avions à traverser, jusqu'à leurs colonies, de stériles campagnes de plusieurs journées de largeur, et quelques montagnes si hautes et si escarpées que le chemin en paraissait difficile aux hommes les plus grossiers et les plus vigoureux. Je me flattais, néanmoins, que nous pourrions tirer parti de ces deux ressources : des sauvages pour aider à nous conduire, et des Anglais pour nous recevoir dans leurs habitations.

Nous marchâmes aussi longtemps que le courage de Manon put la soutenir, c'est-à-dire environ deux lieues, car cette amante incomparable refusa constamment de s'arrêter plus tôt. Accablée enfin de lassitude, elle me confessa qu'il lui était impossible d'avancer davantage. Il était déjà nuit. Nous nous assîmes au milieu d'une vaste plaine, sans avoir pu trouver un arbre pour nous mettre à couvert. Son premier soin fut de changer le linge de ma blessure, qu'elle avait pansée elle-même avant notre départ. Je m'opposai en vain à ses volontés. J'aurais achevé de l'accabler mortellement, si je lui eusse refusé la satisfaction de me croire à mon aise et sans danger, avant que de penser à sa propre conservation. Je me soumis durant quelques moments à ses désirs. Je reçus ses soins en silence et avec honte. Mais, lorsqu'elle eut satisfait sa tendresse, avec quelle ardeur la mienne ne prit-elle pas son tour ! Je me dépouillai de tous mes habits, pour lui faire trouver la terre moins dure en les étendant sous elle. Je la fis consentir, malgré elle, à me voir employer à son usage tout ce que je pus imaginer de moins incommode. J'échauffai ses mains par mes baisers ardents et par la chaleur de mes soupirs. Je passai la nuit entière à veiller près d'elle, et à prier le Ciel de lui accorder un sommeil doux et paisible. O Dieu ! que mes vœux étaient vifs et sincères ! et par quel rigoureux jugement aviez-vous résolu de ne les pas exaucer !

Pardonnez, si j'achève en peu de mots un récit qui me tue. Je vous raconte un malheur qui n'eut jamais d'exemple. Toute ma vie est destinée à pleurer. Mais, quoique je le porte sans cesse dans ma mémoire, mon âme semble reculer d'horreur, chaque fois que j'entreprends de l'exprimer.

Nous avions passé tranquillement une partie de la nuit. Je croyais ma chère maîtresse endormie et je n'osais pousser le moindre souffle, dans la crainte de troubler son sommeil. Je m'aperçus dès le point du jour, en touchant ses mains, qu'elle les avait froides et tremblantes. Je les approchai de mon sein, pour les échauffer. Elle sentit ce mouvement, et, faisant un effort pour saisir les miennes, elle me dit, d'une voix faible, qu'elle se croyait à sa dernière heure. Je ne pris d'abord ce discours que pour un langage ordinaire dans l'infortune, et je n'y répondis que par les tendres consolations de l'amour. Mais, ses soupirs fréquents, son silence à mes interrogations, le serrement de ses mains, dans lesquelles elle continuait de tenir les miennes me firent connaître que la fin de ses malheurs approchait. N'exigez point de moi que je vous décrive mes sentiments, ni que je vous rapporte ses dernières expressions. Je la perdis ; je reçus d'elle des marques d'amour, au moment même qu'elle expirait. C'est tout ce que j'ai la force de vous apprendre de ce fatal et déplorable événement.

Mon âme ne suivit pas la sienne. Le Ciel ne me trouva point, sans doute, assez rigoureusement puni. Il a voulu que j'aie traîné, depuis, une vie languissante et misérable. Je renonce volontairement à la mener jamais plus heureuse.

Je demeurai plus de vingt-quatre heures la bouche attachée sur le visage et sur les mains de ma chère Manon. Mon dessein était d'y mourir ; mais je fis réflexion, au commencement du second jour, que son corps serait exposé, après mon trépas, à devenir la pâture des bêtes sauvages. Je formai la résolution de l'enterrer et d'attendre la mort sur sa fosse. J'étais déjà si proche de ma fin, par l'affaiblissement que le jeûne et la douleur m'avaient causé, que j'eus besoin de quantité d'efforts pour me tenir debout. Je fus obligé de recourir aux liqueurs que j'avais apportées. Elles me rendirent autant de force qu'il en fallait pour le triste office que j'allais exécuter. Il ne m'était pas difficile d'ouvrir la terre, dans le lieu où je me trouvais. C'était une campagne couverte de sable. Je rompis mon épée, pour m'en servir à creuser, mais j'en tirais moins de secours que de mes mains. J'ouvris une large fosse. J'y plaçai

l'idole de mon cœur, après avoir pris soin de l'envelop-
per de tous mes habits, pour empêcher le sable de la
toucher. Je ne la mis dans cet état qu'après l'avoir
embrassée mille fois, avec toute l'ardeur du plus parfait
amour. Je m'assis encore près d'elle. Je la considérai
longtemps. Je ne pouvais me résoudre à fermer la fosse.
Enfin, mes forces recommençant à s'affaiblir, et craignant d'en manquer tout à fait avant la fin de mon
entreprise, j'ensevelis pour toujours dans le sein de la
terre ce qu'elle avait porté de plus parfait et de plus
aimable. Je me couchai ensuite sur la fosse, le visage
tourné vers le sable, et fermant les yeux avec le dessein
de ne les ouvrir jamais, j'invoquai le secours du Ciel et
j'attendis la mort avec impatience. Ce qui vous paraîtra
difficile à croire, c'est que, pendant tout l'exercice de ce
lugubre ministère, il ne sortit point une larme de mes
yeux ni un soupir de ma bouche. La consternation
profonde où j'étais et le dessein déterminé de mourir
avaient coupé le cours à toutes les expressions du
désespoir et de la douleur. Aussi, ne demeurai-je pas
longtemps dans la posture où j'étais sur la fosse, sans
perdre le peu de connaissance et de sentiment qui me
restait.

Après ce que vous venez d'entendre, la conclusion de
mon histoire est de si peu d'importance, qu'elle ne
mérite pas la peine que vous voulez bien prendre à
l'écouter. Le corps de Synnelet ayant été rapporté à la
ville et ses plaies visitées avec soin, il se trouva, non
seulement qu'il n'était pas mort, mais qu'il n'avait pas
même reçu de blessure dangereuse. Il apprit à son oncle
de quelle manière les choses s'étaient passées entre
nous, et sa générosité le porta sur-le-champ à publier les
effets de la mienne. On me fit chercher, et mon
absence, avec Manon, me fit soupçonner d'avoir pris le
parti de la fuite. Il était trop tard pour envoyer sur mes
traces ; mais le lendemain et le jour suivant furent
employés à me poursuivre. On me trouva, sans apparence de vie, sur la fosse de Manon, et ceux qui me
découvrirent en cet état, me voyant presque nu et
sanglant de ma blessure, ne doutèrent point que je
n'eusse été volé et assassiné. Ils me portèrent à la ville.

Le mouvement du transport réveilla mes sens. Les soupirs que je poussai, en ouvrant les yeux et en gémissant de me retrouver parmi les vivants, firent connaître que j'étais encore en état de recevoir du secours. On m'en donna de trop heureux. Je ne laissai pas d'être enfermé dans une étroite prison. Mon procès fut instruit, et, comme Manon ne paraissait point, on m'accusa de m'être défait d'elle par un mouvement de rage et de jalousie. Je racontai naturellement ma pitoyable aventure. Synnelet, malgré les transports de douleur où ce récit le jeta, eut la générosité de solliciter ma grâce. Il l'obtint. J'étais si faible qu'on fut obligé de me transporter de la prison dans mon lit, où je fus retenu pendant trois mois par une violente maladie. Ma haine pour la vie ne diminuait point. J'invoquais continuellement la mort et je m'obstinai longtemps à rejeter tous les remèdes. Mais le Ciel, après m'avoir puni avec tant de rigueur, avait dessein de me rendre utiles mes malheurs et ses châtiments. Il m'éclaira de ses lumières, qui me firent rappeler des idées dignes de ma naissance et de mon éducation. La tranquillité ayant commencé de renaître un peu dans mon âme, ce changement fut suivi de près par ma guérison. Je me livrai entièrement aux inspirations de l'honneur, et je continuai de remplir mon petit emploi, en attendant les vaisseaux de France qui vont, une fois chaque année, dans cette partie de l'Amérique. J'étais résolu de retourner dans ma patrie pour y réparer, par une vie sage et réglée, le scandale de ma conduite. Synnelet avait pris soin de faire transporter le corps de ma chère maîtresse dans un lieu honorable.

Ce fut environ six semaines après mon rétablissement que, me promenant seul, un jour, sur le rivage, je vis arriver un vaisseau que des affaires de commerce amenaient au Nouvel Orléans. J'étais attentif au débarquement de l'équipage. Je fus frappé d'une surprise extrême en reconnaissant Tiberge parmi ceux qui s'avançaient vers la ville. Ce fidèle ami me remit de loin, malgré les changements que la tristesse avait faits sur mon visage. Il m'apprit que l'unique motif de son voyage avait été le désir de me voir et de m'engager à retourner en France ; qu'ayant reçu la lettre que je lui avais écrite du Havre, il s'y était rendu en personne pour me porter les secours que je lui demandais ; qu'il avait ressenti la plus vive douleur en apprenant mon départ et qu'il serait parti sur-le-champ pour me suivre, s'il eût trouvé un vaisseau prêt à faire voile ; qu'il en avait cherché pendant plusieurs mois dans divers ports et qu'en ayant enfin rencontré un, à Saint-Malo, qui levait l'ancre pour la Martinique, il s'y était embarqué, dans l'espérance de se procurer de là un passage facile au Nouvel Orléans ; que, le vaisseau malouin ayant été pris en chemin par des corsaires espagnols et conduit dans une de leurs îles, il s'était échappé par adresse ; et qu'après diverses courses, il avait trouvé l'occasion du petit bâtiment qui venait d'arriver, pour se rendre heureusement près de moi.

Je ne pouvais marquer trop de reconnaissance pour un ami si généreux et si constant. Je le conduisis chez moi. Je le rendis le maître de tout ce que je possédais. Je lui appris tout ce qui m'était arrivé depuis mon départ de France, et pour lui causer une joie à laquelle il ne s'attendait pas, je lui déclarai que les semences de vertu qu'il avait jetées autrefois dans mon cœur commençaient à produire des fruits dont il allait être satisfait. Il me protesta qu'une si douce assurance le dédommageait de toutes les fatigues de son voyage.

Nous avons passé deux mois ensemble au Nouvel Orléans, pour attendre l'arrivée des vaisseaux de France, et nous étant enfin mis en mer, nous prîmes terre, il y a quinze jours, au Havre-de-Grâce. J'écrivis à ma famille en arrivant. J'ai appris, par la réponse de mon frère aîné, la triste nouvelle de la mort de mon père, à laquelle je tremble, avec trop de raison, que mes égarements n'aient contribué. Le vent était favorable pour Calais, je me suis embarqué aussitôt, dans le dessein de me rendre à quelques lieues de cette ville, chez un gentilhomme de mes parents, où mon frère m'écrit qu'il doit attendre mon arrivée.

FIN DE LA DEUXIÈME PARTIE.

BIBLIOGRAPHIE SOMMAIRE

L'ABBÉ PRÉVOST (Actes du colloque d'Aix-en-Provence, 20 et 21 décembre 1963). Aix-en-Provence, 1965.

AUERBACH (E.). *Mimesis* (Chap. XVI : « Das unterbrochene Abendessen »). Berne, 2ᵉ éd., 1959.

ENGEL (Claire-Éliane). *Le Véritable Abbé Prévost*. Monaco, 1958.

HARRISSE (H.) *L'Abbé Prévost, histoire de sa vie et de ses œuvres d'après des documents nouveaux*. Paris, 1896.

HAZARD (P.). *Études critiques sur « Manon Lescaut »*. Chicago, 1929.

HEINRICHE (P.). *L'Abbé Prévost historien de la Louisiane. Étude sur la valeur documentaire de « Manon Lescaut »*. Paris, 1907.

LASSERRE (E.). *Manon Lescaut, de l'abbé Prévost*. Paris, 1930.

MAUZI (R.) éd. *Manon Lescaut*, Paris, 1986.

MULLER (Walter). *Die Grundbegriffe der gesellschaftlichen Wirklichkeit in den Werken des abbé Prévost*. Marburg, 1938.

RODDIER (H.). *L'Abbé Prévost, l'homme et l'œuvre*. Paris, 1955.

SCHROEDER (Victor). *Un romancier français au XVIIIᵉ siècle. L'Abbé Prévost, sa vie, ses œuvres*. Paris, 1898.

WEISGERBER (J.). « L'histoire du Chevalier des Grieux et de Manon Lescaut ». *Études sur le XVIIIᵉ siècle*, repris dans *L'Espace romanesque*, Lausanne, L'Age d'homme, 1978, pp. 95-116.

On trouvera une bibliographie plus détaillée et des renseignements complémentaires sur l'œuvre et son auteur dans l'édition de *Manon Lescaut* procurée par Fr. Deloffre et R. Picard, Paris, Garnier, 1965 ainsi que dans Tremewan (P.), *Prévost : an analytic bibliography of criticism to 1981*, 1984, Grant & Cutler Ltd. Londres.

CHRONOLOGIE[1]

1697 (1ᵉʳ avril) : Naissance à Hesdin d'Antoine-François Prévost, second fils de Liévin Prévost, procureur du roi du bailliage d'Hesdin, et de Marie Duclaie.

1705-1712 (environ) : Études au collège des jésuites d'Hesdin, y compris une première année de rhétorique.

1711 (28 août) : Mort de Marie Duclaie, mère de Prévost.

Entre 1712 et 1720 : Prévost hésite entre la carrière des armes et l'état ecclésiastique. Il est sans doute volontaire à la fin de la guerre de Succession d'Espagne (1712). Il semble avoir fait ensuite une seconde année de rhétorique au collège d'Harcourt.

Admis le 17 mars 1717 chez les jésuites, il étudie la logique à La Flèche. Il les quitte, peut-être pour s'engager une seconde fois comme volontaire dans la guerre contre l'Espagne (1718-1719). Il faut encore placer dans cette période un premier voyage en Hollande.

Fin 1720 : La « malheureuse fin d'un engagement trop tendre », suivant les propres termes de l'abbé Prévost, le conduit à se réfugier chez les bénédictins, à Saint-Wandrille ou à Jumièges, en Normandie.

1721 (9 décembre) : Après un an de noviciat, Prévost fait profession, à Jumièges, de rester fidèle à la règle de saint Benoît, dans l'austère congrégation de Saint-Maur.

1721-1728 : Prévost séjourne dans différentes abbayes bénédictines : celles de Saint-Ouen, à Rouen, du Bec, dans

---

1. Les principales données de cette chronologie sont tirées de H. Harrisse : *l'Abbé Prévost, histoire de sa vie et de ses œuvres*, Paris, Calmann-Lévy, 1896, et de l'édition de *Manon Lescaut* par Fr. Deloffre et R. Picard dans la collection des Classiques Garnier (1965).

l'Eure, où il étudie la théologie, de Fécamp, avant d'être finalement envoyé à Paris, d'abord aux Blancs-Manteaux, puis, sans doute au début de 1728, à la célèbre abbaye de Saint-Germain-des-Prés. Pendant la même période, Prévost a une activité multiple : professeur au collège de Saint-Germer, prédicateur à Évreux, il s'occupe aussi d'histoire et de littérature. Il semble avoir participé à la rédaction des *Aventures de Pomponius, chevalier romain, ou histoire de notre temps* (1724), pamphlet dans lequel sont maltraités divers personnages du temps, et notamment des bénédictins. Il est aussi ordonné prêtre du diocèse de Rouen, non sans des délais dont il garde du ressentiment. Vers la fin de son séjour chez les bénédictins, il concourt à un prix de l'Académie par une *Ode sur saint François Xavier, apôtre des Indes*, qui est classée seconde et sera publiée dans le *Mercure* de mai 1728. Enfin, il collabora à la composition collective intitulée *Gallia Christiana*, publiée par les bénédictins.

1728 (15 février) : Le manuscrit des deux premiers tomes des *Aventures d'un homme de qualité* est présenté au censeur pour une approbation, qui est accordée le 16 avril. L'ouvrage paraît chez les libraires Veuve Delaulne le Gras et Martin pendant l'été. Mlle Aïssé écrit en octobre : « Il y a ici un nouveau livre, intitulé *Mémoires d'un homme de qualité retiré du monde*. Il ne vaut pas grand-chose : cependant on lit 190 pages en fondant en larmes. »

1728 (18 octobre) : Prévost, qui a fait des démarches pour passer dans une branche moins sévère de l'ordre des bénédictins, mais n'en a pas reçu l'autorisation régulière, quitte l'habit de moine et se retire clandestinement de Saint-Germain-des-Prés. Il trouve un asile à Amiens. Après quelques hésitations, le supérieur de Saint-Germain demande son arrestation en rappelant qu'il est l'auteur d'un roman « qui a fait beaucoup de bruit dans Paris à cause d'une sottise qui s'y trouve sur le grand-duc de Toscane ».

1728 (6 novembre) : Une lettre de cachet est expédiée contre Antoine Prévost, religieux bénédictin.

1728 (19 novembre) : Un privilège est accordé pour les tomes III et IV des *Mémoires d'un homme de qualité*.

1728 (22 novembre) : L'abbé Prévost, qui est passé en Angleterre grâce à l'argent reçu des libraires, se présente à William Wake, archevêque de Cantorbéry, comme un nouveau converti à la religion anglicane.

1728 (novembre)-1730 (novembre) : Premier séjour en Angleterre. L'abbé Prévost, grâce aux recommandations dont il est muni, jouit de la fonction de précepteur de Francis Eyles, fils de John Eyles, ancien directeur de la Banque d'Angleterre, ancien lord-maire de Londres, membre du Parlement et sous-gouverneur de la South Sea Company.

1730 (novembre) : Une « petite affaire de cœur » force Prévost à quitter la maison de John Eyles : averti que Prévost était sur le point de contracter un mariage secret avec sa fille Mary, sœur de Francis, John Eyles obtient qu'il quitte le pays. Prévost passe en Hollande, emportant les manuscrits de divers ouvrages auxquels il a travaillé en Angleterre.

1730 (décembre) : Prévost signe un contrat relatif à la publication de *Cleveland*.

1731 (23 janvier) : Annonce de la publication prochaine de la traduction, par l'abbé Prévost, de l'*Histoire du président de Thou*.

1731 (mars) : Première édition à Londres, en anglais, des deux premiers livres de *Cleveland*.

1731 (avril) : Demande de privilège, en France, pour les deux premiers livres de *Cleveland*. Les journaux de Hollande commencent à annoncer la publication imminente des tomes V, VI et VII des *Mémoires et Aventures d'un homme de qualité*.

1731 (mai) : Publication de ces trois tomes : le dernier (tome VII) constitue l'édition originale de *Manon Lescaut* : « *Mémoires et Aventures d'un Homme de Qualité qui s'est retiré du monde*. Tome septième. A Amsterdam. Aux dépens de la compagnie, MDCCXXXI. »

1731 (printemps ou été) : L'abbé Prévost fait connaissance, à La Haye, d'une aventurière, Lenki Eckhardt, dont l'existence est désormais mêlée à la sienne pour une dizaine d'années.

1731 (juillet) : Publication des tomes I et II de *Cleveland*, à Utrecht, chez E. Neaulme.

1731 (octobre) : Publication chez le même libraire des tomes III et IV de *Cleveland*. Le libraire réclamera vainement la suite à Prévost.

1731 (10 novembre) : Lettre de Prévost, de La Haye, à Dom Clément de la Rue, bénédictin, dans laquelle Prévost parle de sa vie en Hollande (« point dévot, mais réglé dans ma conduite et dans mes mœurs ») et annonce qu'il travaille à la traduction de l'*Histoire de Thou*.

1732 : Les tomes V et VI des *Mémoires et Aventures d'un homme de qualité* paraissent en France chez le libraire Didot.

1733 (janvier) : Prévost passe en Angleterre avec Lenki, laissant derrière lui de nombreuses dettes, notamment envers les libraires qui lui ont fait des avances pour *Cleveland* et l'*Histoire de Thou.*

1733 (mars) : L'abbé Prévost entreprend, à Londres, un journal, le *Pour et Contre,* publié en France chez Didot, et dont le premier numéro paraît en juin 1733.

1733 (juin) : Première édition française, sans autorisation, de *Manon Lescaut,* par un libraire de Rouen.

1733 (5 octobre) : Saisie de *Manon Lescaut* par ordre de Roüillé, directeur de la librairie.

1733 (13 décembre) : L'abbé Prévost est incarcéré à la prison de Gate House à Londres sur la présomption d'avoir fait un faux billet à ordre, d'une valeur de 50 livres, au détriment de Francis Eyles, son ancien pupille. Il est remis en liberté le 18 décembre, Francis Eyles ayant probablement retiré sa plainte.

1733 (fin) : Publication à Amsterdam du premier volume de l'*Histoire de M. de Thou* dont Prévost est le principal auteur.

1734 (début) : Rentré clandestinement en France et réfugié d'abord en Artois, Prévost regagne bientôt Paris. En mars, il adresse au pape une requête pour demander l'absolution de ses fautes et l'autorisation de passer dans une branche moins sévère de l'ordre de saint Benoît.

1734 (5 juin) : Le pape Clément XII accorde à l'abbé Prévost l'indult requis par lui. Sa présence à Paris et ses visites chez Mme de Tencin sont signalées par des contemporains. Il travaille au *Pour et Contre,* abandonné pour un temps au moment de son emprisonnement en Angleterre.

1735 : Publication, en été, de la première partie du *Doyen de Killerine,* pour laquelle une approbation a été demandée en décembre 1734. Prévost suspend la publication de la suite, à un moment où il doit accomplir un second noviciat (septembre-décembre 1735) à l'abbaye bénédictine de la Croix-Saint-Leufroy, près d'Evreux. À l'issue de ce séjour, il devient aumônier du prince de Conti, chez qui il est désormais logé.

1736 : Prévost continue à rédiger le *Pour et Contre* dans lequel paraissent notamment l'éloge de pièces de Voltaire et une traduction des *Conscious Lovers* de Steele.

1737-1738 : Prévost songe à abandonner les « bagatelles » (journaux ou romans) pour s'associer aux travaux des cardinaux de Bissy et de Rohan *(Histoire de la Constitution « Unigenitus »).* Ce projet n'aboutit pas.

1738-1739 : Publication en Hollande (à cause de la « proscription des romans » qui sévit en France) de la suite de *Cleveland*.

1739 (**23 septembre**) : Prévost perd son père, Liévin Prévost, âgé de soixante-treize ans.

1739-1740 : Publication en Hollande de la suite et fin du *Doyen de Killerine*.

1740 (**15 janvier**) : Prévost, pressé par des besoins d'argent, offre ses services à Voltaire, qui les refuse et ne lui accorde pas l'avance de 1 200 livres qui lui est également demandée.

1740 (**25 novembre**) : Prévost remercie Voltaire de ses bons offices auprès du roi de Prusse et se déclare prêt à partir pour Berlin si on lui avance des fonds.

1740 : Prévost renonce définitivement à publier le *Pour et Contre*, parvenu à son vingtième tome.

1741 (**25 janvier**) : Prévost est obligé de quitter la France pour avoir aidé l'auteur d'une gazette clandestine. Il part pour Bruxelles, où il est recueilli par un seigneur autrichien.

1741 (**février**) : Le *Mercure* annonce la publication des *Mémoires pour servir à l'histoire de Malte* (deux vol., à Amsterdam, de l'abbé Prévost).

1741 (**janvier-octobre**) : Publication de diverses œuvres de Prévost : *Mémoires pour servir à l'histoire de Malte, ou Histoire de la jeunesse du commandeur de *** (Amsterdam, 2 vol.) ; Campagnes philosophiques, ou Mémoires de M. de Montcal... (ibid., 2 vol.) ; Histoire de Marguerite d'Anjou*, dont un certain nombre d'exemplaires sont saisis le 7 août 1741 ; *Histoire d'une Grecque moderne* (Amsterdam, 2 vol.).

1741 (**19 octobre**) : De Francfort-sur-le-Main, où il a accompagné son protecteur à l'occasion de l'élection de l'empereur, Prévost écrit à Bachaumont. Il lui annonce qu'il a sollicité sa grâce de Maurepas et qu'il lui est permis de rentrer en France. Allusion à « madame de Chester » qui est peut-être la « Lenki » rencontrée en Hollande : « madame de Chester étant mariée et partie pour la province, un travail médiocre me mettra toujours en état de n'être incommode à personne (...). C'est, comme vous le dites, ce qui pouvait arriver de plus heureux et pour elle et pour moi ».

1742 : Rentré en France, Prévost se livre à différents ouvrages d'édition. L'*Histoire de Guillaume le Conquérant* paraît chez Prault en mai avec une « permission tacite ». On publie à Londres *Paméla, ou la Vertu récompensée*, en quatre volumes. D'abord poursuivie en France (50 exemplaires sont saisis chez Guérin en janvier 1742), cette traduction est annoncée par le *Mercure* de décembre et se

vend chez Prault avec permission tacite. La part qu'y prit
Prévost n'est pas établie.

1743 : Publication de l'*Histoire de Cicéron*, traduite de
l'anglais par Prévost (F. Didot, quatre volumes, avec
approbation du 17 janvier 1743).

1744 : *Lettres de Cicéron à M. Brutus, et de M. Brutus à
Cicéron* (chez Didot, avec approbation du 15 avril 1744).
Prévost s'inspire d'une traduction anglaise de ces lettres,
mais dit s'être attaché pour sa propre traduction « au seul
texte latin ».
Voyages du capitaine Robert Lade (chez Didot, en deux vol.,
privilège du 28 juin 1743). L'abbé Prévost mêle une aventure romanesque à des récits de voyage réels.

1745 : *Lettres de Cicéron, qu'on nomme familières ; traduites en
français (...) Par M. l'abbé Prévost* (chez Didot, tomes I, II
et III, approbation du 12 mars 1744).
Mémoires d'un honnête homme (à Amsterdam, 1745, 2 parties en un volume).
Un portrait de l'abbé Prévost est dessiné par Schmidt et
gravé pour être placé en tête de *l'Histoire générale des
voyages*.

1746 : Prévost, qui s'est installé dans une maison à Chaillot,
commence la publication de l'*Histoire générale des voyages*,
traduite de l'anglais. Les tomes I et II paraissent, in-4°,
chez F. Didot, avec privilège du 23 janvier 1745.

1747 : *Lettres de Cicéron, qu'on nomme vulgairement familières...*, tomes IV et V. *Histoire générale des voyages*
tomes III et IV.

1748 : *Histoire générale des voyages*, tomes V et VI.

1749 : *Histoire générale des voyages*, tome VII. C'est ici que se
termine la partie de l'ouvrage traduite de l'anglais. Les
éditeurs anglais ayant cessé leur publication, Prévost continue seul l'entreprise.

1750 : *Manuel Lexique, ou Dictionnaire portatif des mots français dont la signification n'est pas familière à tout le monde*
(F. Didot, 2 vol. in-12). Il s'agit, à l'origine, d'une traduction de l'ouvrage anglais de T. Dyche, enrichi par Prévost
de divers articles.
Histoire générale des voyages, tome VIII. On a dit qu'il s'agit
désormais d'une œuvre originale de Prévost, encouragé par
d'Aguesseau et Maurepas.

1751 : *Lettres anglaises, ou Histoire de Miss Clarisse Harlove*
(Londres, chez Nourse, 12 parties en six volumes). Tra-
duction de Richardson par l'abbé Prévost.
Histoire générale des voyages, tome IX.

1752 : *Histoire générale des voyages*, tome X.

1753 : Édition définitive de *Manon Lescaut*, en deux vol., avec des figures, à Amsterdam, aux dépens de la compagnie (en fait chez Didot à Paris).
Histoire générale des voyages, tome XI.

1754 (20 juillet) : L'abbé Prévost est pourvu par le pape du prieuré de Gesne (diocèse du Mans) d'un revenu nominal de 2 000 livres.

1754 : *Manuel Lexique*, nouvelle édition considérablement augmentée (Didot).
Histoire générale des voyages, tome XII.

1755 (janvier) : L'abbé Prévost prend la direction du *Journal étranger*. Il l'abandonne en septembre à Fréron, sur les sollicitations du libraire Didot, inquiet sur la publication de l'*Histoire des voyages*.

1755 : *Nouvelles lettres anglaises ou Histoire du chevalier Grandisson* (Amsterdam, 5 parties), traduites par Prévost.

1756 : *Nouvelles lettres anglaises ou Histoire du chevalier Grandisson* (*ibid.*, suite et fin en trois parties).
Histoire générale des voyages, tome XIII.

1757 : *Histoire générale des voyages*, tome XIV.

1759 : *Histoire générale des voyages*, tome XV (ici s'arrête la collaboration de Prévost à l'entreprise).

1760 : *Histoire de la maison de Stuart sur le trône d'Angleterre*, par M. Hume (Londres, 3 vol. in-4). Traduction de l'abbé Prévost.
Le Monde moral, ou Mémoires pour servir à l'histoire du cœur humain (Genève, 2 vol.). Prévost interrompt cet ouvrage pour travailler à l'*Histoire de la maison de Condé*. Deux parties paraîtront en 1764, après sa mort.

1762 : *Mémoires pour servir à l'histoire de la vertu. Extraits du Journal d'une jeune dame* (Cologne, 4 vol.). Traduction par Prévost des *Memoirs of Miss Sydney Biddulph*, roman de F. Sheridan.

1763 : *Almoran et Hamet*, anecdote orientale, publiée pour l'instruction d'un jeune monarque (Londres, 1763, 2 parties). Traduction d'un ouvrage de J. Hawkesworth par l'abbé Prévost.

1763 (25 novembre) : Mort de l'abbé Prévost, frappé d'une attaque d'apoplexie lors d'une promenade, près de Chantilly.

1764 : Publication posthume des *Lettres de Mentor à un jeune seigneur*, traduites de l'anglais par M. l'abbé Prévost (Londres, 1 vol.). Il s'agit d'une œuvre originale, posthume, de l'abbé Prévost.

TABLE DES MATIÈRES

Préface 7

HISTOIRE DU CHEVALIER DES GRIEUX
ET DE MANON LESCAUT

Avis de l'auteur des *Mémoires d'un homme de qualité* 21

Première partie............................ 25

Deuxième partie............................ 109

Bibliographie sommaire...................... 179

Chronologie 181

PUBLICATIONS NOUVELLES

ANSELME DE CANTORBERY
Proslogion (717).

ARISTOTE
De l'âme (711).

BALZAC
Un début dans la vie (613). Le Colonel Chabert (734). La Recherche de l'absolu (755). Le Cousin Pons (779).

BARBEY D'AUREVILLY
Un prêtre marié (740).

BECCARIA
Des Délits et des peines (633).

CALDERON
La Vie est un songe (693).

CHATEAUBRIAND
Vie de Rancé (667).

CHRÉTIEN DE TROYES
Le Chevalier au lion (569). Lancelot ou le chevalier à la charrette (556).

CONRAD
Nostromo (560). Sous les yeux de l'Occident (602).

COUDRETTE
Le Roman de Mélusine (671).

CREBILLON
La Nuit et le moment (736).

CUVIER
Recherches sur les ossements fossiles de quadrupèdes (631).

DANTE
L'Enfer (725). Le Purgatoire (724). Le Paradis (726).

DARWIN
L'Origine des espèces (685).

DOSTOÏEVSKI
L'Eternel Mari (610). Notes d'un souterrain (683).

DUMAS
Les Bords du Rhin (592).

ECKHART
Traités et Sermons (703).

FITZGERALD
Absolution. Premier mai. Retour à Babylone (695).

FLAUBERT
Mémoires d'un fou. Novembre (581).

FROMENTIN
Une année dans le Sahel (591).

GENEVOIX
Rémi des Rauches (745).

GOETHE
Les Affinités électives (673).

GRADUS PHILOSOPHIQUE (773).

HAWTHORNE
Le Manteau de Lady Eléonore et autres contes (681).

HUME
Enquête sur les principes de la morale (654). Les Passions. Traité sur la nature humaine, livre II - Dissertation sur les passions (557). La Morale. Traité de la nature humaine, livre III (702).

JAMES
Histoires de fantômes (697).

JEAN DE LA CROIX
Poésies (719).

KAFKA
Dans la colonie pénitentiaire et autres nouvelles (564). Un Jeûneur (730).

KANT
Vers la paix perpétuelle. Que signifie s'orienter dans la pensée. Qu'est-ce que les Lumières ? (573). Anthropologie (665). Métaphysique des mœurs (715 et 716).

KLEIST
La Marquise d'O (586). Le Prince de Hombourg (587). Michel Kohlhaas (645).

LAXNESS
La Cloche d'Islande (659).

LEIBNIZ
Système de la nature et de la communication des substances (774).

LOCKE
Lettre sur la tolérance et autres textes (686).

LOPE DE VEGA
Fuente Ovejuna (698).

LUTHER
Les Grands Ecrits réformateurs (661).

MALAPARTE
Sang (678).

MALTHUS
Essai sur le principe de population (708 et 722).

MARIVAUX
Les Acteurs de bonne foi. La Dispute. L'Epreuve (166). La Fausse Suivante. L'Ecole des mères. La Mère confidente (612).

MAUPASSANT
Notre cœur (650). Boule de suif (584). Pierre et Jean (627). Bel-Ami (737). Une vie (738).

MELVILLE
Mardi (594). Omoo (590). Benito Cereno-La Veranda (603).

MICHELET
Le Peuple (691).

MUSSET
Confession d'un enfant du siècle (769).

NOVALIS
Henri d'Ofterdingen (621).

NIETZSCHE
Le Livre du philosophe (660). Ecce homo – Nietzsche contre Wagner (572).

PÉREZ GALDOS
Tristana (692).

PLATON
Ménon (491). Phédon (489). Timée-Critias (618). Sophiste (687). Théétète (493).

PLAUTE
Théâtre (600).

PREVOST
Histoire d'une grecque moderne (612).

QUESNAY
Physiocratie (655).

RABELAIS
Gargantua (751). Pantagruel (752). Tiers Livre (767). Quart Livre (766).

RICARDO
Des principes de l'économie politique et de l'impôt (663).

RILKE
Elégies de Duino - Sonnets à Orphée (674).

ROUSSEAU
Essai sur l'origine des langues et autres textes sur la musique (682).

SÉNÈQUE
Lettres à Lucilius, I-29 (599).

SHAKESPEARE
Henry V (658). La Tempête (668). Beaucoup de bruit pour rien (670). Roméo et Juliette (669). La Mégère apprivoisée (743). Macbeth (771).

SMITH
La Richesse des nations (626 et 598).

STAEL
De l'Allemagne (166 et 167). De la littérature (629).

STEVENSON
L'Ile au Trésor (593). Voyage avec un âne dans les Cévennes (601). Le Creux de la vague (679).

STRINDBERG
Tschandala (575). Au bord de la vaste mer (677).

TCHEKHOV
La Steppe (714).

TÉRENCE
Théâtre (609).

THACKERAY
Barry Lyndon (559). Le Livre des snobs (605).

TITE-LIVE
La Seconde Guerre Punique I (746).

TOLSTOÏ
Maître et serviteur (606).

VICO
De l'antique sagesse de l'Italie (742).

VILLIERS DE L'ISLE-ADAM
L'Eve future (704).

VILLON
Poésies (741).

WHARTON
Vieux New-York (614).

WILDE
Salomé (649).

GF — TEXTE INTÉGRAL — GF

94/04/M3823-V-1994 – Impr. MAURY Eurolivres SA, 45300 Manchecourt.
N° d'édition 15219. – 2e trimestre 1967. – Printed in France.